Würzburger Affäre

Zu diesem Buch...

Auch im Jahre 1790 hat Karl in den Rheingauer Weinbergen viel zu tun. Ein Sommerfest im fränkischen Randersacker und ein rätselhafter Brief, der aus Würzburg in den Rheingau gelangt, können Karl nicht bei seiner Arbeit stören. Wenn aber in seiner unmittelbaren Umgebung Mord die blutige Hand erhebt, dann muß er handeln. Bei der Suche nach dem Mörder gerät er in einen Morast aus Machtgier, Hofintrigen und tödlichen Scherzen, aus denen er sich nur mühsam befreien kann.

Eberhard Kunkel, Jahrgang 1931.
Studium der Anglistik und Psychologie in Innsbruck, Marburg, London und Mainz.
Berufliche Arbeit als Psychologe.
1986 Veröffentlichung des satirischen Gedichtbandes „Der Geier Gogoschinsky“.
Seit 1987 Autor der Comicserie KARL.
Inzwischen sind bereits fünf historische Kriminalromane von Eberhard Kunkel erschienen, die alle vor dem historischen Hintergrund der „KARL-Zeit“, dem ausgehenden 18. Jahrhundert, spielen:

KARL – Der Tote zuwenig
KARL – Mord hat viele Kleider
KARL – Der Scharfrichter von Landau
KARL – Tote kennen keine Zeit
KARL – Würzburger Affäre

Krimi KARL Roman

Würzburger Affäre

Ein historischer Roman
von
Eberhard Kunkel

mit
Illustrationen von
Michael Apitz

ak
verlag · gmbh

1. Auflage: Mai 1999

Telefon 0 61 23 / 99 00 70
Telefax 0 61 23 / 99 00 71

ISBN 3-925771-26-3

Für meine liebe Frau

I

Das ländliche Fest

Etwas sehr Ungewöhnliches war geschehen und hatte den wohlgeregelten Ablauf des Lebens im Kloster Johannisberg gestört. Ein Bote aus Würzburg war mit einem Brief für Pater Anselm, den Kellermeister des Klosters, gekommen und hatte diesen Brief nicht etwa an der Pforte abgegeben und sich vom Pförtner zu einem Glase Wein einladen lassen, nein, er war fast mit Gewalt bis in die Tiefen des Kellers vorgedrungen und hatte dort den Pater aufgesucht und ihm den Brief überreicht.
Nur an Pater Anselm persönlich dürfe er den Brief übergeben, hatte er gesagt, und erst als er diesen aufgefunden hatte in einer Ecke des Kellers, wo er vor einem Fasse stand und damit beschäftigt war, gedankenvoll einen Wein zu probieren, und erst nachdem er ihm den Brief in die Hand gedrückt hatte, war er bereit, sich hinzusetzen und ein Glas Wein anzunehmen.
Pater Anselm aber, der den Brief nicht beim unsicheren Kerzenlicht im Keller lesen wollte, sah sich genötigt, aus den Tiefen seines Reiches ans Licht des Tages zu steigen.
Er ließ den Boten versorgen, bemühte sich, ein möglichst abweisendes Gesicht zu machen, damit keiner den Mut fände, ihn nach dem Inhalt des Briefes zu fragen, und zog sich zurück auf die Terrasse über den Weinbergen, wo er den Schatten des Mandelbaumes aufsuchte, den Brief entfaltete und zu lesen begann.
Als ich kam, hatte er ihn wohl zum größten Teil gelesen und meinte, der Brief enthalte einige aufregende Stellen. Er müsse ihn mir sogleich vorlesen.
Er begann aber nicht gleich damit, den Brief vorzulesen, sondern erklärte mir erst, wie es so seine Art ist, eigentlich sei das gar kein Brief; denn Brief heiße 'kurz', das Wort Brief komme von dem lateinischen Wort 'breve scriptum', das heiße kurzes Schreiben, dieser Brief seines Freundes Kilian aus Würzburg sei aber ein langes Ungetüm von einem Schreiben, also durchaus kein Brief.
Dann erst begann er zu lesen.

Ich füge hier nun ein, was er gelesen hat aus diesem Brief des Paters Kilian, des Kellermeisters des Hofkellers zu Würzburg an Pater Anselm in Johannisberg:

Hier in Würzburg, genauer gesagt auf den Wiesen in Randersacker am Ufer des Flusses hat sich etwas zugetragen, das mir nicht nur rätselhaft, sondern auch gefährlich vorkommt. Vielleicht kannst Du mir helfen, lieber Anselm, das Rätsel zu lösen, wenn ich Dir ausführlich erzähle, was sich ereignet hat.
Der Anfang war nicht so, daß man ihm unbedingt hätte wehren müssen. Ich hatte mir eine der schlichten, zweispännigen Kutschen nehmen dürfen und hatte den alten Doktor Balduin abgeholt, der unter der Feste Marienberg am anderen Ufer des Mains wohnt. Wir fuhren zurück über die Mainbrücke der Stadt zu, um dort die Straße nach Süden zu gewinnen. Die heiligen Steinriesen, die auf ihren Steinsockeln noch über der Brückenmauer stehen, schauten uns nach, als ob sie mitfahren wollten. Die Räder ratterten auf dem Pflaster, und die frühe Sonne warf milde Strahlen in unsere Gesichter. Hinter uns drohte die Festung, die mir immer fast zu schwer scheint mit ihren riesigen Steinmassen, zu schwer für den feinen Hügel, den sie völlig eingenommen hat und vom Himmel abschließt.
Der Doktor hatte sich zurückgelehnt und überlegte wahrscheinlich, ob er nicht doch bei seinen Kranken hätte bleiben sollen.
Nur ungern war er mir gefolgt.
Wie könne er zu einem Feste fahren, wenn soviele Kranke seiner Hilfe und seines Rates bedürften, hatte er gemeint. Aber ich habe ihn einfach in die Kutsche geschoben und bin losgefahren.
Er braucht einmal einen Tag der Erholung; denn, wie ich hörte, ist er selbst an Sonntagen unterwegs und kümmert sich um die Menschen, die er seine Kranken nennt. Seit seine Frau gestorben ist, flieht er Ruhe und Erholung, scheut er es, mit sich allein zu sein. Ich mußte ihn zwingen, mit mir zu kommen.

Wir waren eingeladen zu einem Fest in Randersacker. Für mich fing das Fest schon auf der Mainbrücke an. Ich bin zwar gern im Keller bei meinen Fässern und fühle mich besonders geborgen, wenn ich vor den drei neuen Riesen stehe, diesen Faßgiganten, die so stark und fest dastehen und doch meiner Pflege bedürfen. Aber ich vertausche recht gerne auch mal das Kerzenlicht mit dem Licht der Sonne. Einen ganzen Tag lang helles Leben, einen ganzen Tag lang Geschwätz, Musik und Sonnenlicht und, Dir kann ich's ja schreiben, Zuschauen beim Tanz auf den Wiesen. Dann zuckt es mir in den alten Knochen...

Ich genieße es, fern von meinen Geschäften zu sein, procul negotiis, wie Horaz gesagt hat. Ich genieße es, wenn einmal keiner kommt und etwas von mir will.

Hier unterbrach Pater Anselm die Lektüre des Briefes und überlegte. Offenbar mißfiel ihm, was Kilian da geschrieben hatte. Er zögerte weiterzulesen, und ich hoffte schon, er werde ganz aufhören zu lesen; denn ich war wirklich nicht den ganzen Weg von Geisenheim nach Johannisberg hinaufgekommen, um mir einen langatmigen und rätselvollen Brief des Hofkellermeisters in Würzburg anzuhören. Ich hatte mit Pater Anselm vielmehr über die Entwicklung des Weines aus dem vorigen Jahre, dem Jahre 1789 sprechen wollen, der im Faß anscheinend besser geworden war.
Dabei war ich schlecht gelaunt, weil meine Freundin Maria mit ihrem Vater, dem Winzer Leberlein für einige Tage nach Mainz und Wiesbaden gefahren war, um ihn beim Weinverkauf zu unterstützen.
Am liebsten wäre ich gerade wieder nach Hause gegangen.
Da aber hob Pater Anselm seinen Kopf, und über den Rand des Briefes schauend sah er mich an.
„Ich brauche Dir ja nicht den ganzen Brief vorzulesen. Auch wenn ich dir nicht alles vorlese, dauert die Lesung noch lange genug.
Der gute Kilian ist manchmal etwas weitschweifig, schreibt unnütze Verzierungen, und es dauert dann eine ganze Weile, bis er zur Sache kommt. Er meint, Briefe zu schreiben sei eine Kunst, und das müsse man den Briefen auch anmerken.

Hier schreibt er:

Der Himmel war blau und benutzte ein paar kleine Wolkenbällchen wie eine Dame Schönheitspflästerchen benutzt, um die Makellosigkeit ihrer Haut besonders hervorzuheben.
Ist das nicht ein unziemlicher Vergleich? Den Himmel vergleicht er mit einer Dame, die Schönheitspflästerchen nötig hat. Warum vergleicht er ihn nicht gleich mit einer Kurtisane? Als ob unseres Herrgotts Schöpfung Schönheitspflästerchen nötig hätte."
Er zog seine Stirn in Falten des Unmuts. Ich wunderte mich ein wenig, weil er sich doch sonst über eine solche Äußerung nicht aufregt, sondern eher selbst ähnliche Gedanken äußert.
Irgend etwas schien ihn zu beunruhigen.
„Am besten lese ich da weiter, wo Kilian und der Doktor zum Fest kommen.

Das Fest war schon im Gange, als wir ankamen. Auf den Wiesen am Main unterhalb des Pavillions, den sich der Baumeister Balthasar Neumann zu seiner Erholung in Randersacker gebaut hat, hatten sie Tische und Bänke aufgestellt. Feuer brannten, über denen Töpfe hingen oder große Fleischstücke an Spießen gedreht wurden. In einer künstlichen Laube waren Spielleute mit Fiedeln, Gamben, Drehleier und Schalmeien beschäftigt und spielten zum Tanz auf. Eine muntere Musik war das, die das Ohr erfreute und dem Herzen wohltat.
Ritter von Querfeld kam auf uns zu und begrüßte uns. Er hat, so sagen sie, das Fest angeregt. Er hat Wein und Würste gespendet und die Spielleute kommen lassen. Er hat auch uns Hofleute aus Würzburg eingeladen. Er selbst hat ja den Dienst bei Hofe aufgegeben, nach dem schrecklichen Unglück damals. Du erinnerst Dich doch wohl an ihn: Ein großer Mann mit einer wohlgestalteten Nase und einem kräftigen Kinn, immer glatt rasiert und gut gelaunt.
Jetzt ist er sehr ernst, und seine Frau geht überhaupt nicht mehr unter die Leute. Vielleicht dachte er, das Fest könne ihm seine alte gute Laune wiederverschaffen.
Der Ritter von Querfeld also war der Herr des Festes.

Am Vormittag ging alles sehr fröhlich zu. Wir hatten viel Gelegenheit, mit Freunden zu reden, die wir sonst nur selten sehen. Selbst der Doktor verzog manchmal seinen Mund zu etwas, das wie ein Lächeln aussah. Vielleicht gelang es ihm, seine Kranken einmal für kurze Zeit zu vergessen.

Um die Mittagszeit rastete die Musik.

Wir setzten uns zu Gruppen zusammen an die Tische, jeder zu dem, mit dem er am liebsten ein erbauliches und verdauliches Gespräch führen mochte. Nur der dicke Baron Wetterstetten, von dem sie sagen, daß er so hoch wie breit sei, saß mitten im Volke und dröhnte laut seine immer etwas zweifelhaften Scherzreden, die wohl allen das Mahl würzen sollten. Wenn er seine eigenen Scherze belachte, kamen seine Massen derart in Bewegung, daß sich rings um ihn ein kleines Erdbeben ereignete.

Wetterstetten war auch wieder mit seinem Streitroß gekommen. Ein anderes Pferd hätte seine Last nicht tragen können. Was die Reisigen früher als Rüstung trugen, trägt er nun als Fett am Leibe, und ich weiß nicht, ob ich ihn nur ungehobelt oder gleich ungeschlacht oder gar grobschlächtig nennen soll; denn sein Benehmen, nun ja, Du weißt schon, was ich sagen will.

Dieser Baron ist so dick, daß ich meine, er müsse ständig essen, um diesen Umfang beibehalten zu können. So fürchte ich manchmal, daß er vielleicht auch mich einmal anbeißen könnte, wenn gerade nichts anderes zum Essen da ist. Er ist laut, rot im Gesicht und schnauft zuweilen erbarmenswürdig, wenn er sich erhebt oder ein wenig bergauf geht. Am liebsten ginge er wohl nur bergab.

Wenn er getrunken hat, ist er nicht nur ungehobelt und grobschlächtig, dann ist er auch unflätig. Manche Leute lachen und nennen ihn einen leutseligen Herren, manche aber schämen sich für ihn, da sie nicht verstehen können, wie sich ein Baron so unpassend benehmen kann.

Der Baron trug zum Feste schwarze Hosen und ein blaues Hemd. Da fiel mir sein roter Kopf noch mehr auf als sonst. Offen trug er das Hemd bereits am Morgen, als es noch kühl war. Der schnaufende Koloß gerät leicht ins Schwitzen vor allem, wenn er ein paar Tanzschritte versucht. Mehr als drei

Dreher gelingen ihm nicht mehr. Dann lacht er laut und drückt seine Tänzerin an sich, um nicht umzufallen.
Der Doktor betrachtete ihn wie einen dicken Mistkäfer, der interessant, aber unappetitlich ist.
„Der sollte nicht so viel essen und nicht so viel trinken. Das wird ihn noch umbringen!“, murmelte er. Da hob der Baron aber gerade seinen Pokal und prostete mir über die Tische hinweg zu und schrie, der Wein schmecke mir anscheinend auch dann, wenn er nicht aus meinem Keller komme. Ich mußte ihm wohl Bescheid tun und erhob mich, aber er hatte sich bereits wieder abgewendet und rief, die Spielleute sollten ein Lied zur Verdauung aufspielen. Er wolle jetzt singen.
Da näherte sich ihm der Herr des Festes. Ich meine den Ritter von Querfeld.
Sie sprachen miteinander.
Ich sah, wie sich der Baron halb unwillig, halb ergeben ins Unabänderliche wieder hinsetzte. Ein junges Mädchen neben ihm quietschte laut auf und lachte dann. Viele lachten mit, manche lachten nicht und schauten mit bösen Blicken vor sich hin, und ich dachte, wie der Baron, der ein großer Herr sei, überall freundlich empfangen würde, in seinem Rücken aber viel kalte und spitze Blicke ertragen müsse.
Ob er das wußte?
Ob es ihm gleichgültig war, oder ob er das vielleicht sogar genoß?

Die Tische wurden jetzt so gerückt, daß sie den Blick freigaben auf einen freien Platz am Mainufer.
Der Ritter ließ durch einen Trompetenton ankündigen, daß er jetzt allen etwas sagen wolle. Zur Unterhaltung der Gäste habe er sich etwas Besonderes ausgedacht, verkündete er. Ein Schäferspiel werde aufgeführt auf dem freien Platz, auf dem er stehe. Es sei ein Spiel von einem Dichter, der heute berühmt sei. Der habe es geschrieben, als er noch nicht berühmt gewesen sei. Er spreche von Johann Wolfgang von Goethe. Das Stück heiße „Die Laune des Verliebten“. Es werde nicht von Schauspielern aufgeführt, sondern von Laien. Das Liebespaar werde gespielt von der holden und schönen Irene von Elstergrund und dem jungen und allen wohlbekannten Edlen von Ammer.

„Sie haben das Spiel unter meiner Leitung eingeübt, und ich kann sagen...“
Weiter kam er nicht, da hörte ich aus dem Hintergrund laute Rufe. Der Vater der schönen Irene, der Herr von Elstergrund, drängte sich durch die Reihen. Du wirst Dich an ihn nicht erinnern, lieber Anselm, da Du ihn bei deinem kurzen Aufenthalt bei Hofe höchstens einmal gesehen hast.
Er ist jetzt Hofmarschall. Hager, groß und grau ist er geblieben, aber stolz und streng geworden, und er rührt mit seinen langen, schmalen Händen in allen Suppen, die bei Hofe angerichtet werden. Ich überlegte schon, warum er sich herabgelassen hatte, an einem Volksfeste teilzunehmen.
Jetzt wurde mir das schnell klar.

Ich weiß nicht, was er alles gerufen hat.
Manchmal versteht man ja laute Rufe genauso schlecht wie Geflüster.
Was er wollte, weiß ich aber sehr genau. Das konnte jeder, der da saß, aus dem entnehmen, was er tat.
Er stieß den edlen Ritter zur Seite und ging auf seine Tochter zu, die in der Zwischenzeit an der Hand ihres Partners hervorgetreten war.
Er riß seine Tochter zu sich und gab zugleich ihrem Partner einen Stoß, der diesen beinahe in den Main befördert hätte. Dann wendete er sich uns allen zu und rief, jetzt sehr deutlich und allen verständlich, seine Tochter werde kein Schauspiel und auch kein Schäferspiel aufführen, schon gar nicht vor einem so gemischten Publikum und überhaupt nicht gemeinsam mit einem Herrn von Ammer, selbst wenn es von diesem Herrn von Goethe geschrieben worden sei. Er sei guten Willens zu diesem Feste gekommen, obwohl es kein Fest des Hofes, sondern nur ein ländliches Fest sei. Er sei gekommen, weil er von einem Edelmann eingeladen worden sei. Wenn er aber geahnt hätte, und dabei sah er den Ritter von Querfeld an, wie schändlich er hier beschimpft werden sollte, dann hätte er das Fest gemieden. Seine Tochter sei keine Schauspielerin, und mit einem Ammer werde sie schon gar nicht spielen, dazu auch noch in einem Schäferspiel, und hochmütig zog er die schwarzen Büsche seiner

Augenbrauen in die Höhe. Er werde sich noch überlegen, wie er sich schadlos halten könne.
Dann eilte er davon, seine Tochter recht unwürdig hinter sich her zerrend. Wenn auch alle zuerst betroffen waren, so fanden sie doch das Bild der fortgezerrten Tochter so lächerlich, daß sie lachen mußten. Also wurde sein Abgang von einem erst zögernd leisen, dann immer lauter werdenden Gelächter begleitet. Das hat ihn sicher geärgert, und es sollte mich wohl wundern, wenn er nicht bald dem Fürstbischof berichten würde, in der Umgebung von Würzburg seien nun auch bereits revolutionäre Umtriebe sichtbar geworden, die man doch auf das weit entfernte Paris beschränkt geglaubt hätte.
Wie ich gehört habe, soll er in Eure Nähe gereist sein und bei dem Fürsten von Nassau im Schloß zu Biebrich wohnen.
Wahrscheinlich will er mit seiner Tochter in der Nähe des Grafen Balderung sein, den sie den Verliebten nennen. Der soll sich zur Zeit in Wiesbaden zur Kur befinden. Da fragt man sich natürlich, zu welcher Kur der sich in Wiesbaden befindet. Die jungen Frauen und die Jungfrauen...

Pater Anselm runzelte die Stirn und las still für sich weiter. Dann sagte er, das brauche er mir nun nicht alles vorzulesen, das meiste sei für das eigentliche Thema des Briefes nicht von Bedeutung. Pater Kilian schreibe noch, daß der Herr von Elstergrund als Hofmarschall nur noch mit dem Grafen Balderung, dem jüngeren der beiden Brüder Balderung, vertrauteren Umgang pflege. Mit dem Baron Wetterstetten, mit dem er früher befreundet gewesen sei, habe er sich anscheinend überworfen. Sicher wisse er das nicht. Er habe die beiden aber einmal bei einer lauten Auseinandersetzung im Treppenhaus der Residenz angetroffen, und das sei sicher nicht ein Streit über die Vorzüge des Gemäldes von Tiepolo gewesen; denn sie hätten ihren Streit sofort abgebrochen, als sie ihn gesehen hätten.
Ich sagte nichts. Nach einer Weile fuhr er fort zu lesen.

Das Fest war nun doch gestört, und es bedurfte einiger Zeit und einiger Schlucke des trefflichen Weines, um die Stimmung wieder zu allgemeiner heiterer Fröhlichkeit zu wenden.

Dann kamen die Mägde des Ritters und boten wieder etwas Neues zum Essen an, einen Fisch, den sie in einer Kartoffelkruste gebacken hatten. Er schmeckte vortrefflich, aber ich merkte, wie ich in Versuchung geriet, immer mehr zu essen und dabei auch mehr zu trinken und beschloß, ein wenig Zurückhaltung zu üben. Der Doktor an meiner Seite war mir dabei hilfreich, allein schon durch ein leises Stöhnen, das er bei jedem neuen Gang und jedem neuen Wein hören ließ. Sein Gesicht, in dem die Mißbilligung immer deutlicher wurde, brauchte ich mir da gar nicht anzusehen.

So verging der Tag. Die Speisen wechselten und auch die Weine, und sie wurden immer auf eine neue Art dargeboten.
Einmal kamen sogar die Knechte des Ritters auf Stelzen hinter dem Ufergebüsch hervor, so als ob sie auf diesen Stelzen durch den Main gestakst wären und dabei in den Fluten Fische gefangen hätten. Die trugen sie in ihren Händen und warfen sie unter das Volk. Die Mädchen schrien, und die Burschen versuchten, die Fische zu fangen, und bald waren alle damit beschäftigt, die Fische zu kochen und zu braten und eine neue, ganz urtümliche Speise zuzubereiten. Große Brotfladen lagen überall bereit, und während der Vormittag noch dem Tanz und der Unterhaltung gewidmet war, versank der Nachmittag, ich scheue mich fast, es zu schreiben, aber es verdient keine andere Bezeichnung, in einer ungeheuren Fresserei, der die Sauferei kaum nachstand.
Mitten drin tauchte manchmal für kurze Augenblicke der rote Kopf des Barons auf, wie um nach Luft zu schnappen, um dann gleich wieder in der Menge unterzutauchen und mit seinem breiten Mund die besten Happen zu erwischen. Er fraß wie der dicke Mann im Märchen, der nach seiner Mahlzeit das ganze Meer ausgetrunken hat.
Als Höhepunkt des Festes hatte sich Ritter Querfeld etwas ganz Ungewöhnliches ausgedacht, um die Eßlust noch ein letztes Mal richtig anzustacheln. Er lud die besten Esser zu einem Wettessen ein. Jeder sollte eine Wurst essen, oder soll ich sagen, hinunterschlingen, und wer seine Wurst am schnellsten vertilgt habe, der sollte zum König des Festes ausgerufen werden und obendrein

noch ein Faß Wein aus den Kellern des Ritters erhalten. Die Würste lagen schon bereit auf einem kleinen Tische.
Der Ritter stand wieder auf dem freien Platz, auf dem das Schäferspiel hatte aufgeführt werden sollen. Der Edle von Ammer stand zwischen ihm und dem Tisch mit den Würsten, ein schlanker, junger Mann mit traurigen Augen.
Mit dem hätte ich gerne ein wenig gesprochen; denn es wird gesagt, daß der junge Ammer nach dem Tode seines Vaters, der auch ein Mann des Fürstbischofs war, zuweilen revolutionäre Gedanken geäußerst und von Freiheit und Gleichheit geschwärmt hätte. Ich kann es verstehen, denn viel hat ihm der Alte nicht vererben können. Er wird sich recht kümmerlich mit seinen schmalen Gütern erhalten müssen. Irene wäre eine gute Partie für ihn. Ihre Mitgift könnte ihn von so manchen Sorgen befreien. Das ging mir durch den Kopf, als ich ihn bei den Würsten sah, die er offenbar verteilen sollte. Ich kann aber nicht sagen, ob er sie wirklich verteilt hat. Vielleicht haben sie die Knechte verteilt oder auch der Ritter selbst. Die Verteilung habe ich nicht beobachtet.
Der Ritter verkündete die Bedingungen des Wettessens. Dann wartete er, wer sich melden werde. Er lachte und schien bester Laune, aber seine Stimme klang gar nicht so locker, und ich dachte: 'Ob wohl auch seine Augen mitlachen?'
Das konnte ich nicht sehen.

Ein langer Tisch wurde herbeigeschleppt und so aufgestellt, daß die Gäste auf der Wiese den Wettessern, die mit dem Rücken zum Fluß Platz nehmen sollten, gegenübersaßen.
Natürlich meldete sich der Baron Wetterstetten als erster. Mit ungefügen, schon etwas wackeligen Schritten bewegte er sich auf den Tisch zu und setzte sich so, daß er in der Mitte der Esser zu sitzen kam.
Der Doktor neben mir murrte und hielt es für äußerst unpassend, daß ein Baron, der am Hofe des Fürstbischofs lebe, sich unter ländliche Wettesser mische, und überhaupt sei das eine ganz unsinnige und ungesunde und auch, wenn man es recht bedenke, unmoralische Idee, die Gaben Gottes um die Wette hinunterzuschlingen. Wenn sie die Würste wenigstens sorgfältig

kauen wollten, aber damit könne man sicher nicht rechnen. Dann konnte er nicht mehr an sich halten. Während sich der Tisch mit den Wettkämpfern füllte, stand er plötzlich auf und rief, sie sollten doch wenigstens die Würste gut kauen.
Alle lachten und am lautesten lachte der Baron und schrie, er habe auch Zähne im Magen. Was sein Mund nicht kaue, werde dort zermalmt. Ja, die Wurst werde in seinem Inneren zermalmt, und wenn ihm der Doktor nicht glaube, dann vermache er ihm hier vor allen Leuten seinen Leib. Den könne er, wenn er einmal gestorben sei, aufschneiden und nachschauen. Der Doktor werde ihn bei seiner gesunden Lebensweise doch sicherlich überleben.
Der Doktor schüttelte den Kopf, wußte aber nichts Witziges zu erwidern, da ihm das ganze wohl auch nicht witzig vorkam. Wahrscheinlich wäre er am liebsten nach Hause gefahren. Das konnte er aber nicht, weil ich ja sitzen blieb. Vielleicht hätte ich etwas sagen oder eingreifen sollen.
Aber konnte ich das?
Ich bin schließlich nur der Kellermeister, zwar der Kellner der Hofkellerei, aber was gilt das schon, wenn sich die Herren vom Adel ungebührlich aufführen wollen.
Wahrscheinlich hätten wir weggehen sollen, aber irgendetwas hielt mich auf meinem Sitz. Mir kam alles wie ein unwirkliches und zugleich unheimliches Schauspiel vor, das ich mir nun, da ich so lange ausgehalten hatte, auch bis zum Ende ansehen wollte.

Nun saßen sie alle bereit. Der Baron griff nach dem Pokal und trank einen kräftigen Schluck.
„Damit es besser rutscht!", schrie er und lachte tief aus dem Bauche.
Die anderen hielten ihre Hände über die Würste, um beim Zeichen zum Beginn nur ja schnell genug zugreifen zu können. Da rief der Ritter: „Fangt an!"
Sofort beugten sich alle nach vorn, und während die Münder sich bereits öffneten, schnappte sich ein jeder mit den Händen seine Wurst vom Tische, und alle bissen fast zur geichen Zeit in ihre Wurst und begannen zu reißen und zu zerren.

Nur der Baron langte behäbig zum Messer und schnitt seine Wurst in etwa gleichgroße Stücke, und, siegesgewiß zum Volke schauend, schlang er die Wurststücke hinab, nicht ohne den Schlund zwischen den einzelnen Bissen mit Wein gehörig zu feuchten.
Alle sahen nur zu ihm hin, als ob er allein mit der Wurst da kämpfe. Sie vergaßen die andern, die redlich sich mühten und kauten und schlangen. Auch ich vermochte den Blick kaum einmal abzuwenden von dem Kämpfer in der Mitte.
Fast die Hälfte seiner Wurst hatte er schon verschlungen, als er plötzlich innehielt, sich an den Hals griff und aufsprang. Es schien, als wollte er die Bank verlassen. Er wendete sich halb um, nach hinten, dem Fluß zu, und dann fiel er um. Seine gewaltige Masse brach hart herein über den armen Esser, der neben ihm saß, und riß ihn mit, den zappelnden und schreienden Mann unter sich begrabend.
So rutschten sie von der Bank.
Alle hörten auf zu essen.
Die Leute sprangen auf und drängten zum Tische. Doch zuerst war der Doktor dort. Er hatte keinen Augenblick gezögert. Als alle erstarrt waren vor Schreck und noch ohne Bewegung da saßen, war er schon aufgesprungen und hingeeilt und stand über den Baron gebeugt und fühlte seinen Hals.
Die anderen Wettesser waren zurückgewichen. Der von dem Baron umgerissene hatte sich hervorgearbeitet und hinkte zur Seite.
Der Ritter und seine Knechte bildeten eine Kette und hielten die Leute fern und baten sie, sich wieder hinzusetzen.
Nur mich ließen sie durch. Sie kannten den alten Doktor und wußten, daß ich ihn gebracht hatte.
Der Doktor kniete neben dem Baron und versuchte, das Wurststück, das ihm noch zum Teil aus dem Rachen ragte, zu entfernen.
„Das ist zu spät!“, sagte er.
„Er ist tot. Ich glaube, er war sofort tot. Sein Herz hat ganz plötzlich aufgehört zu schlagen, denke ich.
Als ich kam, konnte ich seinen Puls schon nicht mehr fühlen.“
„Ich habe das schon einmal gesehen, diesen plötzlichen Tod. Ich

habe auch von anderen darüber gehört!", fügte er hinzu, das Wurststück, das er aus dem Rachen des Toten gezerrt hatte, nachdenklich betrachtend.
„Eigentlich hat mich das nie so sehr interessiert, denn helfen kann man da nicht mehr, und es ist ein Tod der Unmäßigen.
Ob man das überhaupt „ersticken" nennen soll? Das geht viel schneller als ersticken."
Er wiegte bedenklich seinen Kopf.
„Es ist, als werde mit dem Schlund der Weg des Lebens versperrt, und das Leben erschrecke dadurch zu Tode."
Der Edle von Ammer kam und schaute kalt auf den Toten und meinte: „Ob ich ihm jetzt Abbitte leisten sollte für alles, was ich ihm an den Hals gewünscht habe? Er war ein übler Herr und hat die bedrückt, die er in seiner Gewalt hatte, und sie mußten es noch lachend hinnehmen, wenn er dann kam und mit ihnen feiern wollte. Ich kenne manchen, den sein Tod erleichtert.
Manchmal denke ich, ein finsterer Bedrücker ist noch besser als so einer, der mit den Bedrückten feiert und verlangt, daß sie mit ihm lachen. Um solcher Leute willen könnte ich mich mit den Gedanken anfreunden, die jetzt aus Frankreich zu uns kommen.
Gleich sollten die Menschen sein und frei."
Ich weiß nicht, warum er mir das gesagt hat. Der Ritter hatte sich inzwischen an die Leute gewendet und gesagt, das Wettessen sei durch einen Unfall beendet worden. Der Baron sei plötzlich erkrankt, befinde sich aber in bester Pflege, denn bei den Gästen habe sich ein alter Arzt befunden, der sich seiner angenommen habe. Sie sollten sich die Laune nicht verderben lassen und weiterfeiern.
„Wer weiß", so schloß er, „wann wir wieder einmal ein so harmonisches Fest feiern können."
Als er das sagte, lachten seine Augen nicht.

Vier Männer waren nötig, den Baron auf einer der Tischplatten davon zu tragen. Da der Doktor die Bahre begleiten mußte, wurde es uns leicht, unauffällig unseren Abschied zu nehmen.
Auf der Heimfahrt fragte ich den Doktor, ob er so etwas erwartet hätte, weil er so gespannt da gesessen hätte und

sogleich aufgesprungen sei beim ersten Anzeichen des Unglücks.
„Unglück?", sagte er, und ich sah, daß er das Wurststück ausgepackt hatte, das er aus dem Halse des Toten geborgen und in ein Tuch gewickelt hatte.
„Unglück?", wiederholte er. „Ich weiß es nicht."
„Dieses Stück Wurst jedenfalls", fuhr er nach einer Weile fort, während der er das Wurststück betastet und gedrückt hatte, „dieses Stück von der Wurst, die dem Baron vorgesetzt wurde, ist jedenfalls merkwürdig hart, nicht so weich, wie ich es von einer Wurst erwartet hätte.
Es gibt sicher Leute, die über diese Art eines plötzlichen Todes besser Bescheid wissen als ich. Ich interessiere mich mehr für Kranke, denen ich helfen kann.
Und wenn manche Leute besser Bescheid wissen als ich, was könnte daraus folgen?"
Dann wickelte er das Wurststück wieder sorgfältig in das Tuch, lehnte sich zurück und schloß die Augen, mir damit anzeigend, daß er nun nicht mehr reden wolle.
Auf der Mainbrücke erhob er sich ein wenig von seinem Sitze und schleuderte das Wurststück samt dem Tuche, in das er es gewickelt hatte, weit hinaus in den Main.
„Was geht das mich an. Er hatte das doch herausgefordert!", murmelte er.
Mehr sagte er nicht, auch beim Abschied nicht.

In Gedanken versunken bin ich dann heimgefahren. Die Pferde kennen den Weg. Da brauchte ich nichts zu tun.
Vor vielen Jahren war ich bei einem ähnlichen ländlichen Feste einmal sehr glücklich gewesen. Ein Stück dieses Glücks dachte ich mir zurückzuholen, als ich die Einladung angenommen hatte. Das war mir gründlich mißlungen. Der gierige Baron hatte mir mit seiner unglückseligen Fresserei die Freude verdorben, die so ein unschuldiges Fest bereiten kann.

*...und was hatte der alte Doktor gemurmelt? War das etwa gar kein Unglück gewesen, dachte ich, kein zufälliges Aufeinandertreffen unglücklicher Umstände? Aber reden wir nicht immer von einem zufälligen Aufeinandertreffen ungückliche*r

Umstände, wenn wir die wahren Hintergründe eines Ereignisses nicht kennen?
Am ehesten, meine ich, war das ein Selbstmord, ein unbeabsichtigter Selbstmord; denn sicher hat schon mancher Arzt dem Baron erklärt, er werde so oder so ähnlich enden, wenn er weiterhin auf seine gewohnte, unmäßige Weise äße und tränke. Kein Mensch hält das aus, und heißt es nicht, die Güte der Speise mißachten, wenn man so frißt, und verschmäht einer nicht den köstlichen Wein, wenn er säuft? In der Bibel steht schon, daß der Trunkene nicht mehr schmecke, wie köstlich der Wein sei, den er trinke.
Der Speisemeister sagt doch bei der Hochzeit zu Kana: „Jedermann setzt zuerst den guten Wein vor, und wenn die Gäste trunken sind, den geringeren.“ Das sagt er, weil er weiß, daß man in trunkenem Zustand die Güte des Weines nicht mehr schmecken kann.

Vielleicht hat der Baron den Ärzten nicht geglaubt? Dann war es ein unbeabsichtigter Selbstmord.
Eigentlich, überlegte ich weiter, konnte jeder sehen, auch er selbst, daß er so nicht weitermachen könnte, ohne sich umzubringen. Wenn er also so weiterfraß wie bisher, dann hat er seinen Tod zumindest in Kauf genommen.
Vielleicht wäre es wirklich meine Pflicht gewesen, ihn von dem Wettessen abzuhalten oder ihn überhaupt vom Besuche dieses unschuldigen Festes abzuhalten. Aber er hätte sicher nicht auf mich gehört, schon gar nicht, als er betrunken war, und betrunken war er beim Wettessen, das hatte ich an seinen unsicheren Schritten gesehen, als er zum Tisch gegangen war.
Jeder konnte sehen, wie gefährlich Essen und Trinken für ihn waren.
Jeder konnte es sehen, auch der Ritter von Querfeld. Warum mußte er ihn da zu diesem Feste einladen?
Aber war es ihm überhaupt möglich, ihn nicht einzuladen, wenn er die Hofleute des Fürstbischofs einlud? Wie hätte er ihn da übergehen können?
Oder hatte er vielleicht die Hofleute des Bischofs eingeladen, um den Baron unauffällig miteinladen zu können?

Der Ritter vor allen anderen hätte wissen müssen, wie gefährlich das Unmaß ist, ist doch sein Sohn durch Unmäßigkeit zu Grunde gegangen. Aber, so dachte ich dann, leicht gehen die Menschen über diese Dinge hinweg, wenn es sie nicht gerade selbst betrifft, und was sie selbst betrifft, was sie für sich fürchten, das fürchten sie nur selten für andere. Die sollen selbst auf sich achten!
Der Ritter wollte ein Fest feiern, um seinem traurigen Einerlei zu entfliehen. Es sollte ein lautes Fest werden. Da lädt man gerne Leute ein, die gern kommen, und wenn gut und viel gegessen werden soll, kommen immer die am liebsten, die gerne gut und viel essen und trinken.
Noch als ich im Bett lag, hat mich dieses Unglück beschäftigt, das vielleicht gar kein Unglück war.
Der Baron hatte wohl viele Feinde, das weiß ich selbst, da brauche ich diesen jungen von Ammer nicht zu fragen.
Vielleicht hat ja einer dieser Feinde die Gelegenheit genutzt, um dem Baron bei seinem Selbstmord zu helfen.
Der junge von Ammer selbst?
Dann fiel mir ein, daß in der Wurst ein hartes Stück war, das den Doktor beunruhigt hatte. Kam das gelegen, oder hatte da einer vorgesorgt? Aber wie sollte einer die Wurst präpariert haben?
Vielleicht war es ganz leicht, eine Wurst zu präparieren, wenn man Gelegenheit hatte, einmal mit einem Fleischer zu reden. Der junge von Ammer macht mir Sorgen, und das ist, wenn ich ehrlich bin, der Grund, warum ich Dir das alles so genau schreibe.
Ich fürchte, er könnte mit diesem Unglück zu tun haben, wenn es denn kein Unglück war. Wenn noch andere auf die Idee kommen sollten, was ich aber nicht für wahrscheinlich halte, daß bei diesem Unglück nicht alles mit rechten Dingen zugegangen sei, dann wäre der junge von Ammer schon wegen seiner unvorsichtigen Reden einer der ersten, den man in Verdacht haben müßte.
Ich meine zwar, ein solcher Verdacht wäre genauso unsinnig wie die Annahme, der alte Doktor hätte den Baron umgebracht, indem er die Wurst in seinem Halse festhielt, statt sie schnell herauszuziehen.

Hier konnte sich Pater Anselm eines Kopfschüttelns nicht enthalten. „Das geht ja wohl zu weit. Was ist nur mit Kilian los, daß er auf so abwegige Gedanken verfällt? Aber ich will noch schnell zu Ende lesen, dann können wir uns über den Brief unterhalten."
Dann fuhr er fort zu lesen:

Ich erinnere mich daran, daß Du Dich schon immer für solche Geschichten interessiert hast und oft Lösungen gefunden hast, die uns alle überrascht haben. Vielleicht findest Du auch hier eine Lösung. Wenn Du noch mehr wissen mußt, um das Unglücksrätsel lösen zu können, schreibe mir oder reise einmal nach Würzburg. Gern will ich Dir den Hofkeller zeigen …

„Also nach Würzburg soll ich reisen, nur weil sich der empfindsame Kerl in den Kopf gesetzt hat, den jungen von Ammer schützen zu müssen. Der Ammer kann sich sicher selbst gut genug schützen, und wenn er klug ist, wird er auch bald merken, daß Freiheit und Gleichheit nicht zusammenpassen und lieber auf die Gleichheit verzichten als die Freiheit aufzugeben." Der Hinweis auf die Ideen des jungen Edelmanns war ihm aufgefallen.
„Und warum sollen Freiheit und Gleichheit nicht zusammenpassen?", fragte ich.
Er sah mich erstaunt an und sagte dann: „Weil die Menschen nicht gleich sind, und weil man sie auch nicht gleich machen kann.
Schon die Lebensdauer ist nicht gleich, und auch die Klugheit ist nicht gleich verteilt.
Du willst doch die, die länger leben, nicht umbringen? Das Leben verlängern kannst du ja nicht.
Auch klüger machen kannst du keinen."
Er lachte bitter.
„Wenn du sie alle gleich haben willst, mußt du versuchen, die Klügeren dümmer zu machen. Das aber geht nur mit Zwang; denn die Klugen werden merken, was du vorhast. Auch mit Zwang wird es dir nicht gelingen.
Solange aber manche klüger sind als andere, kannst du mit allen Mitteln versuchen, die Menschen gleich zu machen, es wird dir nicht gelingen. Du wirst sie nur unglücklich machen!

Warum sage ich dir das so ausführlich? Weil man heute manchmal davon hört, weil der junge von Ammer davon gesprochen hat, und weil mich diese Ideen auch selbst sehr beschäftigen, nicht aber weil ich, so wie Kilian, glaubte, diese Ideen könnten ein Beweggrund für einen Mord sein.
Das glaube ich nicht!"
„Eigentlich", meinte ich nach einer Weile des Nachdenkens, „hat ihr Freund Kilian bereits alle Gedanken aufgeschrieben, die man sich zu diesem Unglück machen kann. Ich halte es nicht für wahrscheinlich, daß einer das Unglück willentlich herbeigeführt hat. Ich glaube auch nicht an den Anfang einer Revolution, deren erstes Opfer der dicke Baron gewesen sein soll. Genausowenig glaube ich, daß den alten Doktor seine moralischen Grundsätze zu einem solchen Mord verleitet haben könnten. Wenn sich euer Freund damit nicht zufrieden gibt, müßte einer hinfahren und mit den Leuten reden, die bei dem Unglück anwesend waren. Aber das müßte einer tun, der mit solchen Dingen vertraut ist und Zeit dafür hat, und der Verdacht müßte ein wenig deutlicher sein und nicht nur auf das Gemurmel eines alten Arztes aufgebaut. Es wundert mich nur, daß er seinen Verdacht nicht auch auf den Hofmarschall, den Herrn von Elstergrund, ausgedehnt hat. Bei dem könnte man doch auf den Gedanken kommen, er sei verdächtig, gerade weil er schon um die Mittagszeit das Fest verlassen habe. Der habe die Wurstgeschichte angezettelt und sich dann so früh davon gemacht, damit er nicht in Verdacht geraten könnte."
Je mehr ich darüber nachdachte, desto unwahrscheinlicher schien mir der Verdacht des Kellermeisters in Würzburg.
Pater Anselm schien gar nicht glücklich mit meinen Worten. Hatte er gedacht, ich würde mich erbieten, nach Würzburg zu reisen oder wollte er selbst dorthin fahren? Sicher wollte er über die einzelnen Verdachtsgründe ausführlicher mit mir reden und nicht gleich eine abschließende Stellungnahme von mir hören.
Er sagte aber weiter nichts, als daß es gut sei, nun auch zu wissen, was ich von dieser Geschichte hielte. Wahrscheinlich hätte ich ja recht, obwohl er bei der ganzen Sache ein ungutes Gefühl habe. Manches komme ihm da sehr rätselhaft vor.
Er hielt mich nicht auf, als ich bald darauf gehen wollte.

II

Der Hofmarschall

Auf dem Weg von Johannisberg durch die Weinberge hinunter zum Rhein wählte ich, ohne lange zu überlegen, keine Abkürzung, sondern ging den umständlichsten Weg; denn beim Gehen durch die Weinberge kann ich am besten nachdenken, sofern mich mein guter Hund Grandpatte in Ruhe läßt und sich selbst beschäftigt. Diesmal schien er in seine Jugend zurückgesprungen zu sein; denn er versuchte, Amseln zu fangen, ein Sport, dem er sich, als er noch jung und unerfahren war, mit Begeisterung gewidmet hat. Später, nachdem er gemerkt hatte, daß Vögel für ihn kein jagdbares Wild sind, da sie so unfair sind, zu fliegen statt zu laufen, hat er gar nicht mehr zu ihnen hingeschaut. Vielleicht brauchte er heute nach der langen Sitzung bei Pater Anselm einen Vorwand, um einmal richtig laufen zu können.

Ich befand mich in einer verdrießlichen Stimmung, einerseits ohnehin schon, weil ich nicht zu Maria gehen konnte, die in Wiesbaden war, andererseits weil ich Pater Anselms Wunsch, ausführlich über den Brief des Hofkellermeisters zu sprechen, so kurz und fast unfreundlich abgewehrt hatte und das auch nur, weil ich wegen Marias Abwesenheit schlecht gelaunt war. Er würde nichts mehr dazu sagen, aber mir war es unangenehm, daß ich mich nicht besser zu beherrschen gewußt hatte, und daß er das nun wußte, und daß er mich mit freundlicher Nachsicht strafen würde.

Zudem merkte ich jetzt, daß der Verdacht des Hofkellermeisters auch mich unsicher gemacht hatte.

Wenn, dachte ich, ein ungewöhnlich und deshalb ungewohnt festes Stück Wurst für einen, der die Wurst eilig hinunterschlingt, lebensgefährlich sein kann, besonders wenn er betrunken ist, dann könnte einer dem Baron Wetterstetten leicht eine tödliche Falle stellen, indem er ihm zu einem Wettessen eine entsprechend präparierte Wurst gäbe.

Viele Leute wußten, wie der Baron sich beim Essen und Trinken verhielt. Sie wußten, daß er bei einem solchen ländli-

chen Fest so viel essen und trinken würde, wie er nur bekommen könnte.
Natürlich würde er auch der Verlockung des Wettessens nicht widerstehen können.
Wenn er betrunken wäre und ein scharfes Messer hätte, würde er auch kaum bemerken, daß die Wurst, die er bekäme, nicht so wäre wie andere Würste, und selbst wenn er etwas merkte, würde er die Gefahr unterschätzen oder gar nicht an eine Gefahr denken.
Wie aber könnte einer unauffällig bewerkstelligen, daß gerade der Baron die präparierte Wurst bekäme und nicht ein anderer, der sie, weniger betrunken als der Baron, vielleicht mit großem Geschrei zurückgewiesen hätte?

Ich überlegte, wie es bei dem Feste zugegangen war, und was ich über den Charakter des Barons wußte. Dabei fiel mir auf, daß es wohl keiner großen Prophetengabe bedurfte, um vorauszusagen, er werde sich in die Mitte der Bank setzen, wo er seine Künste dem Publikum am besten darbieten könnte. Der Mörder, wenn es denn einen Mörder gab, mußte nur dafür sorgen, daß die präparierte Wurst dem Platz in der Mitte der Bank zugeteilt würde.
Also wenn das ein Mord war, dann mußten wir mit einem klugen Mörder rechnen, denn der Mörder hatte dann bei seinem Mord die Begierden und die besonderen Eigenheiten des Ermordeten aufs Vortrefflichste genutzt. Kann man in diesem Zusammenhang das Wort vortrefflich verwenden?
Eine schwache Stelle hatte der Mörder, etwas, wodurch er sich von den meisten anderen Leuten, die bei dem Fest waren, unterschied: Er hatte einige ärztliche Kenntnisse. Er mußte wissen, daß es beim Hinunterschlingen eines Wurstteils, besonders in trunkenem Zustand, und wenn das Wurststück hart wäre, zu einem ganz plötzlichen Tode kommen könnte, der wie ein Unfall aussähe.
Eine große Hilfe war das freilich nicht.
Der Mörder brauchte deshalb kein Arzt zu sein. Er konnte diese Kenntnisse auch zufällig erlangt haben, indem er vielleicht einmal bei einem solchen Todesfall zugegen war und

dann einem Arzt zugehört hatte, als dieser die Bedingungen des Todesfalls erläutert hatte.

Grandpatte hatte eine Elster aufgescheucht. Die war aber nur zum nächsten Baum geflogen und betrachtete von dort den Hund, der sich nun zu mir gesellte und neben mir hertrottete. Elster, Elstergrund, Herr oder vielleicht Freiherr von Elstergrund, Hofmarschall aus dem Elstergrund, das schien mir ein merkwürdiger, düsterer Name, ist die Elster doch der Vogel der Totengöttin, der altgermanischen Göttin der Unterwelt, Hel, Hels Vogel. Elstern erinnern mich an die Schatten des Totenreiches. Ich dachte, daß die buschigen, dunklen Augenbrauen des Hofmarschalls wie die Schwingen eines Vogels in seinem Gesicht sein könnten und stellte mir seine Nase als Schnabel vor.

Als ich ins Institut kam, in mein Institut für Traubenkunde, fand ich dort meinen Freund Oskar, der eigentlich in Johannisberg arbeitet, mir aber manchmal aushilft. Er war damit beschäftigt, ein einfaches Mittagessen zu bereiten, eine Gemüsesuppe mit ein paar Würsten. Dabei schimpfte er dauernd vor sich hin.
Schon zur Tür hintretend hatte ich ihn sprechen hören und dachte, da sei ein Streit im Gange.
Er wendete sich gleich zu mir hin und sagte:
„Warum fragt einer etwas, das er schon weiß?
Kannst du mir das sagen?
Er hat alles genau gewußt und dann aber gefragt. Er hätte seiner Frau und seiner Tochter selbst alles erklären können, ganz ohne meine Hilfe."
Ich wußte nicht, von wem er redete. Es hat auch, wenn er so ärgerlich vor sich hinschimpft und erregt ist, gar keinen Zweck, ihn etwas zu fragen. Man muß ihn reden lassen, irgendwann lichtet sich dann das Dunkel seiner Worte von selbst.
„Da waren auch noch andere dabei, Pagen und der Kutscher. Den Kutscher hat er auch mitgeschleppt in die Weinberge. Zuerst habe ich wirklich gedacht, der hohe Herr wollte von mir etwas über den Weinbau erfahren. Hofmarschall soll er sein, hat einer von den Pagen nachher gesagt, in Würzburg bei einem

Bischof, bei einem Fürstbischof, ein hoher Herr also. Da hat er es doch eigentlich gar nicht nötig zu zeigen, was er alles weiß. Mir wollte er es ja auch nicht zeigen. Seiner Frau und Tochter und den anderen wollte er es zeigen. Wie er den Wein liebt, das sieht man an seiner Nase und seiner Gesichtsfarbe, so rötlich grau. Von Liebe kann man da nicht reden.
Das ist auch einer von denen, die das Saufen als Wissenschaft betreiben. Trotz aller Feuchtigkeit ist er aber dürr geblieben."
Oskar überlegte und sah mich an, da ich nichts sagte, fuhr er fort, indem er die Stimme des Hofmarschalls nachahmte und etwas vornehm-gequetscht unter besonderer Beteiligung der Nase sprach:
„Das ist also der Riesling?"
Jetzt stand er auf und spielte mir den Hofmarschall vor.
„Ist er nun 1344 oder 1355 zum ersten Mal in den Urkunden erwähnt?"
„Als ob ich so etwas wüßte. Da muß er schon den Pater Anselm fragen." Das sagte er mit seiner normalen Stimme.
„Auch seine nächste Frage hätte er dem Pater stellen sollen. Aber ich denke, sie enthält bereits die Antwort."
Er ahmte wieder den Hofmarschall nach: „Kann der Sylvaner, der bei uns in Franken so gut gedeiht, nicht auf eine den Römern bereits bekannte Rebsorte zurückgeführt werden?"
Und wieder mit normaler Stimme: „Da habe ich 'ja' gebrummt. Dann wollte er noch etwas über die beste Zeit der Blüte wissen. Da bin ich ihm in die Falle gegangen und sagte, der beste Wein sei zu erwarten, wenn die Blüte um Johannis beginne, also am Feste Johannes des Täufers. Es gehe auch noch an, wenn der Wein am Feste des heiligen Petrus blühe. Am Margaretenfest sei es zu spät.
Da grinste er ganz erbärmlich und sagte zu seiner Frau, ob es nicht allerliebst sei, wie ich die lieben Heiligen so sehr verehre, daß ich sogar meine Zeit nach ihren Festen einteile. Dann wendete er sich wieder zu mir und fragte, ob es nicht noch besser sei, wenn der Wein schon am Feste der heiligen Irene blühe, denn Irene sei der Name seiner Tochter.
Da sagte ich unwirsch, das sei Unsinn, so früh könne der Wein nicht blühen, und habe dabei seine Tochter angesehen, der

fünfte April sei viel zu früh, das müsse er doch wissen, wenn er sonst soviel über den Wein wisse.
Seine Tochter hat sich geschämt wegen ihres Vaters. Sie wurde ganz rot. Ich konnte es gut sehen, weil sich ihre Mutter einmal nicht vor das liebe Mädchen gestellt hatte, um mir die Sicht zu versperren. „Wohl dem“, sagte ich dann noch, „der sich in unseren Zeiten seine Tage nach den Heiligen einteilt, dann hat er immer ein Vorbild, dem er nachfolgen sollte.“
Laut hat er gelacht. Ich hatte gar nicht gedacht, daß der graue Mann laut lachen könne. Es klang aber auch mehr wie das Gackern eines mißgünstigen Gockels.
Ein originelles Exemplar eines Rheingauer Winzers sei ich. Ich solle doch einmal nach Biebrich ins Schloß kommen, er wolle mich dem Fürsten zeigen, der werde an einem solchen Exemplar sicher seinen Spaß haben. Dann wollte er mir ein Goldstück geben. Das habe ich aber übersehen. Von so einem lasse ich mir nichts schenken, und wenn er ein Hofmarschall ist.
Sie gingen zu ihrer Kutsche. Aber während sie einstiegen, hat sich das schöne Mädchen losgemacht, kam zu mir zurückgelaufen und hat sich für ihren Vater entschuldigt.
Der sei eben so. Er bilde sich etwas ein auf das, was er über Wein wisse, und müsse das überall zeigen. Ich solle aber nach Biebrich kommen, dort werde am späten Nachmittag von einer guten Truppe ein Schauspiel aufgeführt. Sie könne mich ja nicht einladen, aber wenn ich auf einen der Parkbäume stiege, könne ich sicher dem Spiel leicht folgen, und sie werde sich freuen, wenn sie mich in der Nähe wisse.
Ein schönes und liebes Mädchen.
Der Alte hat sie zurechtgewiesen, als sie zur Kutsche kam, und dann haben sie sie so in die Kutsche gesetzt, daß die freundliche Jungfrau beim Wegfahren nicht nach mir hinsehen konnte.“
„Hast du dich verliebt?“, fragte ich.
„Dummes Zeug!“, erwiderte er.
„Ich kann mich doch nicht in die Tochter eines Hofmarschalls verlieben.
Geärgert habe ich mich. Er hat mich wie einen seltsamen Käfer behandelt, den man in einem Naturalienkabinett sieht. Sie aber hat mich wie einen Menschen behandelt. Daß sie mich einge-

laden hat, zu dem Schauspiel zu kommen, hat keine Bedeutung. Das war nur ein Vorwand, noch einmal zu mir hinzukommen. Trotzdem ..."
Er hatte sich wieder hingesetzt und sah vor sich hin.
„Warum soll ich nicht die Heiligenfeste nehmen, um mir einen Termin zu merken? Das machen wir doch alle. 'Johannisblut tut immer gut'. An Johannis sollen die Reben blühen.
Die dürren Monatszahlen vergeß' ich doch. Und wenn du meinst, das, was ich über die Heiligen als Vorbilder gesagt habe, das hätte ich vielleicht nicht so ernst gemeint. Das habe ich ernst gemeint – oder soll ich mir vielleicht einen Hofmarschall als Vorbild nehmen? Dazu noch einen, der so ungesund aussieht wie der Vater dieser lieblichen Irene?
Seine Tochter behandelt er wie einen Pagen und seine Pagen wie junge Hunde."
Irgendetwas hatte ihn sehr aufgeregt, ich konnte aus seinen Reden nur nicht entnehmen, ob es jetzt der Ärger über den Hofmarschall war, der ihn in seinem Stolze getroffen hatte, oder ob er sich in das Mädchen doch ein wenig verliebt hatte.
Um ihn abzulenken, fragte ich ihn, ob er mit mir in den Keller gehen könne, ich wolle einen der vorjährigen Weine prüfen.
Wir hatten 1789 nur wenig Wein geerntet, da in dem harten Winter von 1788 auf 1789 viele Stöcke erfroren waren.
Der Wein war von geringer Qualität gewesen. Ich hatte aber den Eindruck, daß sich die Qualität des Weines durch die Lagerung im Faß verbessere, und übte mich darin, der alten Aufforderung Karls des Großen zu willfahren und den Wein häufig zu prüfen. Er sah mich an, als ob ich ihn aufgefordert hätte, eine Elephantenkuh zu melken, und meinte dann vorwurfsvoll, von einem Freunde hätte er mehr Mitgefühl erwartet. Er könne heute nicht mehr arbeiten. Er werde sich ein Pferd nehmen und mal nach Biebrich reiten. Er müsse ohnehin nach Schierstein, um dort mit einem Gastwirt zu reden, der Wein kaufen wolle. Vielleicht reite er dann gleich weiter bis zum Schloßpark.
Das mache er ganz so, wie es ihm in den Sinn komme.
Er müsse sich aber beeilen, wenn er zum Schauspiel noch zurechtkommen wolle, versuchte ich einzuwenden. Das hörte er nicht, weil er die Tür hinter sich zuknallte.

Ich ging in den Keller und fand dort genug zu tun bis zum Abend.
Am Abend habe ich dann in dem Buche gelesen, das mir Pater Anselm vor einiger Zeit zu lesen empfohlen hat. Das Buch habe ich schon fast ausgelesen, und ich sollte es dem Pater zurückgeben, habe aber immer noch nicht den Anhang gelesen, in dem Briefe abgedruckt sind, die der Held aus der Schweiz geschrieben haben soll. 'Die Leiden des jungen Werthers' heißt das Buch. Der Geheimrat aus Weimar hat es geschrieben. Es handelt von einer unglücklichen Liebe. Besonders erfreut hat es mich nicht. Der Selbstmord des Helden ist mir ein ärgerlicher Schluß.

Gemütlich im Sessel sitzend, las ich die Briefe. Sie haben natürlich in mir den Wunsch geweckt, auch einmal in die Schweiz zu reisen und die hohen Schneeberge zu sehen. Besteigen müßte ich sie ja nicht unbedingt. Ich würde allerdings nicht allein und auch nicht mit Freunden reisen. Ich würde Maria mit mir nehmen.
Der letzte der Briefe ist recht delikat. Aus rein künstlerischem Interesse beschafft sich der Held die Dienste eines jungen Mädchens, das sich vor seinen Augen auszieht, bis es ganz nackt dasteht, und dann geht sie ins Bett und ... ob der Geheimrat das erfunden hat oder... na ja, das war für mich an diesem einsamen Abend auch nicht die richtige Lektüre.

Sehr spät, es war wohl schon fast Mitternacht, kam Oskar zurück. Ich hatte mich gerade hingelegt. Grandpatte brummte auf seinem Lager. Spät abends wird er nicht gerne gestört.
„Ein Graf ist tot!", rief Oskar zur Begrüßung und stellte sich vor mein Bett.
„Irgendjemand hat ihn ermordet oder er hat sich selbst umgebracht. Das Schauspiel wurde nicht zu Ende gespielt. Mitten drin kam einer gelaufen und rief, der Graf sei tot, er liege erstochen in einer Laube.
'Erstochen in einer Lustlaube!', schrie er.
Er sei der Kutscher und habe ihn dort gefunden. Der Kerl war betrunken, und deshalb wollte ihm zuerst niemand glauben.

Dann sagte er aber, das sei der Graf Balderung. Da wurden die Leute doch unruhig. Sie wußten anscheinend gar nicht, daß dieser Graf im Schloßpark war. Ein paar Männer sind schließlich mit dem Kutscher in den hinteren Teil des Parks gegangen, der nach Wiesbaden zu gelegen ist. Die haben bald darauf laut gerufen. Da sind sie alle, Zuschauer, Schauspieler, Diener, Pagen und Lakeien nach hinten in den Park gelaufen. Selbst der Fürst hat sich langsam erhoben und sich dann würdig dorthin bewegt.

Ich aber habe mich vorsichtig von dem Baum, auf dem ich gesessen hatte, hinuntergelassen und bin zu meinem Pferd geschlichen, das ich zum Glück außerhalb des Parkes gelassen hatte.

Der Hofmarschall und seine Frau waren nicht zu dem Schauspiel erschienen. Irene hatte allein in einer der letzten Reihen gesessen und blieb auch allein zurück, als die anderen alle zu dieser Lustlaube liefen.

Ich bin da nicht mitgelaufen. Leicht hätte einer fragen können, was ich dort zu suchen hätte. Dann hätten sie mich vielleicht noch in Verdacht gehabt, der Mörder zu sein.

Weil aber gar keiner mehr in Irenes Nähe war, bin ich doch schnell zu ihr hingegangen. Sie schien mir ganz verwirrt zu sein; denn sie erkannte mich nicht. Vielleicht hat sie aber auch nur so getan, als kenne sie mich nicht. Sie hat nur immer gesagt: ‘Der Balderung. Das hat einmal so kommen müssen. Da hat eine viel Mut gehabt. Da hat eine viel Mut gehabt!’

Und immer wieder hat sie dasselbe gesagt und mich überhaupt nicht angesehen. Sie war wie in einem Traum.

Ich bin zum Pferd gegangen und losgeritten, und jetzt bin ich hier.“

Von dem Grafen Balderung hatte ich doch gehört. Das war der, der sich in Wiesbaden aufhielt zur Kur, der aber, wenn ich den Brief aus Würzburg richtig verstanden hatte, eine Kur gar nicht nötig hatte. Wenn er der Verliebte genannt wurde, hatte das sicher seine Gründe, dann hatte ihn wahrscheinlich ein eifersüchtiger Liebhaber oder Ehemann oder vielleicht sogar ein rachsüchtiger Vater umgebracht.

III

Amors Pfeil

Das was nun folgt, hat mich, trotz allem, was ich in den letzten Stunden erfahren hatte, sehr unerwartet getroffen. Auch heute, da ich dies niederschreibe, fast zehn Jahre nach den Ereignissen, regt mich die ganze Geschichte so auf, daß es mir schwerfällt, einen vernünftigen Bericht zu schreiben, einen Bericht also, in dem alles hübsch nacheinander erzählt ist, so wie es sich ereignet hat.

Eine andere Schwierigkeit des Schreibens liegt darin, daß ich mich in den vergangenen Jahren sehr bemüht habe, diese Ereignisse zu vergessen. Aber manchmal denke ich, je mehr man sich bemüht, etwas zu vergessen, desto fester bleibt es im Gedächtnis haften. Ich muß deshalb wohl auch nicht fürchten, etwas Wichtiges falsch darzustellen, wenn mir auch bei Nebensachen ein paar Fehler unterlaufen mögen.

Eigentlich aber wollte ich diese Vorfälle gar nicht schriftlich festhalten, weil man immer damit rechnen muß, daß etwas hängen bleibt. 'Semper aliquid haeret!', sagt Pater Anselm warnend. Aber dann denke ich, ich sollte schreiben, gerade weil immer etwas hängen bleibt. Es hat sich in den vergangenen Jahren erwiesen, daß manche Leute noch immer von diesen Vorfällen sprechen, und weil sie nichts Genaues wissen, die seltsamsten Verdächtigungen aussprechen. Dabei haben wir den Fall damals völlig aufgeklärt. Auch darüber ist gesprochen worden, nur geschrieben wurde nichts. Es liegt also kein Bericht vor, auf den man sich berufen könnte.

An dem Abend, an dem Oskar so spät aus dem Schloßpark zu Biebrich zurückkam, habe ich nicht mehr viel mit ihm gesprochen. Was ging mich ein liebestoller Graf an, der in einer Lustlaube erstochen worden war. So etwas oder so etwas Ähnliches kam immer wieder einmal vor. Mir schien es, als ich mich wieder ins Bett legte, wie so eine Art Ordnung in einer Welt, in der nicht alles in Ordnung ist.

Seinen Spaß hatte der Graf wohl haben wollen, und Spaß haben ist etwas anderes als glücklich sein. Spaß ist ein kaltes Vergnügen, und wer nur seinen Spaß haben will, der bezahlt dafür mit Einsamkeit oder vielleicht auch mit dem Tode.

In tiefer Finsternis war ich eingeschlafen. Oskar hatte noch die Fensterläden geschlossen. Vom Mond war ohnehin nur eine abgewetzte Sichel zu sehen gewesen, und vor den Sternen breitete sich Wolkendunst, da war auch kein Schimmer irgendeines Lichtes im Raum. Grandpatte schnarchte selbstvergessen, wie nur ein Hund schnarchen kann.

Am frühen Morgen wachte ich auf. Es war noch sehr dunkel, nur an den Rändern der Fensterläden schienen sich langsam graue Streifen zu bilden. Grandpatte hatte aufgehört zu schnarchen, er war zur Tür gegangen und schnupperte. Da hörte ich ein leises Klopfen gegen die Tür.
Ich öffnete.
Maria kam schnell herein. Hinter ihr kam mein Vater, den ich in seinem Hause in Martinsthal wähnte. Mein Vater zögerte ein wenig in der Tür, als wolle er gleich wieder zurück fahren. Sie waren mit unserer alten Kutsche aus Martinsthal gekommen. Mein Vater hatte Maria zu mir gebracht. Kutsche und Pferd standen vor der Haustür.
Mein Vater kam nun doch langsam herein, während Maria eine Kerze anzündete.
Dann blieb er plötzlich mitten im Zimmer stehen und wendete sich zurück zur Tür: „Es ist doch besser, wenn ich sogleich wieder zurückfahre. Noch hat uns niemand gesehen, und Maria kann dir alles erzählen. Dazu braucht ihr mich nicht. Vielleicht wäre es nicht gut, wenn einer meine Kutsche heute vor deinem Institut sähe. Es braucht niemand zu wissen, daß ich hier war. Da könnte leicht einer denken, ich hätte Maria zu dir gebracht."

Er war schon wieder hinausgegangen, bevor ich dazu etwas sagen konnte. Gleich darauf hörte ich, wie sich die Kutsche quietschend und ratternd vorwärtsbewegte.

„Ich habe ihn erstochen."
Maria sagte das ganz ruhig mit derselben Stimme, mit der sie sagt: „Ich habe die Treppe geputzt."
Sie hatte sich hingesetzt.
Sie sah mich nicht an.
Sie schaute vor sich hin auf den Tisch.
Ich sah unwillkürlich auch auf den Tisch und sah, daß sich dort wieder viele Dinge versammelt hatten, die eigentlich nicht zur selben Zeit auf einem Tisch sein sollten. Da stand noch eine Tasse, ein Teller und ein Brotkorb. Daneben lag ein Messer. Ein Buch hatte ich dort liegen lassen, das Buch, in dem der Liebestod beschrieben war. Natürlich hatten sich auch ein Weinglas und eine halbleere Falsche dort eingefunden. Ein weiteres Messer hatte sich quer über eine Zeitung gelegt, als ob das etwas bedeuten solle. Noch ein Messer bemerkte ich, das unter den Brotkorb geraten war.
Zuviele Messer, dachte ich.
Aber Maria hat niemanden erstochen, dachte ich, das kann nicht sein. Ich muß nur ganz ruhig sein, dann wird sie gleich sagen, sie habe sich getäuscht, dachte ich.
„Ich habe ihn erstochen!" sagte sie wieder und schüttelte den Kopf.
„Ich habe es deinem Vater schon erklärt. Ich will dir auch alles sagen, wie es war..."
Da dachte ich an Oskar, der aufwachen und plötzlich über uns hereinbrechen könnte, und es kam mir in den Sinn, daß Maria wohl auf der Flucht wäre, auf der Flucht sein müsse, wenn sie jemanden erstochen hätte.
„Warte!", sagte ich, „Ehe du mir erklärst, wen du erstochen hast, wie das war, und warum du meinst, du hättest ihn erstochen, ehe du mir das erklärst, wollen wir lieber mein Institut verlassen; denn wenn dich jemand sucht, dann sucht er dich zuerst in eurem Hause und dann hier im Institut. Es wird auch besser sein, Oskar nicht zu wecken, der in der Nacht hiergeblieben ist."

Wir gingen still aus dem Haus durch den grauen Morgen zum Rhein hinunter. Es war noch kühl.

Leicht fanden wir den Platz zwischen den Weiden, wo ein dicker Baumstamm ganz nahe am Ufer liegt. Dort kommt nur selten jemand hin, da man sich durch ein Gebüsch drängen muß, um den Platz zu erreichen. Nur jemand, der das Ufer gut kennt, kann ihn finden.
Wir haben den Platz schon oft in freundlicheren Stunden genutzt.
Maria setzte sich neben mich auf den Baumstamm und sprach zu dem alten Rhein hin. Vielleicht dachte sie, er könnte ihre Worte mitnehmen.

„Gestern in der Frühe habe ich ihn zum ersten Mal gesehen. Er weilte zur Kur in Wiesbaden, obwohl er eine Kur sicher nicht nötig hatte, stattlich und kräftig und jung wie er war. Balderung hieß er, Graf Balderung, ein Verehrer des Weines und der Frauen."
Sie versuchte zu lächeln.
„Mein Vater war ganz glücklich, hatte er doch in ihm einen wohlhabenden Mann gefunden, der ein guter Weinkunde zu werden versprach. Sie redeten über Wein und verglichen die Vorzüge des Frankenweins mit den Vorzügen des Rieslings im Rheingau. Ich konnte feststellen, daß der Graf aus Würzburg – er hatte wohl ein bedeutendes Amt bei Hofe – Wein immer mit Zuneigung und Verstand getrunken hatte.

Mich schien er nicht weiter zu bemerken. Er schaute zwar manchmal zu mir hin, wie Männer so schauen. Etwas Besonderes konnte ich in seinem Blick nicht erkennen, sonst hätte ich es nie gewagt, mit ihm zu fahren.
Ich dachte an dich, und wie gern ich bei dir wäre, wie gern ich den Vater im Schützenhof bei seinen Weinkunden allein gelassen hätte; denn der Gedanke war mir nicht angenehm, mit meiner Anwesenheit einen günstigen Einfluß auf den Verkauf nehmen zu sollen.
Ich habe wohl auch so etwas gesagt. Ich wolle gerne zu Hause nach dem Rechten sehen. Es wäre mir daher nicht angenehm, daß der Vater noch zwei Tage länger in Wiesbaden bleiben wolle."

Sie hielt inne und überlegte.
„Ja, so etwas muß ich gesagt haben, etwas, dem man entnehmen konnte, wie gerne ich möglichst bald nach Hause fahren wollte."
Sie nickte, ihre eigenen Worte bekräftigend.
„Beim Mittagessen sagte der Graf, er müsse noch am selben Tag, also gestern, nach Rüdesheim fahren. Bald nach dem Mittagessen wolle er aufbrechen. Er biete mir an, mit ihm zu fahren. Es mache ihm gar nichts aus, mich in Geisenheim abzusetzen. Ich könne ihm dann auch eine Flasche des Weines mitgeben, von dem der Vater am Morgen gesprochen habe. Mein Vater war gleich damit einverstanden; denn der Wein, von dem er gesprochen hatte, war ein besonders guter Wein, den er zu einem ersprießlichen Preise zu verkaufen gedachte.
Ich sehnte mich danach, bald nach Hause zu kommen, und dachte, daß ich mich einem zukünftigen Weinkunden wohl ohne Bedenken anvertrauen könne, zumal der Graf bei Hofe, wie wir inzwischen erfahren hatten, ein wohlangesehener Mann war.
Der Aufbruch verzögerte sich dann noch eine Weile. Schließlich fuhren wir los in Richtung Biebrich, wo der Graf im Schloß noch etwas erledigen wollte.

In der Kutsche ließ er mir viel Raum und unterhielt mich mit Geschichten vom Würzburger Hof und erzählte, wie eng er mit dem Hofmarschall befreundet sei, mit dem ihn auch die gemeinsame Liebe zum Wein verbinde. Dann sprach er vom Wein und erzählte, wie er einmal erlebt habe, welche Mengen die ganz jungen Pagen bereits vertilgen könnten. Allerdings sei es ihnen nicht immer so wohl bekommen.
Er kam dann auch von der Liebe zum Wein auf die Liebe zu schönen Frauen zu sprechen, ganz unverfänglich zunächst.
Er meinte, die Liebe sei männlicher Natur. Die deutsche Sprache irre, wenn sie der Liebe ein weibliches Geschlecht verleihe. Die Liebe sei keine Frau.
Die Männer seien es, die die Liebe täten, die Frauen müßten die Liebe erleiden.
Nicht von Venus oder Aphrodite kämen die Liebespfeile. Ihr Sohn Eros oder Amor trüge sie in seinem Köcher. Die Grie-

chen und Römer hätten das alles noch gewußt. Wir in unserer schwächlichen Zeit hätten das vergessen und die Pfeile weggeworfen. Unsere Liebe sei läppisch geworden, ohne das Risiko, sich liebend auch zu verletzen.
Er aber habe die Pfeile bewahrt, meinte er dann, und zeigte mir einen Köcher, kunstvoll geschnitzt mit vier schlanken, bunt gefiederten Pfeilen. Einen nahm er heraus und hielt ihn ins Licht der Sonne.
'Derselbe Pfeil, der den Tod bringt, bringt auch die Liebe. Liebe ist nur wirklich, wenn sie nahe am Tod steht, wenn sie den Tod in sich begreift.' So ähnlich hat er gesprochen.
Seine Augen waren auf mein Herz gerichtet, und indem er sprach, beugte er sich ein wenig zu mir hin und reichte mir den Pfeil. Ich solle aber meine zarten Fingerchen in Acht nehmen, der Pfeil sei sehr spitz, und wenn Blut flösse, könne er mich meinem Vater nicht unversehrt erhalten.

Ich wendete den Pfeil so, daß die Spitze von meiner Brust weg zeigte zu ihm hin. So konnte ich sehen, daß im Schaft an einer etwas abgeflachten Stelle ein Zeichen eingeritzt war, der Buchstabe 'M', ein großes 'M'. Es war längs des Schaftes geschrieben.
„Ein M!", rief ich erstaunt.
Auch er schien zuerst verblüfft, dann aber lachte er und meinte, das sei doch passend, weil ich Maria hieße, und den Pfeil hielte ich doch schon in die richtige Richtung. Da erschrak ich und drehte den Pfeil ganz schnell in meiner rechten Hand, ihm eine harmlose Wendung zu geben, dabei strich er mit seiner Spitze über die Innenseite meiner linken Hand.
Nur ein roter Streifen erschien. Blut floß nicht. Da nahm er mir schnell den Pfeil aus der Hand und sagte, nun wisse er auch nicht, was das bedeuten solle, ob es nun eine Wunde sei oder nicht, und ob nicht später noch Blut hervortreten werde. Wir müßten es der Zukunft überlassen, uns aufzuklären. Er lachte dabei nervös und kalt.
Mir war es ganz unheimlich geworden. Ich bereute, mitgefahren zu sein, und war ganz froh, als wir am Schoßpark zu Biebrich anlangten.

Ich solle doch mit ihm aussteigen und mit in den Schloßpark gehen, da seien viele Leute, die sich ein Schauspiel anschauten. Dorthin wolle er, um mit einem Besucher des Fürsten zu sprechen. Ich könne derweil mich am Schauspiel ergötzen, bis es an der Zeit sei weiterzureisen.
Ich hörte Lachen und Rufen aus einiger Entfernung und dachte, in Gegenwart so vieler Leute werde er mir wohl mit seinen Pfeilen nicht zu nahe treten.
Unsere Kutsche hielt an der Seite des Parkes, die nach Westen zu gelegen ist. Ein von Buchenhecken gesäumter Weg führt von dort ins Innere des Parkes. Er nahm mich bei der Hand, aber statt dem Schloß zu zu eilen, zog er mich hinauf in den hinteren Bereich des Parkes, wo aus Birkenreisern eine runde Hütte errichtet war.
Zu dieser Hütte zerrte er mich.
In der Hütte zeigte er mir ein ganz anderes Gesicht. Er starrte mich an mit weitaufgerissenen Augen, grausam und drohend, als ob er in mein Gehirn eindringen wollte.
Mit dem rechten Arm hatte er mich umfaßt und zog mit der Linken den Pfeil aus dem Köcher, den er mir schon in der Kutsche gegeben hatte. Jetzt werde er mir zeigen, was die wahre Liebe sei.
Sein Hemd hatte er aufgerissen und zeigte auf seine Brust über dem Herzen. Mehrere kleine Narben waren da eingeschrieben. Dort müsse auch ich ihn ritzen; denn nur, wenn er den Tod an seinem Herzen spüre, könne er die Liebe empfinden, so stark, daß ich auch seinen lebendigen Pfeil erfahren könne.
Bis zu diesem Punkt weiß ich, was geschehen ist. Dann fällt es mir schwer, genau zu sagen, was er getan hat, und was ich dagegen tun konnte. Er hatte mir den Pfeil in die Hand gedrückt und richtete ihn mit der Linken gegen sein Herz.
Ich wollte ihn nicht ritzen und versuchte, den Pfeil zurückzuhalten. Er wollte ihn aber unbedingt auf seiner Brust spüren, so zog er den Pfeil zu sich hin, während ich ihn in die entgegengesetzte Richtung zog.
Ich wollte mich befreien, konnte mich aber nicht von seinem Arme lösen. Er hielt mich mit der Rechten fest und zog mit der Linken den Pfeil nach seinem Herzen hin!

So versuchte ich wenigstens rückwärts zu streben, ein paar Schritte, um den Ausgang der Hütte zu erreichen, habe den Ausgang aber verfehlt, und stieß gegen die Reiserwand.
Mit dem Ellenbogen bin ich gegen etwas Festes gestoßen.
Das habe ich deutlich gespürt.
Da auf einmal wurde sein Blick ganz starr, als sähe er hinter mir ein Gespenst auftauchen. Da war natürlich niemand, weil wir doch direkt an der Wand aus Birkenreisern standen. Da konnte niemand sein. Vielleicht habe ich auch dann erst den Anstoß gespürt.
Und dann löste sich der Pfeil aus meiner Hand und fuhr, von ihm selbst gezogen, tief in seine Brust.

So dachte ich in dem Augenblick, aber so kann es nicht gewesen sein. Ich muß wohl zugestoßen und ihn durchbohrt haben. Er wollte sich doch ganz sicher in diesem Augenblick nicht selbst ermorden.
Auch wenn ich nur losgelassen habe, habe ich ihn erstochen.
Ach Karl, ich weiß es nicht. Ich weiß es wirklich nicht!"

Und nun fing sie an zu weinen und lehnte sich gegen mich, und ich nahm sie in die Arme, und eine ganze Weile sprach keiner etwas.
Ich hörte die Wellen ans Ufer schlagen, bewegt von einem leichten Morgenwind und dachte, wenn ich Maria nur immer so halten könnte, dann sollte ihr wohl nichts Unangenehmes mehr widerfahren, und ich dachte, Meister Leberlein hätte sie zurückhalten oder besser gleich ganz zu Hause lassen sollen.

„Den Pfeil habe ich gleich wieder herausgezogen und um Hilfe gerufen. Da war aber niemand, der mich hätte hören können."
Maria wollte ihren Bericht zu Ende bringen.
„Ich wollte weglaufen und Hilfe holen. Er ließ mich nicht weg.
Ich glaube, er wußte nicht, daß er sterben müsse.
Er blutete und stöhnte und schnaufte, und ich sah, wie er immer blasser wurde.
Er sagte nichts.
Er schaute mich nur an.

Und dann war er tot. Ich weiß nicht, wie lange das gedauert hat.
Die Pfeile waren alle aus dem Köcher gefallen. Sie lagen da, auch der blutige mit dem M. Ich ließ sie liegen und ging weg.
Ich weiß, ich hätte, als er tot war, zum Schloß gehen sollen, dem Fürsten oder seinen Leuten das Geschehene mitzuteilen.
Aber was hätte ich sagen sollen?
Hätte ich mich selbst beschuldigen sollen?“

Ich nahm sie fester in die Arme und gab ihr einen Kuß. Das war zwar keine vernünftige Antwort auf ihre Frage, aber eine wirksame; denn ich konnte spüren, wie die Spannung der letzten Stunden von ihr wich.
Schon die Tränen waren heilsam gewesen, hatten ihr den Mut gegeben, auch vom Tode des Grafen zu sprechen. Das hatte sie aber wieder erneut aufgeregt.

Später erzählte sie mir dann, was ich mir ohnehin denken konnte, wie sie an der Kutsche vorbeigeschlichen sei. Der Kutscher habe auf dem Bock gesessen und geschlafen, so sei ihr das leicht gefallen. Sie sei zuerst einfach weggelaufen, habe dann aber, noch unbewußt fast, die Richtung nach Martinsthal eingeschlagen und sei schließlich ganz bewußt zu meinen Eltern gegangen. Mein Vater habe sie zu mir gefahren.
Zu ihrem Vater zu gehen, habe sie nicht gewagt, dort wäre sie doch gleich entdeckt worden.

Inzwischen war die Sonne leuchtend hervorgetreten und stand über dem Rhein, und unser Versteck verwandelte sich in einen der seltenen Orte, die die Natur den Menschen bietet, wenn sie zu ihnen ganz freundlich sein will. Am liebsten wäre ich so da sitzen geblieben bis zum Abend.
Aber Maria brach den Zauber, indem sie ganz praktisch fragte: „Wo soll ich nun hin?
Nach Hause kann ich nicht, da wird man zuerst nach mir suchen.
Zu dir kann ich nicht, zu dir werden sie kommen, wenn sie mich zu Hause nicht gefunden habe. Auch zu Pater Anselm

kann ich nicht. Die Mönche würden mich nicht beherbergen, und auch dorthin werden die Leute kommen, die mich suchen. Ich habe schon an das Kloster in Eibingen gedacht, aber auch dort wird man mich suchen, weil man denken wird, Pater Anselm habe uns den Rat gegeben, mich eine Weile im Kloster bei den Nonnen zu verbergen.
Wo also soll ich hingehen?“

Ich überlegte. Wahrscheinlich hatte sie recht mit ihren Bedenken.
Wenn sie einer suchte, und damit mußten wir sicher rechnen, würde er sie bei mir und auch bei Pater Anselm suchen.
„Am besten, du gehst einfach in einen Gasthof und mietest dich dort ein.“
„Das sähe doch sehr seltsam aus, wenn ich ohne Gepäck käme. Mein Gepäck ist noch beim Vater in Wiesbaden, und zu Hause etwas zu holen, traue ich mich nicht.“
„Das, was du für ein paar Tage brauchst, können wir kaufen. Länger als ein paar Tage werden wir nicht nötig haben, um diesen Unfall aufzuklären.
Wo aber sollst du so lange bleiben?“

Da fiel mir ein, daß ich gehört hatte, in einem Gasthof in Aßmannshausen, in der Krone, suche man eine Magd.
Ich kannte den Wirt so gut, daß ich damit rechnen konnte, er werde mir den Gefallen tun und Maria für kurze Zeit als Magd in sein Haus nehmen. Ich war aber nicht so eng mit ihm befreundet, daß dieser Wirt gleich jedem in den Sinn gekommen wäre, der überlegte, welche Freunde ich hätte.
Meister Leberlein kannte ihn nur flüchtig.
Bei ihm würde keiner Maria vermuten.
Also begaben wir uns, am Ufer des Rheines entlang wandernd, hinab nach Aßmannshausen.

IV

Ein weiter Weg

Für die Gäste kann es nur von Vorteil sein, wenn Maria nun in der Küche der Krone dem Koch zur Hand geht, denn von ihr kann so mancher Koch noch etwas lernen, besonders was den Gebrauch der Gewürze angeht. Jüngst hat sie ein Brot gebacken mit einem zarten Hauch von Anis, das war so gut, daß es Grandpatte, der doch sonst so wählerisch ist, sogar trocken verzehrt hat.

So gut es eben ging, versuchte ich, mich mit angenehmen Gedanken zu beschäftigen, da aus dem Rückweg eine ausgedehnte Wanderung zu werden versprach.

Ich hatte mir überlegt, daß es für Maria gefährlich werden könnte, wenn mich einer von Aßmannshausen und Rüdesheim her kommen sähe, weil er leicht auf den Gedanken kommen könnte, ich hätte Maria, wenn sie denn schon bei mir gewesen wäre, an einem dieser Orte vor ihren Verfolgern verborgen. Das wäre für ihre Verfolger ein wertvoller Hinweis gewesen. Ich war also gleich von der Krone aus in die Weinberge hinauf zur Ruine der Ehrenfels gegangen, hatte mich dort eine Weile im Gebüsch versteckt, um zu sehen, ob jemand hinter mir herkomme. Als alles ruhig blieb, war ich auf eine Mauer gestiegen und hatte Ausschau gehalten und geprüft, ob ich jemanden sehen könnte, der in der Nähe des Weges nach Rüdesheim in den Weinbergen arbeitete.

Ich konnte niemanden entdecken. So bin ich hinaufgegangen zum Niederwald, wo der Graf Ostein seinen wunderlichen Park gebaut hat. Ich mußte vorsichtig sein, weil dort immer noch gearbeitet wird. Auch von den Arbeitern, die da an der Zauberhöhle tätig sind, wollte ich mich nicht sehen lassen. Erst als ich den runden Tempel über Rüdesheim erreicht hatte, dachte ich, nun könnte es nicht mehr schaden, wenn mich einer sähe, weil ich weit genug von Aßmannshausen entfernt wäre. Ich ging nach kurzer Rast hinüber zum Kloster Eibingen, um von dort nach Geisenheim zurückkehren zu können und mit dieser umständlichen Wanderung einem Verfolger gleich zwei

falsche Fährten zu zeigen. Ich wollte ihm den Gedanken nahelegen, ich hätte versucht, Maria in einem der Waldhäuser des Osteinschen Parks unterzubringen, oder bei den Nonnen in Eibingen. Ich bin deshalb auch bei den Klosterfrauen eingekehrt. Grandpatte, der alte Bettelsack, hat sich gleich in die Küche geschlichen. Er hatte schließlich seit unserem Aufenthalt in der Küche der Krone nichts mehr zu fressen bekommen. Ich hatte mir als Vorwand des Besuchs ein paar Fragen über Kräuter ausgedacht.
Schwer genug war es mir gefallen, weil ich die ganze Zeit über an Maria und ihr Erlebnis gedacht und überlegt hatte, ob es wirklich so abgelaufen sein könnte, wie sie es mir geschildert hatte. Wenn ich auch davon überzeugt war, daß sie mir alles so berichtet hatte, wie sie dachte, daß es gewesen sei, so fand ich doch gleich mehrere Möglichkeiten, wie der Bericht verfälscht sein könnte. Nicht nur, daß sie etwas ausgelassen haben könnte, weil sie sich mir gegenüber geschämt hatte, davon zu sprechen – vielleicht hatte er ihr Mieder geöffnet, roh oder schmeichelnd, und ihre Brüste angefaßt und Anstalten gemacht, ihr über dem Herzen eine Liebeswunde beizubringen, und sie hatte den Pfeil umgedreht, und dabei war es zu dem tödlichen Stich in sein Herz gekommen - sie konnte auch in ihrer Aufregung Dinge gar nicht oder falsch wahrgenommen haben. Ich mußte also überlegen, wie es wirklich gewesen sein könnte.

Sicher war wohl, daß er ihr Gewalt hatte antun wollen. Ich verwarf aber bald den Gedanken, daß er zuerst ihre linke Brust hätte ritzen wollen, denn wenn er das wirklich gewollt hätte, wäre es ihr sicher sehr schwer gefallen, den Pfeil umzudrehen. Wahrscheinlicher schien mir, daß beide an dem Pfeil in entgegengesetzter Richtung gezogen hätten, wie es Maria erzählt hatte. Ich hatte zwar noch nie davon gehört, daß einer eine Frau, über die er sich hermachen will, dazu zwingt, ihn über dem Herzen mit einem Liebespfeil zu ritzen. Ich hatte aber schon manchmal über seltsame Liebesbräuche reden hören. Die schmerzhaften Handlungen eines Marquis in Frankreich kamen mir in den Sinn, von denen mir ein Gast aus England voll Abscheu erzählt hatte, voll Abscheu und doch so, als ob er

selbst dabei gewesen wäre und eine schmerzliche Lust empfunden hätte. Der Wein hatte seine Zunge gelöst. So erfährt man als Winzer zu Hause oft mehr von der Welt und ihren Wegen, als man erführe, wenn man hinausginge, nach ihren Schrecken und Torheiten zu suchen. Man muß nur zuhören können.
Mit Liebe hatte das Gebaren des Marquis freilich nichts zu tun. Wenn ich aber an die Erzählung des Engländers dachte, hatte ich keine Schwierigkeiten, Marias Bericht zu vertrauen, soweit er den Gebrauch des Liebespfeils betraf.
Vielleicht hatte der Graf diesen Pfeil benutzt, um durch die Gefahr oder die eingebildete Gefahr seine Erregung zu steigern. Vielleicht kam er sich dann als männlicher Held vor, wenn er seine Brust der Pfeilspitze darbot, und schließlich glaubte ich auch nicht, daß Maria ein solches Erlebnis erfinden könnte. Ich glaubte nicht, was alle, die den Toten gefunden hatten, wohl glauben mußten, daß Maria den Grafen in den Park gelockt und dort mit einem Pfeil erstochen hätte.
Welchen Grund sollte sie gehabt haben?

Ich merkte nun, daß ich meine Überlegungen nicht sachlich und nüchtern anstellte, sondern meine Gedanken viel zu sehr mit meinem Vertrauen auf Maria und ihre Worte vermengte. Das durfte ich nicht, wenn ich das tödliche Rätsel lösen wollte. Vielleicht war es ersprießlicher zu erforschen, was Maria übersehen oder überhört oder falsch gesehen haben könnte.
Falsch gesehen haben könnte?
Sie hatte den Pfeil gesehen und den Buchstaben auf dem Pfeil und hatte den Buchstaben sogleich, verführt von dieser ungewöhnlichen Situation und den Worten des Grafen, auf sich bezogen. So hatte sie ein 'M' gesehen.
Ich wußte nicht, wie sie den Pfeil in die Hand genommen hatte, als sie dann den Buchstaben las, und wußte auch nicht, wie sie ihn richtig hätte nehmen sollen, ich wußte nur, daß sie nicht daran gedacht hatte, wie schnell der Buchstabe 'M' zu einem 'W' geworden wäre, wenn sie den Pfeil nur so gehalten hätte, daß der Buchstabe auf dem Kopf gestanden hätte. Dann wäre er natürlich nicht der Anfangsbuchstabe ihres Namens gewe-

sen. Dann hätte er in ein anderes Wort gepaßt, und da könnte ich mir nun lange überlegen, welches Wort das sein könnte.
Wollust fiel mir ein. Das konnte aber nicht sein, weil Maria nur von vier Pfeilen gesprochen hatte. Wollust aber hat sieben Buchstaben. Es mußte also ein Wort mit vier Buchstaben sein. Weib vielleicht?
Aber was hätte ich davon, wenn ich das wüßte? Der Name des Mörders wäre aus diesem Wort sicher nicht abzuleiten.
Was Maria überhört haben könnte?
Wenn Maria den Grafen nicht erstochen hatte, obwohl ihre Hand an dem Pfeil gewesen war, der ihm in die Brust gefahren war, dann mußte entweder der Graf selbst, ohne es zu wollen, den Stich ausgeführt haben, indem er Marias Widerstand zu brechen versuchte, oder ein Dritter mußte Marias Hand oder ihren Arm von hinten geführt oder gestoßen haben, ohne daß sie diesen Dritten bewußt wahrgenommen hatte. Das wäre wohl möglich, dachte ich; denn Maria war erregt, und sie war davon überzeugt, mit dem Grafen in dieser Lusthütte allein zu sein.
Der andere brauchte ihr wohl nur einen festen Stoß zu versetzen, um das schwankende Gleichgewicht zwischen ihrer Abwehr und den fatalen Bemühungen des Grafen in todbringender Weise zu zerstören.
Wenn sie ganz überzeugt davon war, daß sie mit dem Grafen allein wäre, dann hätte sie diesen Stoß vielleicht als einen Anstoß an die Äste der Laubwand empfunden, aber sicher nicht an das Zutun eines Dritten gedacht.
Daß der Graf sich selbst erstochen hätte, schien mir weniger wahrscheinlich, wenn er nicht auf diese abstruse Art hatte Selbstmord begehen wollen; denn ich habe es zwar noch nicht ausprobiert, aber ich kann mir gut vorstellen, daß man sofort losläßt, wenn man ein Eindringen eines Pfeiles ins eigene Fleisch verspürt. Wenn aber der Graf losgelassen hätte, dann hätte Maria sofort die Oberhand gewonnen und seinen Pfeil zurückgezogen.
Also blieben nur zwei Möglichkeiten: Entweder hatte Maria nach längerer Abwehr, vielleicht ohne es zu wollen, aus Abscheu zugestoßen, oder ein Dritter oder eine Dritte hatte

sich hinter den beiden hergeschlichen und durch einen Stoß den Pfeil ins Herz des Grafen geschickt.
Der Dritte mußte nicht hinter den beiden hergeschlichen sein. Er konnte sie auch erwartet haben, wenn er den Grafen kannte und wußte, daß er versuchen würde, wieder ein Mädchen in die Lustlaube zu bringen. Er konnte sogar die Lustlaube so herrichten, daß es ihm ein Leichtes sein mußte, in das Liebespfeilgezerre einzugreifen.
Nun kehrte ich zum Anfang meiner Überlegungen zurück. Maria war mit dem Grafen zum Schloßpark gefahren. Maria war mit dem Grafen in eine Lustlaube gegangen. Der Graf war mit der Todeswunde im Herzen aufgefunden worden. Der Pfeil, der die Wunde verursacht hatte, lag neben der Leiche.
Da mußte doch jeder denken, Maria habe den Grafen erstochen.
Man würde nach ihr suchen. Sowohl die Leute des Fürsten würden nach ihr suchen, um sie festzunehmen, als auch vielleicht, was noch gefährlicher wäre, Freunde des Grafen, um seinen Tod an ihr zu rächen.
Die Verfolgung könnte ich nur abwenden, wenn ich den Mord aufklären und den Mörder nennen könnte.
Ich mußte mich also aufmachen und den Mörder suchen.
Maria mußte solange in ihrem Versteck ausharren, bis ich den Mörder gefunden hätte.
Wer könnte denn wissen, daß der Graf mit Maria in die Lustlaube kommen werde? Das könnte nur ein guter Freund wissen oder einer oder vielmehr eine, die selbst schon Ähnliches mit ihm erlebt hatte. Maria hatte ja gesagt, daß sie auf seiner Brust mehrere Narben gesehen hätte. Folglich mußte er dieses Spiel mit dem Liebestod bereits öfter gespielt haben mit mehr oder weniger willigen Partnerinnen. Vielleicht war auch der Vater oder der Freund einer solchen Partnerin in der Laube versteckt gewesen und hatte zugegriffen. Daß einer, in der Laube versteckt, gewartet hatte, war allerdings wieder weniger wahrscheinlich, da Maria gesagt hatte, sie sei zurückgewichen und habe an der Wand gestanden, als das Unglück geschehen sei. Zwischen ihr und der Wand konnte da niemand gestanden haben.

Wie aber war das mit dem Freund oder Vater einer unwilligen Partnerin?
Ich erinnerte mich jetzt an den Brief, den mir Pater Anselm vorgelesen hatte.
Da war etwas gewesen, das mir vielleicht jetzt hilfreich hätte sein können. Nur wußte ich nicht mehr, was es war, und zu Pater Anselm konnte ich nicht hingehen.
Der Tag wurde alt und grau, bis ich ins Institut kam. Oskar war allein. Er empfing mich begeistert. Ein echter Graf sei da gewesen und habe nach mir gefragt. Der habe sich sicher für unseren Wein interessiert. Er sei ein sehr vornehmer Herr gewesen. Den habe er zu Pater Anselm geschickt, da er angenommen habe, daß ich nach Johannisberg gegangen sei. Der Graf sei dann nach Johannisberg hinaufgefahren und später noch einmal gekommen, da er mich dort nicht getroffen habe. Als ich wieder nicht dagewesen sei, habe er gemeint, länger könne er nicht nach mir suchen. Er habe jetzt ohnehin schon mehr getan, als es die Pflicht von ihm fordere. Dann sei er weggefahren. Er habe Balderung geheißen. Graf Balderung der ältere habe er gesagt.

Etwas ganz Seltsames habe er noch gesagt: Wenn wir Klagen hätten, sollten wir uns getrost an ihn wenden. Am Hof zu Würzburg wisse jeder, wo er zu finden sei.
Was wir wohl für Klagen haben könnten?
Wenn das ehrlich gemeint war, dann war dieser Graf...
Und Balderung? So hatte Maria den Grafen genannt. Ob er vielleicht gar nicht tot war? Aber hatte sie sich so sehr irren können?
Das mußte ein Verwandter des Toten sein, sein Bruder vielleicht?
Wenn er sich den älteren nannte, mußte es schließlich zwei Grafen Balderung geben.

Ich beschloß, am nächsten Morgen in der Frühe nach Biebrich zu reiten und mich im Schloßpark umzusehen und Tatsachen zu sammeln, statt zu versuchen, mir Rätselworte zu erschließen, zu denen ich keinen Schlüssel besaß.

V

Im Park

Unterwegs habe ich mich anders entschlossen und bin nach Wiesbaden geritten, um Meister Leberlein aufzusuchen. Falls mich dieser Graf Balderung der ältere dort sähe, dachte ich, könnte er mich nicht erkennen, sofern Meister Leberlein nicht gerade in seinem Beisein eine ungeschickte Bemerkung machte. Das würde ich zu verhindern wissen.

Es kam ganz anders.

Im Schützenhof sagte man mir, Meister Leberlein habe die Stadt bereits am Vortage verlassen und sei in Geschäften nach Mainz gereist. Ein junger Edelmann habe ihn gebeten, nach Mainz zu kommen. Der junge Mann sei ein vorzüglicher Kenner des Weines und kenne wohl Leute in Mainz, die, so wie er selbst auch, Wein kaufen wollten. Herr Leberlein habe gesagt, daß er in Mainz im Mainzer Hof absteigen werde. Da er sein Zimmer im Schützenhof aufgegeben habe, werde er sicher von Mainz aus unmittelbar zurück in den Rheingau reisen.

Vor dem Schützenhof war eine vornehme Kutsche vorgefahren. Gepäck wurde verladen. Hausdiener und Lakaien waren damit beschäftigt, die Gepäckstücke herbeizuschleppen oder mit Lederriemen zu befestigen, oder sie standen schwätzend am Straßenrand. In der Nähe einer Gruppe von Dienern stehend, konnte ich manches von ihren Reden hören und erfahren, die Kutsche sei die Reisekutsche des Grafen Balderung, der nach Würzburg aufbreche.

Einer meinte, nachdem der jüngere Bruder des Grafen so plötzlich verstorben sei, wolle dieser nicht länger in Wiesbaden bleiben, wo für ihn alle Dinge, die ihn vorher so freundlich umgeben hätten, in seiner Vorstellung nun schwarze Trauer trügen.

Ein anderer sagte dagegen, mit der Trauer könne es nicht so weit her sein, sein Bruder habe ihm doch manche Ungelegenheit bereitet. Als die anderen ihn fragten, wie er das meine, grinste er nur, sagte aber nichts.

Ein Dritter meinte dazu, man habe da wohl einiges von Frauengeschichten gehört. Doch wisse man nichts Genaues, und

wenn man nichts wisse, solle man auch nicht davon reden. Das schöne Fräulein, das er vorgestern mitgenommen habe, habe er doch sicher wohlbehalten zu Hause abgeliefert, denn wenn er so krank gewesen sei, daß er noch am selben Tage gestorben sei, dann habe er ihr nicht viel antun können.
Da lachten alle, dabei drehte sich einer um und bemerkte mich. Er gab den anderen einen Wink. Alle sahen mich an und gingen dann auseinander, ohne noch etwas zu sagen. Ein jeder hatte plötzlich zu tun.
Ich sah jetzt auch einen schwarzgekleideten, streng um sich blickenden Herrn aus dem Tor des Gasthofes treten und dachte bei mir, es wäre wohl besser, wenn ich schnell verschwände. Als einziger Zuschauer der Abreise hätte ich einen Verdacht geweckt, der für mich durchaus unzuträglich hätte sein können.
Dieser Bruder des Verstorbenen sah gar nicht so aus, als ob er an unmoralischen Vergnügungen Freude empfinden könnte. Er sah vielmehr so aus, als ob er die Moral höchstselbst erfunden hätte und sie täglich durch neue Vorschriften stärken müsse. Brüder können doch sehr verschieden sein.
Im Weggehen hörte ich noch, wie er sich danach erkundigte, ob die Masken, die er für seine Sammlung gekauft habe, sorgfältig verpackt worden seien.
'Ein Sammler ist er', dachte ich da, 'dann liebt er die Welt gemessen und geordnet und sauber eingeteilt und hat sich wohl den stilleren Genüssen des Lebens ergeben.

In Biebrich fand ich leicht den Seiteneingang zum rückwärtigen Teil des Schloßparks. Ich ließ mein Pferd, wie Oskar das getan hatte, an einem Baum am Rande des Parks. Menschen konnte ich nicht entdecken, nur ein Gärtner war an einem der geometrisch angeordneten Beete beschäftigt. Der hatte mir aber den Rücken zugewendet und schien mich nicht weiter zu beachten. Die Lustlaube hatte ich bald entdeckt. Sie lag hinter den wohlgepflegten Beeten, dort wo die drei Alleen zusammentreffen, die von Wiesbaden her zum Park führen, vom Schloß aus gesehen links vor einem kleinen Gebüsch, das einen lebendigen Gegensatz zu den schnurgerade gepflanzten, niederen Hecken bot und die Halbkreise und Vierecke und nach innen gewendeten Bögen an deren Ecken noch zierlicher und künstlicher erscheinen ließ. Sie war wie ein Übergang von der Gartenkunst zur Wildnis, denn die Rosenhecke, die durch starre, nach einer gemeinsamen Mitte gebeugte Eisenstäbe zu einem Zelt gezwungen war, hatte man an manchen Stellen frei wachsen lassen, so Freiheit und Zwang in den lebenden Rosen vereinend. Als ich nähertrat, bemerkte ich, daß zwischen den einzelnen Rosenstöcken noch Lücken geblieben waren, die man mit einigen Birkenreisern locker und eher notdürftig ausgefüllt hatte.

Nur die Birkenreiser hatte Maria gesehen, für die Rosen war sie blind gewesen. Die konnte man freilich auch von innen nicht sehen. Wahrscheinlich, dachte ich, hat sie sich gewehrt, als er sie so unvermutet zu dieser Laube zerrte, statt mit ihr zu den Leuten zu gehen, die sich das Schauspiel ansahen. Sich wehrend aber hatte sie keinen Blick mehr für ihre Umgebung und hatte die Rosen nicht wahrgenommen. In der Laube dann sah sie die Birkenreiser, und als sie wegeilte, hat sie sich nicht mehr umgedreht. So fügte sich, was ich sah, und was sie nicht gesehen hatte, trefflich zu ihrem Berichte.

Grandpatte umkreiste schnuppernd die Laube, deren Grundriß nicht rund, sondern mehr wie ein Sechseck geformt war. An einer Seite des Sechsecks, vom Schloß weggewendet, fand ich den Eingang. Ich ging hinein und achtete nicht weiter auf den Hund. Die Einrichtung der Laube, wenn da eine Einrichtung gewesen war, Stühle etwa oder gar eine Liege, war entfernt worden. Bei näherer Betrachtung des Bodens fand ich einige Abdrücke wie Abdrücke von Stuhlbeinen. Sie waren auf dem Boden aber so angeordnet, daß ich nicht erkennen konnte, ob da ein Bett oder Stühle oder beides gestanden hatte. Raum genug wäre für beides gewesen.

Fußabdrücke fand ich nicht. Ich mußte mich also ganz auf Marias karge Angaben verlassen. Sie hatte gesagt, sie hätte versucht, rückwärtsstrebend den Ausgang der Laube zu gewinnen, das sei ihr aber nicht gelungen. Das hat sie wohl bemerkt, als sie gegen die Hecke stieß, denn sie sagte auch, daß sie unmittelbar an der Wand aus Birkenreisern gestanden habe. Wenn ich nun annahm, daß sie sich, wissend, wo sich der Ausgang befand und mit dem Rücken zum Ausgang stehend, in die Richtung des Ausgangs bewegt hatte, dann konnte ich auch annehmen, daß sie den Ausgang wahrscheinlich nur knapp verfehlt hatte. Ich schaute mir also die beiden Seiten der Heckenwand in der Nähe des Ausgangs etwas genauer an und konnte feststellen, daß Rosen- und Birkenzweige dort spärlicher angebracht waren als an der übrigen Wand. Man konnte gut durch die Zweige hindurch nach draußen sehen und bei Tageslicht auch in die Laube hineinschauen, und man konnte ohne viel Mühe durch die Zweige hindurchgreifen.

Das habe ich sogleich einmal versucht.

Da hörte ich hinter mir eine Stimme, wenn ich mir eine Rose brechen wolle, warum ich dann durch die Hecke in die Laube hineingriffe, die Rosen wüchsen doch außen. Der Gärtner war zu mir gekommen und fuhr fort, ich sei doch sicher der Mann, den der Fürst habe schicken wollen, der Mann, der das Mißgeschick des jungen Grafen Balderung aufklären solle.

Ich sei recht früh gekommen.

Der Fürst sei doch erst gestern abgereist und hätte mich also erst gestern mit den Nachforschungen beauftragen können. Da hätte ich mich aber sehr beeilt. Soviel eifrige Schnelligkeit sei er von den Beamten des Hofes nicht gewohnt. Er hätte mich frühestens morgen erwartet. Aber, vollendete er stolz, er habe sich natürlich auf meine Ankunft vorbereitet und sei über alles, insbesondere auch über die Wünsche des Fürsten unterrichtet. Jedes Aufsehen solle vermieden werden.

Deshalb sei der Fürst auch gestern abgereist. Die Abreise sei nämlich schon vor längerer Zeit auf den gestrigen Tag festgelegt worden. Wenn er also nicht abgereist wäre, hätte jeder gedacht, da sei etwas, was ihn an der Abreise hindere, und dann hätte leicht einer auf den Gedanken kommen können, beim Tode des Grafen sei nicht alles mit rechten Dingen zugegangen. Das sei gar kein Unfall gewesen.

Er schaute mich nachdenklich an.

Schnell gefaßt fragte ich ihn, woran er denn erkannt habe, daß ich der Mann sei, den der Fürst geschickt habe.

Das sei ganz einfach gewesen, erwiderte er. Die Umstände, unter denen der Graf gestorben sei, sollten doch geheim bleiben. Deshalb habe der Fürst einen Beamten geschickt, der

so aussähe, als ob er kein Beamter sei. Denn wenn er einen Beamten geschickt hätte, der so aussähe wie ein Beamter, hätte ihn gleich jeder als Beamten erkannt und angefangen zu überlegen, was da ein Beamter wohl zu untersuchen hätte. Ich aber sähe nicht so aus wie ein Beamter.
Ein zweites habe ihn ganz sicher gemacht, daß ich der Erwartete sei. Ich sei, er habe das aus den Augenwinkeln beobachtet, ohne zu zögern auf die Rosenlaube zugegangen. Ich hätte also Bescheid gewußt, und da nur der Fürst und der Hofmarschall aus Würzburg und der betrunkene Kutscher und er selbst wirklich Bescheid wüßten, könnte ich nur von dem Fürsten kommen. Der Hofmarschall sei abgereist zurück nach Würzburg, und der Kutscher habe mich ja wohl nicht schicken können.
Stolz schaute er mich an, und ich dachte: Glücklich der Fürst, der so klugen Dienern gebietet.

Da schien es mir geraten, die Gunst der Stunde zu nutzen, um möglichst viel zu erfahren und dann aus dem Park zu verschwinden. Wo denn die Pfeile geblieben seien, fragte ich.
Er nahm diese Frage als neue Bestätigung dafür, daß er mich richtig eingeschätzt hätte, und führte mich zu einer Bretterhütte in der Nähe eines kleinen Hauses am Rande des Parkes, das er als Gärtner bewohnen durfte.
In der Bretterhütte zeigte er mir die Pfeile. Er hatte sie nebeneinander auf ein Tuch gelegt. Es waren künstliche Pfeile, ich meine, es waren Pfeile, die nicht zum Schießen bestimmt waren, denn für einen Bogen waren sie zu klein, und für eine Armbrust waren sie zu groß. Sie waren fein gearbeitet, und einem jeden von ihnen war auf einer abgeflachten Stelle des Schaftes ein Buchstabe eingeritzt.
Vier Pfeile lagen da nebeneinander.
Sie trugen die Buchstaben 'P', 'E', 'I', und 'M' oder 'W'.
'P' 'E' und 'I' konnte man lesen, wenn man den jeweiligen Pfeil senkrecht mit der Spitze nach unten hielt. Um das 'M' oder 'W' bequem lesen zu können, mußte man den Pfeil quer halten, nach links oder nach rechts weisend.
Mit einer Reihenfolge im Alphabet hatte das offenbar nichts zu tun. Die Buchstaben mußten eine andere Bedeutung haben.

Vielleicht könnten wir dem Beweggrund des Mordes näherkommen, wenn es gelänge, den Sinn der Buchstaben zu ergründen.
Ich betrachtete die Buchstaben, während ich in Gedanken alle Möglichkeiten der Abfolge der Buchstaben erprobte.
Die einzig sinnvolle Abfolge schien mir 'WEIP' zu sein, das aber war eine Deutung, die mich nicht weiterführen konnte.
Wie wäre es, dachte ich dann, wenn diese Buchstaben gar keinen Zusammenhang hätten, wenn sie nur, jeder für sich allein, eine Bedeutung hätten?
Ich erinnerte mich an Marias Bericht.
Wie wäre es, wenn 'M' tatsächlich für Maria stünde, und wenn die anderen Buchstaben ebenfalls für Frauennamen stünden, für die Namen von Frauen, denen der Graf Gewalt angetan hatte. Wie wäre es, wenn der Graf die Pfeile nicht nur als Werkzeuge für das Eingraben der Liebeswunde benutzt, sondern zugleich als Trophäen seiner Liebesabenteuer gesammelt hätte?
Für das 'I' konnte ich mir dann gleich einen Namen denken: Irene.
Wenn diese Vermutung richtig war, dann war es eine gefährliche Vermutung, dann hatte nämlich der Hofmarschall aus Würzburg einen guten Grund gehabt, den Grafen umzubringen.
Dann müßte ich ihm nachreisen nach Würzburg und ... ja und ... wie konnte ich hoffen, einen Hofmarschall eines Mordes zu überführen?
Ich nahm die Pfeile in die Hand und prüfte mit dem Daumen die Schärfe der Spitzen. Der Gärtner war schon unruhig geworden, als er mich so ruhig dastehen sah. Wie alle Leute, die mit dem Denken nicht so vertraut sind, erwartete er von mir, daß ich etwas unternähme. Nur durch tätige Bewegung, meinen viele, ließe sich ein Rätsel lösen. Befriedigt beobachtete er nun meine Prüfung der Pfeilspitzen.
Die Pfeilspitzen schienen mir ungewöhnlich scharf für den Zweck, zu dem sie gedacht waren. Von dem Pfeil, der den Buchstaben 'M' trug, hatten sie das Blut abgewischt.
Ich betrachtete die Pfeile genau und legte sie dann zurück auf das Tuch.

„Die müssen gut verwahrt werden. Vielleicht muß ich sie später noch einmal untersuchen. Wir brauchen sie auch dann noch als Beweismittel, wenn der Unfall aufgeklärt oder der Mörder gefunden ist!"

Der Gärtner nickte zustimmend, schnürte das Tuch zu einem Bündel und zeigte mir, wo er das Bündel verbergen wollte.

Er wollte eben anheben, mir noch ausführlich seine Meinung zu dem Mord und im besonderen zu den Pfeilen kundzutun, da wendete ich mich zum Gehen.

Ich müsse nun noch weitere Nachforschungen in dem Gasthaus anstellen, in dem der Graf gewohnt habe, sagte ich, und werde später zurückkommen und mir gerne seine Meinung über den Vorfall in der Laube anhören. Es sei doch immer wichtig, die Meinung eines erfahrenen Mannes zu hören, der mit den Umständen vertraut sei.

Ich ließ einen zufriedenen Gärtner zurück, der sich sicher war, alles Lob seines Fürsten verdient zu haben.

In der Nähe des Ausgangs gesellte sich Grandpatte wieder zu mir. Er trug einen Pfeil in seinem Maul, der den Pfeilen, die ich gerade gesehen hatte, so ähnlich war, daß ich für einen Augenblick glaubte, er habe ihn aus der Bretterhütte entwendet. Als ich ihn an mich nahm, sah ich jedoch, daß er einen anderen Buchstaben trug. Ich sah ein seltsam geformtes 'C', das aber auch nur zu lesen war, wenn man den Pfeil quer vor sich hielt, so wie das 'M' oder 'W'.

Clementine kam mir in den Sinn, Claudia oder Clarissa. Es gibt genug Mädchennamen, die mit einem C anfangen. Die Trägerin des Namens, dessen Anfangsbuchstabe in den Pfeilschaft gekerbt war, würde ich aber schwerlich im Schloßpark zu Biebrich finden können. Da müßte ich schon nach Wiesbaden reiten oder nach Würzburg und Umschau halten unter den Freunden und Bekannten des Grafen.

Mir fiel ein, daß Maria nur von vier Pfeilen gesprochen hatte. Dies war nun ein fünfter Pfeil.

Er sah genauso aus wie die übrigen und trug ebenso wie diese einen Buchstaben. Es war also sicher nicht zu kühn anzunehmen, daß er zu diesen anderen Pfeilen gehörte.

Warum aber hatte er nicht bei den Pfeilen in der Hütte gelegen, sondern irgendwo im Gebüsch verborgen, wo ihn Grandpatte gefunden hatte? Er konnte nicht in der Laube oder auf einem Weg gelegen haben, er mußte verborgen gelegen haben, sonst hätte ihn der umtriebige Gärtner sicher bereits gefunden gehabt und mir mit vielen Worten präsentiert.
Ob Maria nicht richtig hingesehen und die Anzahl der Pfeile falsch eingeschätzt hatte? Aber vier Dinge kann man doch mit einem Blick erfassen. Die braucht man nicht zu zählen.
Konnte ich mich also auf Marias Zahl verlassen?
Wo aber kam dann der fünfte Pfeil her?
Vielleicht hatte ihn der Graf bei einem früheren Abenteuer verloren. Das müßte aber dann im Schloßpark stattgefunden haben. Warum hatte er nicht nach dem verlorenen Pfeil gesucht? Er konnte sich doch denken, wo er ihn verloren hatte, wenn er die Pfeile, wie zu vermuten, nur bei Liebesabenteuern aus dem Köcher nahm.
Wenn sich Maria doch in der Zahl der Pfeile geirrt hatte, war das Rätsel nicht einfacher zu lösen. Dann mußte der Pfeil nach dem Tode des Grafen aus der Laube geholt und verborgen worden sein. Das müßte der Mörder getan haben. Wer sonst könnte ein Interesse gehabt haben, diesen Pfeil zu verbergen?
Welches Interesse könnte der Mörder gehabt haben?
Wahrscheinlich doch das Interesse, eine Spur, die zu ihm hinführen könnte, zu verwischen.
Welche Spur aber könnte das sein?
Der einzige Unterschied zwischen den Pfeilen bestand darin, daß sie verschiedene Buchstaben trugen. Wenn der Mörder also einen Pfeil weggenommen hatte, um eine Spur zu verwischen, dann doch sicher deshalb, weil der Buchstabe in irgendeiner Verbindung zu ihm stand, weil er eine Tochter oder Verlobte oder Freundin hatte, deren Name mit einem C anfing.
Dann hätte ich den Hofmarschall zu Unrecht verdächtigt.
Bedurfte es der Kraft eines Mannes, den Stoß gegen Marias Arm zu führen, der den Pfeil in des Grafen Herz gesenkt hatte?
Wahrscheinlich nicht!
So könnte es auch eine Frau gewesen sein, eine der Frauen, denen der Graf Gewalt angetan hatte.

VI

Fuchsprellen

Ich freue mich immer, wenn ich Gelegenheit habe, bei gutem Wetter über die Schiffsbrücke von Kastel nach Mainz zu reiten. Ich liebe den Anbick des breiten Stromes, der vom Horizont her wie vom Himmel zu kommen scheint und seine grünen Wellen in unseren Rheingau führt, der mir mit seinen Inseln, Dörfern und Städten, gesäumt von den Taunusbergen, wie ein riesiges Amphitheater erscheint, auf dem immer ein sehr lebendiges Stück gespielt wird.
Diesmal konnte ich mich trotz des schönsten Sonnenscheins nicht freuen, denn auf der Brücke wurde auch ein Stück gespielt, zwar in der Szene begrenzt, aber mindestens genauso lebendig.
Das Stück hieß 'Verkeilung der Kutschen', und die einzelnen Akte hatten alle dasselbe Thema, eine spannungsgeladene Unbeweglichkeit.

Mit einiger Mühe gelang es mir, mein Pferd zurückzulenken.
Ich ließ es bei einem Bekannten in Kastel und versuchte dann, allein an dem Kutschenknäuel auf der Brücke vorbeizuturnen. Grandpatte hatte ich in Kastel gelassen. Er schätzt es nicht so sehr, auf schwanken Brettern über unheimlich gurgelnde Wasser zu balancieren. Die Brücke würde für Reiter, Kutschen und Wagen noch eine Weile blockiert sein; denn die Deichsel einer Kutsche war mit der Deichsel eines entgegenkommenden Frachtwagens eine innige Verbindung eingegangen. Die Pferde standen gefesselt und zitternd, die Riemen der Gespanne hatten sich verheddert, und Kutscher und Wagenlenker waren damit beschäftigt, sich gegenseitig die Schuld an der Verwirrung zuzumessen, statt die Gespanne zu entwirren. Die Umstehenden trugen weidlich zu der Auseindersetzung bei, und so war anzunehmen, daß die spannungsgeladene Unbeweglichkeit noch eine Weile andauern werde.
Herr Leberlein würde mir also nicht über diese Brücke entweichen können.

Vor dem Dom waren viele Leute zusammengekommen, um einem Spaßmacher und Zauberer zuzuschauen, der, wie mir einer der Zuschauer ehrfürchtig zuflüsterte, bei dem berühmten Hofnarren am Hof zu Dresden, dem Josef Fröhlich, das Prellen gelernt habe. Das werde er sogleich vorführen. Ich müsse unbedingt stehen bleiben, um mir das anzuschauen.
Einstweilen widmete sich der berühmte Mann noch den leiblichen Bedürfnissen der Zuschauer. Er war bemüht, möglichst allen Umstehenden aus ein und derselben Zauberkanne verschiedene trinkbare Flüssigkeiten auszuschenken.
Dann verschwand er. Alle warteten gespannt auf die nächste Vorführung.
Als ich mich schon zum Gehen wendete, trat er wieder hervor. Er hatte sich eine bunte, weite Hose angezogen und trug eine schellenbesetzte, rote Jacke. Sein hageres Gesicht hatte er ganz unpassend mit einer dicken, blaurötlich schimmernden Nase verunziert. Jacke und Hose zog er nun aus und zeigte sich dem Publikum in einem enganliegenden Trikot.
In der Mitte des Zuschauerkreises hatten sich ein paar sehr kräftige Männer aufgestellt, die zwischen sich ein Tuch oder eine Lederdecke straff auseindergespannt hielten.
„Das sind die Preller!“, erklärte mir mein freundlicher Nachbar.
Der Zauberer prüfte die gespannte Decke, sprang hinauf und sprang von der Decke hoch in die Luft, und indem die Preller die Decke einmal locker ließen und dann auf einen Zuruf hin schnell anspannten, wurde er mehrmals in die Luft geschleudert und landete manchmal mit den Füßen zuerst, manchmal zuerst mit seiner Rückseite auf der Decke, um immer wieder emporgeschleudert zu werden. Dabei machte er die komischsten Faxen, sodaß alle Umstehenden in lautes Gelächter ausbrachen.
Sie klatschten schließlich bei jedem Emporschnellen.

Ich dachte, das sei ein nicht ganz ungefährliches Vergnügen, und wenn die Bewegungen der Preller und des Geprellten nicht gut geübt und genau aufeinander abgestimmt wären, könnte das Spiel für den Emporgeschleuderten leicht übel enden.

Wenn die Preller etwa auf der einen Seite bereits anzögen, während sie auf der anderen noch locker ließen, könnte er von der Decke weg auf den Boden geschnellt werden, wenn sie alle zu lange locker ließen, könnte er samt der Decke gegen den Boden prallen. Ich hatte von solchen Prellereien schon gehört, allerdings nicht davon, daß Männer in die Luft geprellt worden wären, um während ihres kurzen Fluges eine Zuschauerschar mit komischen Gebärden zu unterhalten, sondern vom Prellen der Füchse. An manchen Höfen, so war mir gesagt worden, seien Füchse und vielleicht auch andere Tiere zum Vergnügen und zur Unterhaltung einer gelangweilten Höflingsschar zu Tode geprellt worden. Wahrscheinlich wußten die Zuschauer das so gut wie ich, und wenn sie auch freundlich klatschten, so hofften sie doch insgeheim, daß der Zauberer sich vielleicht einmal ein Bein oder gar den Hals brechen werde.

Im Mainzer Hof sagte man mir, Herr Leberlein sei bereits abgereist. Er habe ein Schiff bestiegen, das den Rhein hinunter gefahren sei und ihn wohl bei Geisenheim abgesetzt habe. Die anderen Herrschaften seien damit beschäftigt, ihre Abreise vorzubereiten, und wollten nicht gestört werden. Ich hatte nicht die Absicht, sie zu stören, ich überlegte nur, während ich zurück zur Brücke und über die Brücke nach Kastel ging, warum alle Welt plötzlich mit der Abreise beschäftigt sei, der Fürst in Biebrich, der Graf in Wiesbaden und nun auch die 'anderen Herrschaften' in Mainz und dann auch noch der Hofmarschall, der nach Würzburg zurückgefahren war. Die Brücke würde die Abreise der 'anderen Herrschaften' nicht mehr behindern, dachte ich, als ich zurück ging. Wagen und Kutsche waren verschwunden, und der Verkehr bewegte sich so locker und geschwind, wie man es sich nur wünschen konnte.

Zu Hause ging ich zuerst zu Herrn Leberlein, um ihm zu erklären, wo seine Tochter geblieben sei. Er war entsetzt und erstaunt, als ich ihm alles berichtete, was ich von Maria und in Biebrich und Wiesbaden erfahren hatte. Er zeigte mir ein Exemplar des Mainzer Intelligenzblattes, das gestern erschienen war. Darin war in einer unauffälligen Notiz auf den Tod des Grafen hingewiesen. Über die Umstände des Todes war nichts weiter mitgeteilt, als daß Graf Balderung der jüngere an einer Affektion des Herzens ganz plötzlich und unerwartet verschieden sei.

Leberlein sagte, er habe diese Notiz erst heute zufällig entdeckt. Niemand habe ihm etwas gesagt, weder in Mainz noch in Wiesbaden. Als er das Intelligenzblatt gelesen habe, habe er zwar angenommen, seine Tochter wäre noch vor dem Tode des Grafen nach Hause gelangt, er sei aber doch ein wenig unruhig gewesen und deshalb früher von Mainz aufgebrochen, als er das ursprünglich beabsichtigt habe.

Er wollte sogleich nach Aßmannshausen aufbrechen. Ich hatte Mühe, ihn zurückzuhalten; denn meine Befürchtungen, er könne beobachtet werden, nahm er nicht ernst. Ich mußte ihm erst von der Absicht des Fürsten erzählen, einen Beamten mit der Untersuchung des Mordes zu betrauen, und auf die Möglichkeit hinweisen, daß einer den Tod des Grafen vielleicht ohne weitere Untersuchung rächen wollen könnte, bis er einsah, daß es besser wäre, wenn er von einer Fahrt nach Aßmannshausen absähe. Dann aber war er plötzlich so besorgt, daß er mich bat, möglichst bald noch einmal auf verschlungenen Pfaden nach Aßmannshausen zu gehen und den guten Hund Grandpatte zum Schutz Marias dort zu lassen.

Grandpatte würde zwar gern in der Krone bleiben wegen des guten Essens, ob er aber als Schutzhund tauglich sei, wagte ich zu bezweifeln.

Ins Institut zurückgegekehrt, nahm ich mir ein Blatt Papier und versuchte, meine Erfahrungen aufschreibend, mir darüber klar zu werden, wen ich in Verdacht hätte, den Grafen umgebracht zu haben, und welches jeweils die Gründe für meinen Verdacht wären. Für einen Besuch in Johannisberg war es mittlerweile zu spät geworden.

Als erster kam mir der Hofmarschall in den Sinn. Wenn ihn auch meine Überlegungen zu dem zuletzt aufgefundenen Pfeil zu entlasten schienen, wollte ich ihn doch nicht auslassen, da es ja auch einen anderen Grund gegeben haben könnte, sich des Pfeiles zu entledigen, auf dem der Buchstabe 'C' eingeritzt war. Der Hofmarschall hätte die Möglichkeit gehabt, zur Lustlaube zu gehen und den Mord auszuführen. Nach Oskars Zeugnis war er nicht unter den Zuschauern des Theaterstücks gewesen. Wenn das 'I' auf dem anderen Pfeil auf seine Tochter Irene hinwies, dann war anzunehmen, daß der Graf ihr Gewalt angetan hatte. So hatte der Hofmarschall also auch einen Grund gehabt, diesen Mord zu begehen.

Irene konnte ich wohl von der Liste der Verdächtigen streichen, denn Oskar hatte sie bei den Zuschauern gesehen. Es sei denn, der Mord hätte schon stattgefunden, bevor Oskar kam, und Irene hätte sich danach unter die Zuschauer gemischt. Ich nahm mir vor, Oskar zu fragen, wann er in den Park gekommen sei, und Maria zu fragen, wann der Graf zu Tode gekommen sei.
Ein Beweggrund für einen Mord war auch für Irene leicht zu finden, wenn sich das 'I' auf dem Pfeil wirklich auf sie bezog. Sie hatte sich für die Gewalttat des Grafen rächen wollen.

Der Herr von Ammer, den der Kellermeister in dem Brief an Pater Anselm als einen Freund Irenes erwähnt hatte, hätte auch diesen Grund zu dem Mord gehabt, aber nicht die Möglichkeit, ihn auszuführen, da er in Würzburg war.
Wenn er wirklich in Würzburg war. Das müßte ich ebenfalls noch prüfen.
Eine Rache, die mit Eifersucht gemischt war, könnte ein starker Beweggrund für einen Mord sein.

Der ältere Bruder des Grafen, der anscheinend mit dessen Lebensführung gar nicht einverstanden war, hätte sicher die Möglichkeit gehabt, seinen Bruder umzubringen. Er hätte der Kutsche leicht folgen können mit einem Pferd oder mit einem Mietwagen. Ob aber die Ungelegenheiten, die ihm sein Bruder vermutlich bereitet hatte, ein hinreichender Grund waren, diesen umzubringen, konnte ich nicht einschätzen. Da müßte ich diesen älteren Bruder noch besser kennenlernen.

Zu wissen, daß er Masken sammele und moralisch aussehe, war nicht genug.
Vielleicht hatte er noch andere Gründe, seinem Bruder Gram zu sein, vielleicht war auch eine Erbschaft oder eine andere Vermögensfrage die Ursache einer Feindschaft zwischen den Brüdern, und der eine Bruder konnte durch den Tod des anderen Geld oder Ländereien gewinnen.

Zum Schluß fügte ich, um keine Möglichkeit unberücksichtigt zu lassen, noch den Kutscher zur Reihe der Verdächtigen, obwohl ich mir bei ihm keinen Beweggrund für einen Mord denken konnte. Der Graf schien mir einer der Herren gewesen zu sein, die ihre Diener gar nicht so richtig wahrnehmen, und deshalb auch nicht in eine Beziehung zu ihnen treten, die zu Mordgründen führen könnte.
Die Gelegenheit zum Mord schien mir fraglich, da der Kutscher doch offenbar sehr betrunken war. Er wäre eher in die Lustlaube gestolpert und hätte dort des Grafen Vorhaben behindert, als daß er zielsicher durch eine Öffnung in der Hecke hätte greifen und Marias Arm für den Todesstoß hätte ergreifen können. Vielleicht aber hatte er sich erst nach dem Mord so betrunken.

VII

Skandal oder Affäre

Das ist eine komplizierte Geschichte, dachte ich, als ich zu Bett ging. Alle, die darin verwickelt sind, sind für mich wie Schattengestalten.
Ich kenne sie nicht.
Nur Maria kenne ich, und sie ist nicht wirklich in diesen Mord verwickelt. Nur durch Zufall war sie es, die den Mord ermöglicht hat, die dem Mörder ermöglich hat, den Mord auszuführen, ohne selbst daran beteiligt zu erscheinen.
Auch diesen älteren Bruder des Grafen kenne ich nicht. Ich habe ihn nur einmal kurz gesehen. Ich weiß nicht, was er für ein Mensch ist. Aus seiner strengen Miene habe ich versucht, mir ein Bild seines Wesens zu machen, und dabei geglaubt, einen ernsten, den Genüssen des Lebens abholden Mann gefunden zu haben, allen den Genüssen abhold, denen sein Bruder so zugetan war.
Ob dieses Bild zutrifft?
Wie soll ich einen Mord aufklären, der in einem Kreis von Menschen begangen wurde, von dem ich nichts weiß?
Was weiß ich vom Leben der adligen Herren an einem Fürstenhof?
Was weiß ich vom Leben der Leute, die ihnen dienen, dienen müssen?
Hier im Rheingau hatten wir schon immer viel Freiheit.
Am liebsten hätte ich die ganze Mordgeschichte vergessen. Sollte doch der Fürst sie von seinen Beamten aufklären lassen, wenn er sie überhaupt aufklären wollte.
Ein Graf, der in einer Lustlaube einem Mädchen Gewalt antun wollte und dabei erstochen worden war, war schließlich kein Mann, mit dem so ein würdiger Fürst freundlichen Umgang pflegen sollte. Da aber der Mord im Park des Fürsten verübt worden war, konnte der Fürst eine freundliche Beziehung zu dem ausschweifenden Grafen nicht leugnen. Aber was heißt schon ‘freundliche Beziehung’? Da gibt es viele Abstufungen einer Beziehung. Vielleicht war der Fürst nur dem sehr ehren-

werten älteren Bruder des ermordeten Grafen verbunden und hatte den Ermordeten nur in Kauf genommen.
Wenn er dem Bruder zuliebe den Mord vertuscht hatte, dann vielleicht nicht nur, um Nachforschungen ungestört anstellen zu können, sondern um ernsthafte Nachforschungen erst gar nicht anstellen zu müssen.
Dann war Maria vielleicht gar nicht in Gefahr.
Aber das waren nur Vermutungen, und selbst wenn Maria nicht in Gefahr wäre, und keiner den Mord wirklich aufklären wollte, müßte ich ihn aufklären; denn ich wußte, Maria könnte keine Ruhe finden, solange sie nicht sicher wüßte, daß sie mit dem Mord selbst nichts zu tun hätte. Sie könnte schon deshalb keine Ruhe finden, weil sie sich schuldig fühlte, weil ihr der Mord einen innigen Wunsch erfüllt hatte. Sie hatte frei sein wollen von dem drängenden und vielleicht schon im Vorgeschmack der Liebeslust schnaufenden Mann, der ihr plötzlich als Ungeheuer erschienen war.
Vielleicht hatte sie sogar gedacht: 'Wenn er den Pfeil nur im Herzen hätte!'
Und dann lag er vor ihr, erstochen, röchelnd im Tode.
Darüber würde sie nur hinwegkommen können, wenn ich den wahren Mörder gefunden hätte.
Darauf, daß andere den wahren Mörder fänden, könnten wir weder warten noch vertrauen, noch damit rechnen, daß sie uns unterrichten würden, wenn sie ihn gefunden hätten.
Mit diesen Gedanken schlief ich ein. Mitten in der Nacht aber wachte ich auf. Im Traum war ich zurückgeeilt nach Mainz und hatte noch einmal den Prellern zugeschaut und das Rätselgesicht des springenden Zauberers betrachtet und die rote Knollennase, die nicht zu ihm paßte, und plötzlich war das Gesicht ganz nah vor mir, die Augen, engstehende, dunkle Augen betasteten mich, mein Gesicht, meinen Leib und hoben mich auf die schwingende Lederdecke. Allein auf der Decke stehend, wurde ich hoch geprellt, und der Zauberer flog neben mir und hob mich noch höher, und weit konnte ich Umschau halten zum Rheingau hin und sogar um den gebogenen Rheinlauf herum bis Aßmannshausen. Maria saß da bei Gästen auf der Terrasse. Sie saßen in einem flirrenden Licht.

Sie aßen. Ich sah es genau.
Ein großer, kräftiger Mann saß dabei. Ich kannte ihn. Er war der Mann aus Randersacker.
Er verschlang eine Wurst.
Dann schnitt er ein Stück für Maria und reichte es ihr.
Sie nahm es.
Ich wollte schreien, sie warnen. Da hatte ich die höchste Höhe erreicht und sauste nun abwärts, immer schneller, je näher ich der Prelldecke kam und dann, gerade als ich meine Muskeln spannte, um den Aufprall ertragen zu können, öffnete sich die Decke zu einem dunklen Loch. Ich verlor mich darin und fiel und fiel, und die Dunkelheit war um mich her, sie griff nach mir und preßte meine Brust, und mein Herz wand sich in schwarzer Angst, bis ich glaubte, das könnte ich nicht länger aushalten.
Da wurde ich wach.
Ich würde diesen Mord genausowenig überwinden können wie Maria, wenn ich nicht wüßte, wie er zustandegekommen war.
Warum aber hatte ich von dem Mann aus Randersacker geträumt und von dem Zauberer? Den einen hatte ich noch nie und den anderen nur einmal gesehen. Als ich vom Mainzer Hof zurückgekommen war zum Domplatz, hatte ich ihn nicht mehr vorgefunden. Die Preller hatten ihre Decke eingerollt und standen müßig neben einer Bude, aus der Wein verkauft wurde und Laugenbrezeln.
Am Morgen, dachte ich, will ich zu Pater Anselm gehen und alles mit ihm in Ruhe besprechen.
Am Morgen aber stand der Pater vor meiner Tür.
Ein seltenes Ereignis ist das. Meist scheut er den Weg vom Kloster hinunter nach Geisenheim. Wenn er spazierengehe, so sagt er, ziehe er es vor, zuerst den Berg oder Hügel zu erklimmen, um beim Rückweg gemächlich ins Tal wandern zu können, und nicht umgekehrt, wie er das bei einem Besuch in Geisenheim müsse, zuerst ins Tal zu gehen, um auf dem Rückweg aufwärtssteigen zu müssen.
Er tat aber nun so, als sei sein Besuch etwas ganz Gewöhnliches, und sagte, er wolle mit mir über die Entwicklung des Weines reden, des Weines aus dem Jahr 1789, dem vorigen Jahr,

der uns wegen seiner etwas unharmonischen Säure Sorgen bereitet habe. Er habe entdeckt, daß der Wein im Faß besser geworden sei. Ob ich eine ähnliche Entdeckung gemacht hätte? Mir war das auch schon aufgefallen, und so sprachen wir über den Wein, und er schaute mich an.

In Wirklichkeit war er gekommen, weil ihn der Besuch des älteren Grafen beunruhigt hatte, und wollte nur nicht gestehen, daß er sich um Maria und mich Sorgen machte. Ich sah ihm das an, wußte aber auch nicht recht, wie ich meinen Bericht beginnen sollte, und so ließ ich ihn reden.
Wir gingen in den Keller, zogen uns eine Probe und probierten den Wein. Ich wollte ihm von meinen Erlebnissen berichten, aber manchmal hemmt uns eine merkwürdige Scheu, auch mit Menschen, die uns vertraut sind, über Dinge zu reden, die uns im Inneren bewegen, auch wenn wir uns das vorgenommen haben.
Man geht entschlossen zu dem anderen hin. Man hat sich im Geist das Gespräch vielleicht schon vorgestellt, die Worte gewählt. Dann sieht man den anderen, und plötzlich ist da ein Hügel aus Glas, den man überwinden muß, um zu ihm zu gelangen.
Die Worte schaffen nicht den Weg auf die Zunge.

Schließlich sagte Pater Anselm unvermittelt:
„Der Graf Balderung war bei mir.
Er kam von Wiesbaden und brachte Grüße von meinem Freund, dem Hofkellermeister, mit dem er, wie er sagte, in Würzburg oft zusammen sei. Ich hatte aber gleich den Eindruck, daß er nicht deshalb gekommen sei, sondern anderes von mir wissen wolle. Er erwartete wohl auch, daß ich etwas sage. Da ich aber keine Ahnung hatte, weshalb er gekommen war, konnte ich auch nichts sagen. Im Weggehen begriffen, fragte er dann, ob ich dich kenne, und ob mir ein Winzer mit Namen Leberlein bekannt sei, der eine schöne Tochter habe? Als ich das bejahte, frug er, wann ich euch zum letzten Mal gesehen hätte?
Ob ihr euch über seinen jüngeren Bruder beklagt hättet?

Ich war erstaunt und konnte ihm nichts weiter antworten. Da sagte er, wenn ihr Klagen hättet, sollte ihr euch an ihn wenden, und ging.
Zuerst habe ich mir über den seltsamen Besuch keine Gedanken gemacht und dachte, was ich nicht erraten könne, werde sich zur rechten Zeit schon selbst aufklären. Dann aber kam Oskar und erzählte von einem Toten im Park des Biebricher Schlosses.
Was hat das zu bedeuten? Da gibt es doch einen Zusammenhang zwischen dem Toten im Park und dem Besuch des Grafen!
Was hat Maria damit zu tun?
Hast du etwas mit dem Toten zu tun?
Wer ist dieser Tote?
Wie kam er zu Tode?
Wenn zwei merkwürdige Ereignisse auftreten, hat man immer so ein Gefühl, als müßten sie irgendwie zusammenhängen. Oskar hat auch so etwas gesagt, das mich vermuten läßt, der Tote stehe in einer Verbindung zu diesem Grafen Balderung."
„Er war sein Bruder!
Er wurde ermordet. Das soll aber anscheinend vertuscht werden.
Im Mainzer Intelligenzblatt steht nur, er sei an einer Affektion des Herzens plötzlich verschieden.
Die Affektion des Herzens enstand durch einen Pfeil.
Den Pfeil hatte Maria in der Hand!"
Und nun erzählte ich ihm alles, was ich von Maria gehört hatte, und auch alles das, was ich im Park zu Biebrich, in Wiesbaden und in Mainz erfahren hatte.
Zuletzt gab ich dem Pater meine Aufzeichnungen über die Verdächtigen zu lesen.
Er las sie, und dann, mit gerunzelter Stirn von dem Blatt aufblickend, sagte er:
„Einen Verdächtigen hast du vergessen.
Was glaubst du wohl, was Oskar gemacht hätte, wenn er gesehen hätte, daß Maria in Gefahr war?
Er war im Park, er hat die Gelegenheit gehabt, Maria zu helfen. Meinst du, er hätte sie im Stich gelassen?"

„Eben“, erwiderte ich, „das ist der Punkt. Er hätte sie nicht im Stich gelassen. Wenn er wirklich den Grafen mit Maria gesehen hätte, und wenn er dann den Pfeil gestoßen hätte, wäre er nicht einfach weggelaufen und hätte Maria mit dem Ermordeten allein gelassen. Er hätte Maria auch nicht allein nach Martinsthal zu meinen Eltern laufen lassen. Er hätte sie zu sich auf's Pferd genommen und hierher gebracht und darauf vertraut, daß wir beide schon alles wieder in Ordnung bringen könnten.“
Er sah mich an und lächelte wie einer lächelt, dem gar nicht zum Lächeln zumute ist, der aber meint, er müsse lächeln, um den anderen zu beruhigen.
„So wie wir Oskar kennen“, sagte er dann, „ist das, was du sagst, wahrscheinlich. Aber ich meine, wir dürften nicht gleich zu Anfang unserer Überlegungen einen Verdächtigen entlasten, nur weil wir ihn zu kennen glauben und ihm die Tat nicht zutrauen.“

Damit war ich nicht einverstanden, sagte aber nichts mehr, sondern holte den Pfeil, den ich mitgebracht hatte, und zeigte ihn dem Pater. Das etwas merkwürdig geschriebene „C“ – es hatte am Ende des oberen Bogens einen kleinen Strich direkt nach oben und am Ende des unteren Bogens einen kleinen Strich direkt nach unten – konnte man lesen, wenn man den Pfeil so hielt, daß seine Spitze nach rechts wies.
„Du meinst also, die Buchstaben auf den Pfeilen seien Anfangsbuchstaben von Mädchennamen, und sie bezeichneten die Mädchen, denen der Graf Gewalt angetan hat oder antun wollte, oder die sich ihm vielleicht auch willig ergaben?
Das ist natürlich möglich und sogar auch nicht ganz unwahrscheinlich.“
Er überlegte und faßte mit Daumen und Zeigefinger der Linken an sein Kinn, mit dem Finger hin- und herstreichend, als ob das Rauschen der Bartstoppeln seine Gedanken fördern könnte.
„Das 'M' für Maria konnte man sicher auch nur dann richtig lesen, wenn man den Pfeil quer hielt, so daß die Spitze nach rechts gerichtet war.“

„Nein, das ‘M’ ergab sich, wenn man den Pfeil nach links drehte. Wenn die Spitze des Pfeils nach rechts gerichtet war, ergab sich der Buchstabe ‘W’.“
„Also ‘W’ wie z. B. Walburga. Das ist seltsam.“
„Warum seltsam?“, sagte ich, ganz ohne nachzudenken.
Dann aber sagte ich:
„Eine Walburga saß doch nicht bei ihm in der Kutsche. Maria saß bei ihm. Ihren Namen hat er sicher erst kurz vor der Fahrt eingeritzt. Da hat er den Pfeil, auf dem das ‘C’ eingeritzt war, gar nicht mehr gehabt und wohl auch nicht lange überlegt, wie er da ritzen müsse, um den Buchstaben einem Leser genauso vorzustellen wie das ‘C’. Der Leser war doch zuerst einmal er selbst. Für sich zum Andenken hat er die Buchstaben eingeritzt, und er wußte doch, wie sie zu lesen seien.“
„Das hast du schön erklärt. Wie sind aber die anderen Buchstaben geritzt?“
„Die kann man lesen, wenn man den Pfeil mit der Spitze nach unten hält.“
„Aber warum hat er nun die einen Buchstaben so geritzt, daß sie nur zu lesen sind, wenn man den Pfeil quer hält, und die anderen so, daß man den Pfeil senkrecht halten muß, um sie leicht lesen zu können?
Die hat er doch alle, das ‘E’, das ‘P’ und das ‘I’, so geritzt, daß man sie lesen kann, wenn die Spitze des Pfeils nach unten weist?“
Ich nickte.
Eine Antwort auf seine Frage wußte ich nicht.
„Wenn das aber nun gar keine Anfangsbuchstaben von Mädchennamen wären? Wenn zwischen den Buchstaben ein Zusammenhang bestünde dergestalt, daß aus ihnen ein Wort würde, wenn man sie in der richtigen Reihenfolge läse?
„Das habe ich auch schon überlegt. Aber was soll ich mir unter EPIMC oder CIPEM oder ähnlichem vorstellen? Auch wenn ich an zwei Worte denke und das ‘I’ bei dem einen durch ein ‘C’ ersetze, wird es nicht sinnvoller. Was soll EPIM oder EPCM oder CEMP bedeuten?
Ein sinnvolles Worte sollte es aber doch sein?“
„Diese Schwierigkeiten hast du nur, solange du annimmst, das seien lateinische Buchstaben!“

Jetzt schmunzelte er.
„Wenn wir sie als griechische Buchstaben lesen, können wir alle Pfeile mit der Spitze nach unten halten. Aus deinem 'M' wird dann ein 'S', ein Sigma, und aus deinem 'C' mit den merkwürdigen kleinen Strichen, wird ein langes 'O', ein Omega. Das ist der Endbuchstabe des griechischen Alphabets.
Das lateinische 'P' wird zum griechischen 'R', dem Rho. Das kennst du doch als einen Buchstaben, der mit dem 'X', dem 'Chi' zusammen den Namen Christi bezeichnet. Auch das Omega müßtest du kennen. Du hast schon davon gehört, wenn im Gottesdienst von Alpha und Omega, dem Anfang und dem Ende die Rede war.
Wenn du jetzt noch die Buchstaben in die richtige Reihenfolge bringst, erhältst du einmal EROS, den Gott der Liebe und, wenn du das 'O' gegen das 'I' tauschst, ERIS, die Göttin des Streites oder des Zankes."

„Wenn wir diese Gedanken nun weiterspinnen", fuhr er nach einer Weile fort, „dann können wir uns leicht vorstellen, daß der liebeswütige Graf sein Leben dem heidnischen Gott der Liebe geweiht hatte und den Namen Eros in seine Pfeile einritzen ließ. Wir können uns weiter vorstellen, daß sein Mörder die Pfeile ausgetauscht hat, das 'O' gegen ein 'I', um einen Hinweis auf den Grund des Mordes zu geben. Eris ist die Göttin des Streites. Nicht die Liebe war also der Grund des Mordes, so gewalttätig sie auch Maria und anderen Mädchen begegnet ist, sondern ein Streit."
Ich schaute ihn erstaunt an und wollte etwas sagen. Er winkte mir aber zu schweigen, schrieb einige Buchstaben auf's Papier und sagte dann: „Vielleicht war die Göttin des Streites nur die zweitbeste Lösung. Es ist schwer, sich einen Streit vorzustellen, der gleich zum Mord führt. Meist sind es andere Gründe, die zum Mord führen, die Rache zum Beispiel.
Die Göttin der Rache aber heißt NEMESIS, und so wäre es dem Mörder schwergefallen, durch einen schnellen Griff den Gott der Liebe in die Rachegöttin zu verwandeln."
„Sollen wir also einen Mörder suchen, der der griechischen Sprache mächtig ist?

Ich gebe zu, daß manches für eure Deutung spricht, Pater. Aber sie ist doch nicht sicherer als meine, und die letzte Überlegung, die die Rachegöttin betrifft, scheint mir doch ..., wie soll ich sagen... Ich meine, die wäre sehr kühn. Vielleicht hat er ja das 'M' nur deshalb quer auf den Schaft geritzt, weil der breite Buchstabe auf diese Weise besser auf den Pfeil paßte."

„Aber wenn ich recht habe", sagte Pater Anselm, „hat Maria mit der ganzen Mordgeschichte nichts zu tun, dann ist sie auch nicht in Gefahr und kann wieder nach Hause kommen."

„Das ist möglich. Aber selbst wenn die Buchstaben als griechische Buchstaben richtig gedeutet sind, wer kann sie so deuten? Doch nur einer, der der griechischen Sprache mächtig ist!

Wie hat sie der Fürst gedeutet, der seine Schergen vielleicht schon ausgesandt hat?"

„Die kann er nicht so einfach auf Mainzer Gebiet schicken! Der Rheingau ist, Gott sei dank, noch Mainzer Gebiet."

„Ob er sich darum kümmert?"

„Ich habe mich schon gefragt, ob sich der Fürst überhaupt um diesen Mord kümmert. Bis jetzt sieht es doch so aus, als wolle er den Mord vertuschen.

Und warum will er ihn vertuschen?

Weil er nicht will, daß bekannt wird, wie sich der Graf den Frauen gegenüber benommen hat – in seinem Park.

Das muß mit dem wahren Grund des Mordes gar nichts zu tun haben.

Wenn er zugäbe, daß da ein Mord geschehen wäre, dann würde auch bekannt, unter welchen Umständen es zu diesem Mord gekommen wäre, und dann würde bekannt, daß der Fürst unter seinen Freunden einen Mann geduldet hätte, der sich Frauen gegenüber übel benommen hätte."

„Aber das wußten doch ohnehin alle, die den Grafen kannten, daß er sich übel benimmt, benommen hat."

„Es ist immer ein Unterschied zwischen dem, was alle wissen, und dem, worüber alle reden.

Erst wenn sie alle darüber reden, wird es zum Skandal."

„Dann nennt man es einen Skandal!", verbesserte er sich nach einer Weile. „Ein Skandal war es ja auch schon vorher, zum allerwenigsten eine Affäre."

„Und wenn der Fürst sich nur wenig um diesen Grafen kümmert, den er vielleicht kaum kennt, und den er nur dem Hofmarschall oder dem Bruder des Grafen zuliebe in seiner Nähe geduldet hat? Schließlich gehörte der ermordete Graf zum Hof in Würzburg und war in Wiesbaden zur Kur, wie unnötig diese Kur auch immer war."

„Und wenn und wenn... So werden wir das Rätsel nicht lösen können!"

„Aber wir müssen das Rätsel lösen, selbst wenn Maria gar nicht in Gefahr ist. Auch ich will wissen, was da geschehen ist."

„Dann mußt du nach Würzburg fahren; denn nach allem, was wir bisher erfahren haben, müssen die Gründe für den Mord bei Leuten zu finden sein, die zum Hof in Würzburg gehören."

Er überlegte.

„Ich kann dich meinem Freund, dem Hofkellermeister empfehlen. Da brauchen wir nur einen Vorwand, der deinen Besuch dort erklärt, und der ist bald gefunden.

Vor ein paar Jahren haben sie im Keller des Hofes drei Riesenfässer aufgestellt, ein besonders großes und zwei kleinere. Sie führen darin allen Wein zusammen, der als Deputatswein an die Hofleute verteilt wird."

Er unterbrach sich und runzelte die Stirn.

„Da haben wir gleich auch einen schönen Grund zu einem Streit gefunden. Ob darin aber auch ein Beweggrund für einen Mord zu finden ist?

Die Fässer wurden gebaut, weil es immer wieder zu Zank und Streit kam, wenn der Wein verteilt wurde. Jeder behauptete, er habe den schlechteren Wein bekommen und schimpfte, die anderen seien Günstlinge des Kellermeisters. Der Kellermeister hatte viel Ärger, und häufig wurden die Beschwerden bis vor den Fürstbischof gebracht, bis dieser zuletzt selbst so ärgerlich war, daß er beschloß, das Übel an seiner Wurzel zu packen und alle Weine, die verteilt werden sollten, in einem großen Faß zu bergen. Da haben sie sich glücklich vermischt und wurden alle gleich, und alle bekamen dann den gleichen Wein, und keiner konnte sich mehr beschweren." Er lachte: „So hat der Fürstbischof die Gleichheit schon lange eingeführt, über die sie nicht nur in Frankreich jetzt so wortreich reden.

Du könntest also, wenn einer fragte, nach Würzburg gegangen sein, um die Erfahrungen zu erkunden, die sie dort mit den großen Fässern gemacht haben. Wir könnten sagen, wir dächten daran, auch in Johannisberg ein so großes Faß aufzustellen.

Du brauchst keine Angst zu haben, daß ich das wirklich mache! Du weißt ja, was ich von der Gleichheit halte. Ich werde nie einen guten Wein mit einem schlechteren mischen und ihn dadurch schlechter machen.

Aber was rede ich von gut und schlecht?

Viel mehr als gut oder schlecht erfahren wir, wenn wir dem Wein begegnen und erkennen, daß jeder Wein seinen eigenen Charakter hat. Das ist es doch, was uns am Wein so freut und immer wieder überrascht. Jeder Wein ist ein besonderer, jeder spricht anders zu dir, wenn er auf deine Zunge kommt, jeder erzählt dir eine andere Geschichte vom Aufsteigen aus der Erde im Frühling, vom Verzehr der Sonnenspeise im Sommer, von Regentagen und blauen Herbsttagen, von der Wärme des Schiefers, von der Pflege des Winzers, von Begegnungen in der Kelter und schließlich von der Unruhe, dem wilden Sprudeln im Faß - und von der Reife.

Wie kann einer diesen Reichtum der verschiedenen Charaktere bewahren, wenn er alle in ein Faß schüttet! Natürlich werden dann alle gleich, gleich, aber leblos. Sie sprechen nicht mehr zu dir. Sie sind wie Menschen, die ihr Gedächtnis verloren haben und nun nicht mehr wissen, wer sie sind."

Ich glaube, für kurze Zeit hatte er über seiner Weinbegeisterung den Mord und meine Fahrt nach Würzburg ganz vergessen. Er stand auf, ging zum Fenster und stützte sich auf die Fensterbank.

So mußte ich zu seinem Rücken sprechen.

„Wie soll ich aber in Würzburg einen Mörder finden? Selbst wenn ich einen guten Vorwand habe, dorthin zu gehen, und dort auch einen Freund besuchen kann. Der Kellermeister wird mich zwar gut aufnehmen, er wird mir aber schwerlich helfen wollen, einen Mörder unter den Hofleuten zu finden, wenn er annehmen muß, daß ich nur meine Freundin entlasten will. Für einen verliebten Toren wird er mich halten.

Ich kann schließlich auch nicht alle Leute am Hof fragen, wo sie sich zur Zeit des Mordes aufgehalten haben oder losziehen und erkunden, wer die Pfeile geschnitzt hat...!"
Da unterbrach er mich.
„Deine Aufgabe mag dir jetzt schwieriger erscheinen, als sie vielleicht ist. Vielleicht wird sich so manche Zunge lösen, wenn die Leute erfahren, woher du kommst.
Du mußt einfach zu allen freundlich sein und mit allen reden, viel reden, auch schwätzen, und dann aus dem Geschwätz auswählen, was uns helfen kann. Vielleicht kannst du es mir berichten.
Wichtig wird sein, wenn einer von Zank und Streit erzählt oder von besonderen Vorkommnissen.
Du mußt auch sehen, wie sie am Hofe miteinander umgehen. Wenn du dann etwas gefunden hast, das der Beweggrund zu einem Morde sein könnte, oder wenn du etwas entdeckt hast, das die Buchstaben auf den Pfeilen betrifft, dann werden wir weitersehen.
Das ist unsere einzige Chance; denn die Spur des Mörders führt sicher nach Würzburg. Wie sollen wir etwas erfahren, wenn wir hier bleiben? Ich kann doch schlecht den Kellermeister bitten, für uns den Mörder zu finden."
Da fiel mir noch etwas ein: „Und der Brief?", sagte ich. „Der Brief des Kellermeisters! Der Tote in Randersacker! Kann da ein Zusammenhang bestehen zwischen dem Mord an dem Grafen und dem Mord in Randersacker?
Wenn das ein Mord war?"
„Wie soll ich das jetzt schon wissen?
Denk' daran, alles, was ungewöhnlich ist, kann eine Beziehung zu dem Morde haben, natürlich auch der Tod des Barons Wetterstetten."
Dann ging er zurück zum Kloster und ließ mich allein.
Ich war mir sicher, daß da etwas in dem Briefe gestanden hatte, wodurch der Hofmarschall mit dem jüngeren Balderung in Verbindung gebracht worden war, auch seine Tochter Irene.
Am Mittag noch ging ich durch die Weinberge nach Rüdesheim. Grandpatte war bei mir. Ich schickte ihn vor, Maria zu mir zu holen; denn ich wollte nicht ganz bis zur Krone gehen.

Auf der nach Aßmannshausen gelegenen Seite der Ruine Ehrenfels bietet sich, von einem kräftigen Holunderbusch geschützt, ein kleines Plätzchen hoch über dem Rhein. Eine Mauer stützt das Erdreich, das sich da in den vielen Jahren nach der Zerstörung der Burg gesammelt hat, und bewahrt es davor, in den Fluß abzurutschen. Gras ist gewachsen, und an warmen Tagen findet der Kundige dort einen Ort, an dem er nach Herzenslust zu zweit allein sein kann. Maria und ich haben diesen Ort gelegentlich schon genutzt, und auch heute sollte Grandpatte Maria dorthin bringen. Er liebt diesen Platz nicht, weil er immer, wenn wir dort verweilen, an dem Wege Wache halten muß, der, von Rüdesheim kommend, nach Aßmannshausen führt.
Ich mußte nicht lange warten; denn Grandpatte war weit vorausgelaufen, sodaß Maria schon auf dem Wege nach der Ehrenfels war, als ich dort ankam.

Maria ließ sich und mir nicht viel Zeit zur Begrüßung. Sie war schnell gegangen, und ich sah, daß sie aufgeregt war. Kaum daß ich Grandpatte auf seinen Posten geschickt hatte, fing sie noch im Stehen an zu berichten. Gäste seien in der Krone gewesen, die hätten von dem Tode des Grafen erzählt. Die hätten gewußt, daß er keines natürlichen Todes gestorben sei, und hätten auch gewußt, daß er mit einem Mädchen im Park gewesen sei in der Lustlaube. Sie wisse nicht, ob sie etwas von den Pfeilen gewußt hätten, da sie nur immer Bruchstücke ihres Gespräches habe hören können. Sie hätte sich doch nicht zu ihnen hinstellen können. Da wäre sie aufgefallen. So habe sie immer nur dann etwas vernehmen können, wenn sie mit einer Schüssel oder einem Tablett in die Gaststube gegangen sei. Sie habe den Wirt schon bitten wollen, sie nicht mehr in die Gaststube zu schicken, habe das aber dann doch nicht getan, weil das vielleicht auch aufgefallen wäre. Einmal habe sie gehört, wie diese Gäste von dem Kutscher gesprochen hätten. Der hätte gesagt, er wäre so betrunken gewesen, daß er gar nicht habe erklären können, wie er in den Park gekommen sei. Der Kutscher hätte auch nichts von einem Mädchen gesagt.
Maria unterbrach sich und sah sinnend vor sich hin.

„Die Gäste meinten, der Kutscher hätte ein Mädchen gar nicht sehen können, so betrunken wäre er gewesen!“, sagte sie. „Die Gäste wußten nur, daß der Graf ein Mädchen oder eine junge Frau vom Schützenhof mitgenommen hatte. Sie wußten nicht sicher, daß ich mit ihm gefahren war bis zum Park.
Sicher haben sie das nicht gewußt. Sie haben es nur vermutet!“
Dann hob sie die Augen und sagte ganz langsam:
„Aber als ich in Wiesbaden in die Kutsche stieg, ist mir nicht aufgefallen, daß der Kutscher betrunken war. Er hat sehr wach auf dem Kutschbock gesessen.
Der Graf hat ihn überhaupt nicht beachtet, er wäre auch in die Kutsche gestiegen, wenn da gar kein Kutscher gewesen wäre, wenn ein Gespenst die Kutsche gelenkt hätte.
Ach Karl, wenn ich nur wüßte, ob ich an seinem Tode schuld bin!“
Da nahm ich sie in die Arme.
Wir setzten uns in die Ecke des kleinen Platzes, in der wir schon manchmal gesessen haben.
„Vielleicht ist das Mädchen, das bei ihm war, an seinem Tode schuld!“, habe einer der Männer gesagt, und sie hätten nach ihr hingesehen.
Mir ging durch den Kopf, daß es nicht verwunderlich sei, wenn Männer in einer Gaststube nach ihr hinsähen, aber ich sagte das nicht.
Ich nahm stattdessen ihre Hand und sagte, ich wolle alles tun, um herauszufinden, wie es wirklich gewesen sei, wer den Grafen umgebracht hätte, und ich sei mir ganz sicher, daß sie es nicht gewesen sei. Ich erzählte ihr von Pater Anselms Entdeckung, daß auf den Pfeilen griechische Buchstaben gewesen seien, und daß einer der Buchstaben durch den Mörder ausgetauscht worden sei, und wie Grandpatte diesen Pfeil in einem Gebüsch versteckt gefunden habe. Wenn ich auch noch Zweifel an Pater Anselms Theorie hatte, als er sie mir entwickelte, jetzt, da ich neben Maria saß, kamen mir seine Gedanken sehr plausibel vor, und ich sagte:
„Die Spur des Mörders führt nach Würzburg. Dort in der Heimat des Grafen muß ich nach einer Erklärung für die Tat suchen. Pater Anselm wird einen Brief an seinen Freund, den

Kellermeister des Hofkellers, schreiben und einen guten Grund für meine Reise angeben, einen Grund, der mit dem Mord nichts zu tun hat.
Oskar wird, solange ich weg bin, in meinem Institut arbeiten."
„Ich werde den Mörder schon finden!", sagte ich dann. „Ich habe mit Pater Anselm einen Plan ausgearbeitet, wie ich vorgehen will, und so werde ich auch Erfolg haben!"
Ein Plan, dachte ich, ist ja wohl etwas viel gesagt, aber ganz gelogen ist es auch nicht, und so konnte ich ihr in die lieben Augen sehen, ohne blinzeln zu müssen.
Sie sagte nichts. Sie sagte nicht, ich solle vorsichtig sein, und sie habe Angst um mich, und ihr komme diese Mission gefährlich vor, und wenn der Mörder entdecke, daß ich auf seiner Spur sei, könne er versuchen, mich umzubringen. Sie schaute mich nur an, und dann hielt sie mich ganz fest ... ganz fest.
Als wir uns am Abend trennten, befahl ich Grandpatte, mit ihr zu gehen und bei ihr zu bleiben, wie ich es Herrn Leberlein versprochen hatte.
Am nächsten Tage schon wollte ich nach Würzburg reisen, aber einen Plan, wie ich dort des Mörders habhaft werden könnte, hatte ich nicht, wenn man nicht die Absicht, nicht nach einem festen Plan vorgehen zu wollen, einen Plan nennen will.
Als ich zu Maria sagte, ich hätte mit Pater Anselm einen Plan ausgearbeitet, hatte ich ein wenig geflunkert, um sie zu beruhigen.
Ich hatte zu Pater Anselm gesagt, ich könne doch nicht einfach alle Leute bei Hofe fragen, wo sie am Nachmittag des Mordes gewesen seien, und ob sie zu der fraglichen Zeit überhaupt in der Nähe des Parkes zu Biebrich, in Mainz oder Wiesbaden oder vielleicht im Rheingau gewesen seien.
Das war richtig.
So hätte eine Amtsperson des Fürsten oder des Fürstbischofs vorgehen können. Sie hätte auf einer Antwort bestehen können, die Antworten vergleichen können, Beweise für die Richtigkeit einer Antwort fordern können und schließlich auch selbst, sogar in den Räumen eines Befragten nach Beweisen suchen können.
Das alles konnte ich nicht.

Hätte ich das versucht, dann hätte ich mich sogleich verdächtig gemacht, an dem Vorfall im Park irgendwie beteiligt zu sein, und weil ich nicht auf Antworten bestehen konnte, hätte mir niemand geantwortet, ja die Leute hätten wahrscheinlich überhaupt nicht mehr mit mir gesprochen.
Ich mußte also vor allem unverdächtig bleiben, das aber hieß, daß ich mich gerade an dem, was mich interessierte, nicht interessiert zeigen durfte.
Eine verzwickte Situation war das.
Pater Anselm hatte gemeint, ich müsse unauffällige Gespräche führen und hoffen, daß ich dabei etwas Auffälliges erführe.
Ich müsse viel zuhören, auch versuchen, Gespräche mitzuhören, die nicht für mich bestimmt seien, und mir alles Merkwürdige gut merken und hoffen, daß sich etwas dabei befände, das mich zum Mörder führen könne.
Alles, was auffällig sei, alles, was anders sei als normal, könne eine Spur sein.

Ich erinnerte mich jetzt, daß er einmal davon gesprochen hatte, die Kunde von einem Mord sei mit einem Felsbrocken zu vergleichen, den einer von einem Berg gestoßen habe. Überall, wo er hintreffe, bringe er etwas in Unordnung, er zerstöre Pflanzen, töte Tiere, beschädige Gebäude, ja er könne sogar wiederum einen Menschen töten.
„Überall, wo die Kunde von einem Mord hinkommt, entsteht Verwirrung!“, hatte er gesagt. „Die Art der Verwirrung kann Hinweise auf den Mörder geben, denn sie wird bei denen besonders auffällig sein, die irgendetwas mit dem Mord zu tun haben.“
Er hatte den Felsen auch mit dem Morde selbst verglichen und gemeint, ein Fels falle nicht aus eigenem Antrieb den Berg hinab, da müsse vorher auch dort, wo er gelegen habe, etwas in Unordnung gewesen sein. Wenn man also einen Mord aufklären wolle, müsse man in der Umgebung des Ermordeten alles erforschen, was sich dort vor dem Mord Ungewöhnliches ereignet habe, und alles das, was sich nach dem Mord Ungewöhnliches ereigne. Man könne jeden Mord aufklären, wenn man nur wach genug sei gegenüber allem Ungewöhnlichen,

auch wenn man eine Beziehung des ungewöhnlichen Geschehens zu dem Morde nicht gleich sehen könne. Der schlimmste Fehler, den man machen könne, sei, diejenigen ungewöhnlichen Ereignisse nicht zu beachten, die auf den ersten Blick nichts mit dem Morde zu tun zu haben schienen.

Auf diese Gedanken des Paters wollte ich mich verlassen und entsprechend handeln. Dabei wollte ich sehr vorsichtig sein. Als einzigem wollte ich dem Kellermeister erklären, warum ich nach Würzburg gekommen sei, schon weil dieser doch bald merken würde, daß ich nicht allein der großen Fässer wegen diese Reise unternommen hätte.

VIII

Ein Brief aus Würzburg.

Um mir die Arbeit zu erleichtern, füge ich hier einfach den Inhalt des ersten Briefes ein, den ich aus Würzburg an Pater Anselm geschrieben habe:

Ich bin über den Spessart geritten.
Einen Räuber habe ich nicht getroffen. Vielleicht haben die Räuber an diesem freundlichen Sonnenmorgen noch alle in ihren Höhlen gelegen und geschlafen. Ich muß gestehen, daß mir der Eintritt in diesen weiträumigen, düsteren Wald zuerst unheimlich war, nachdem ich so viel von den Spessarträubern gehört hatte. Dann dachte ich aber, sie werden sich mehr für Kutschen interessieren als für einzelne Reiter und auch annehmen, ein einzelner Reiter werde keine großen Schätze mit sich führen, wenn er durch diesen verrufenen Wald reite. Trotzdem achtete ich auf alle Geräusche, und so manches seltsam gewachsene Gebüsch am Wegrand ließ mich vorsorglich an meine Pistole fassen. Ich war doch ziemlich erleichtert, als ich wieder in bewohntere Gegend kam.
Ich bin mir der Gefahr bewußt, daß diese Erleichterung meine Wachsamkeit beeinträchtigen könnte, und versuche, mich immer wieder daran zu erinnern, daß meine Schwierigkeiten und vielleicht auch die Gefahren erst jetzt, hier in Würzburg beginnen. Was aber bedeutet Wachsamkeit?
Wie schwer es ist, wachsam zu sein, habe ich bald bemerkt.

Ich wohne hier im Gasthof zum Falken, ganz nahe bei der berühmten Marienkapelle und bin auch schon aus lauter Neugierde zur Kapelle hingegangen und habe mir das Tympanon über dem nördlichen Portal angesehen.
Ihr erinnert Euch sicher, lieber Pater, daß Ihr mir von diesem Portal erzählt habt und gesagt habt, da sei eine ganz eigenartige Darstellung. Ich habe auch gleich gesehen, was Ihr gemeint habt, dort führt tatsächlich ein Schlauch oder Rohr von der Figur, die Gottvater darstellen soll, hinunter zum Ohr Mariens.

Ähnlich ist es in Kiedrich über dem Portal der Pfarrkirche, nur daß der Schlauch in Würzburg kühn geschwungen ist.
Als ich wieder in meinem Zimmer war, habe ich versucht, mir alles zu vergegenwärtigen, was ich gesehen hatte. Dabei fiel mir auf, daß ich den Anfang und das Ende des Schlauches nicht mehr genau bestimmen konnte. Ich konnte mir nicht mehr vorstellen, wie der Schlauch am Ohr Mariens ankommt.
Also bin ich noch einmal hingegangen, und jetzt erst weiß ich, daß der Schlauch vom Munde Gottvaters hinabreicht zu Maria, und fast ganz bis zu ihrem Ohr gelangt. Vor dem Ohr Mariens sitzt eine Taube. Auch den Jesusknaben, der bäuchlings am Schlauch hinunterrutscht, habe ich erst beim zweiten Hinsehen bemerkt, obwohl doch auch in Kiedrich ein Jesusknabe ist. Dort scheint er mir allerdings etwas größer.
Ich habe mir überlegt, was der mittelalterliche Bildhauer damit hat sagen wollen, und denke, er hat einfach über dem Portal, das in die Kirche führt, die Worte zum Bild werden lassen, die in den Eingangsversen des Johannesevangeliums stehen: „Das Wort ist Fleisch geworden!"
Wenn ich mir aber überlege, wie ungenau meine erste Betrachtung des Bildes war, fürchte ich, daß man vieles sieht, ohne es wirklich zu erfassen, und wenn das bei einem steinernen Bildnis schon so ist, das schön stillhällt, wie ist es dann erst bei lebendigem Geschehen, das dauernd in Bewegung ist und sich immerzu ändert?
Der Hof zum Falken hat eine prächtige Fassade mit reichverzierten, in mehreren gegenläufigen Kurven geschwungenen Giebeln, die drei große Gauben zur Straße hin abschließen. Die mittlere Gaube ist die größte und trägt auf ihrer Spitze die Figur eines Falken. Viel Stuck ist über die Fassade ausgebreitet und ich muß, wenn ich sie sehe, immer an ein Tortenstück denken, daß für die Tafel eines Kaisers bereitet wurde.
Jetzt wohne ich in diesem Hof.
Ich fürchte, es wird nicht einfach sein, am Ende meines Aufenthaltes die Rechnung zu begleichen.
Der Kellermeister, der Euch grüßen läßt, hat gemeint, wenn ich wirklich erkunden wolle, wie die Leute bei Hofe mit dem Wein aus den großen Fässern zufrieden seien, müsse ich mit vielen

Leuten sprechen. Um aber mit manchen Leuten überhaupt ins Gespräch kommen zu können, müsse ich in diesem prunkvollen Gasthof absteigen. Es gäbe Leute, die könnten mich überhaupt nur wahrnehmen, wenn ich wie ein wohlhabender Mann aufträte.

Der Kellermeister versprach, mich zum Essen immer einzuladen oder dafür zu sorgen, daß einer seiner Freunde mich einlüde. So, meint er, könne mein Geldbeutel an anderer Stelle geschont werden. Wenn ich meinen Stand durch das herrschaftliche Logis dann hinreichend kundgetan hätte, könnte ich vielleicht eine günstigere Wohnung beziehen, meint er. Er wolle für eine solche Wohnung sorgen.

Ein Handschuhverkäufer aus Tirol, von dem er mir viel erzählt hat, wohne bei den Edelknaben, wenn er sich am Hofe aufhalte. Dort könnte ich auch unterkommen, das wolle er mir aber nicht empfehlen, weil diese Pagen rauhe Gesellen seien, und auch, weil der Handschuhverkäufer, wenn er in Würzburg weile, dem Fürstbischof als Hofnarr diene. Er fürchte, wenn ich dasselbe Logis annähme, könnte ich leicht ebenso wie der Hofnarr behandelt werden.

Am Tage nach meiner Ankunft nahm mich der Kellermeister mit zum Schloßberg, um mir die Weinberge zu zeigen.

Wir gingen über die Mainbrücke, auf der die großen Figuren der Heiligen stehen, und stiegen dann auf schräg den Hang hinaufführenden Wegen zur Festung Marienberg empor. Der Schloßberg ist, wie Ihr sicher wißt, der nach Osten geneigte Rebenhang unter der Festungsmauer. Er empfängt daher gleich am frühen Morgen die ersten Strahlen der Sonne.

Während wir so gemächlich aus der Stadt und über den Main wanderten, erzählte mir der Kellermeister von einem üblen Streich, den die Leute des Hofes vor einiger Zeit dem Peter Prosch, diesem Handschuhverkäufer und Hofnarren gespielt haben.

Ich will Euch, lieber Pater, dies und noch anderes, was er mir erzählt hat, berichten; denn diese Erzählungen zeigen, wie es am Hofe zugeht, und auch vielleicht, wo ein Beweggrund für einen Mord zu finden sein könnte. Von dem Freiherrn, den sie

den Waldphilosophen nennen, der mich in sein Waldhaus eingeladen hat, werde ich später berichten.
Wie der Kellermeister erzählte, haben die Leute des Hofes den armen Narren eines Tages wie den Gesandten des Markgrafen von Ansbach behandelt.
Der Hofmarschall, der Stallmeister, Grafen, Rittmeister und Edelleute haben dabei mitgespielt. Der Hofmarschall hatte gesehen, daß der Narr dem Fürsten einen Brief des Markgrafen überbrachte. Er sagte zu ihm, wenn er einen Brief überbringe, sei er ein Gesandter. Als Gesandter aber müsse er das Zeughaus auf der Festung Marienberg besuchen und die Parade der Husaren abnehmen. Auf Befehl des Hofmarschalls wurde er in einer veritablen Prozession durch die Stadt geführt und über die Mainbrücke hinauf zur Festung geleitet. Dort standen die Husaren in Reih und Glied und präsentierten ihre Gewehre.
In dem weiträumigen Zeughaus hatten sich zwölf geharnischte Männer zum Kriegsrat an eine Tafel gesetzt.
Ein Schreiber saß dabei, alles zu notieren, was gesprochen werde. Neben dem Kriegsrat stand einer, ebenfalls geharnischt, der an einen Pfahl gebunden war.
Der Narr wurde vor den Tisch geführt, und als er fragte, was das alles zu bedeuten habe, und zu dem gebundenen Mann hintrat, wurde ihm erwidert, der gebundene Mensch sei zur Zeit des Schwedenkrieges ein Spion gewesen, der die Festung habe verraten wollen. Der müsse jetzt durch den Kriegsrat zum Tode verurteilt werden.
Da wandt sich der Narr an den Mann am Pfahl und sagte: „Du magst ein rechter Spitzbub gewesen sein."
Als ob das ein Stichwort gewesen wäre, packte ihn dieser plötzlich mit seinen Armen, und im selben Augenblick wurde im Saal ein wildes Feuerwerk abgebrannt. Vom hohen Gewölbe fiel Feuer herab und schien den ganzen Saal in Brand zu stecken, weil überall Schwärmer angebracht waren, als seien die Wände mit Schwärmern tapeziert. Alle Wände standen in Flammen, und es krachte und knallte, als werde der ganze Schwedenkrieg im Saale noch einmal geführt.
In kurzer Zeit war der Saal mit Rauch gefüllt und ein Wirrwarr entstand, den auch diejenigen, die das alles angezettelt hatten,

so nicht vorausgesehen hatten. Alle liefen durcheinander, hielten sich aneinander fest und grapschten nach etwas, was Sicherheit bieten konnte. Der Narr erwischte das Ohr eines Hauptmanns, der schrecklich schrie.
Bis schließlich einige besonnene Männer die Fenster aufrissen, so daß der Rauch abziehen konnte.
Den Narren ließen sie allein und krank vor Furcht nach Hause gehen.
Am Abend holten sie ihn dann zur Tafel des Fürsten und erfreuten sich an seinem armseligen Aussehen. Er mußte zu ihrer Belustigung die gleichen Sprünge machen, die er vor Schreck im Zeughaus gemacht hatte.
Aber nicht nur der Narr war nicht über alles das unterrichtet, was ihn im Zeughaus erwartete, auch einige der edlen Herren waren, um sich auf Kosten des Narren unterhalten zu können, mitgegangen in den Saal, ohne etwas von dem Feuerwerk zu wissen. Sie hatten sich folglich nicht vorgesehen und waren nun erbost, weil Frisur und Rock ruiniert waren. So waren manche auf den Hofmarschall und die anderen nicht gut zu sprechen. Je mehr einer sein Ansehen auch durch sein Aussehen begründet dachte, desto größer war der Groll, den er hegte. Schon die Tatsache, nicht über alles unterrichtet worden zu sein, empfanden einige als Beleidigung.
Ob dieser Groll nun ein Beweggrund für einen Mord sein könnte?
Ich weiß es nicht! Ich weiß auch nicht, was der junge Balderung und der Wetterstetten damit zu tun haben könnten.
Dem Narren wurde ja übel mitgespielt. Er soll noch eine ganze Weile danach krank gewesen sein. Er hätte da wohl einen Grund gehabt, sich zu rächen. Ich dachte schon, er könnte wohl in Mainz bei dem Zauberer am Dom gewesen sein, von dem ich Euch berichtet habe. Hier sagt man aber, er sei zurückgereist nach Tirol.
Mich wundert auch, welchen Aufwand die Hofleute betrieben haben, um sich auf so üble Weise belustigen zu können.
Das müssen seltsame Leute sein, die es genießen können, einen armen Narren in Furcht und Schrecken zu versetzen, und sich dann auch noch an seiner Krankheit weiden.

Ein anderes Mal haben sie, wie der Kellermeister erzählte, die Frau des Narren in ein solch grobes Spiel einbezogen. Es soll eine schöne, noch recht junge Frau sein. Der Narr hatte sie aus Tirol mitgebracht nach Würzburg, aber nicht bei Hofe vorgestellt. Das verdroß wohl den Fürsten, und so befahl er dem Narren, wenn er wieder zum Hofe komme, solle er seine junge Frau mit sich führen. Der arme Narr konnte sich diesem Ansinnen nicht gut verweigern. Zur Vorsicht aber knüpfte er einen Strick, an dem man Wäsche aufhängt, seiner Frau um das rechte Bein und schlang sich selbst das andere Ende des Strickes mehrmals um den linken Arm. So gingen sie dann in ihren Festtagsgewändern zum Fürsten.
Freundlich wurden sie empfangen und begrüßt, und eifrig wurde auf das Wohl des jungen Paares getrunken. Schließlich trank jeder der Herren dem Narren zu mit den Sprüchen, die man für solche Gelegenheiten bereit hat: „Uns wohl, und niemand übel; was scherts die Welt, auf alle braven Soldaten, auf alle schönen Mädchen, auf den Hannes im Keller, so viel Tropfen, so viel Jahre!“
Auch die junge Frau trank mit.

Während aber der Narr langsam trunken wurde, schnitt einer der hohen Herren den Strick ab und führte die Frau hinweg.
Als er zu sich kam, stand der Narr allein und war unglücklich und suchte überall nach seiner Frau, und die edlen Herren hatten wieder einen vortrefflichen Spaß.
Der Fürst sagte dem Narren am anderen Tage, der alte Domprobst habe den Strick durchgeschnitten und seine Frau wohlverwahrt. Aber muß man das glauben?
Vielleicht hat ja der junge Balderung den Strick durchgeschnitten und die Frau zum Pfeilspiel mitgenommen. Der Kellermeister wußte davon nichts, aber des Narren Frau wird es wohl wissen und dem Narren nach einer Weile auch gesagt haben. Sie sollen sehr verliebt gewesen sein, der Narr und seine Frau.
Auch dieses grobe Spiel soll der Hofmarschall angezettelt haben.
Die Frau des Narren heißt Maria. Er selbst heißt Peter.

Nun überlege ich, gegen wen sich der Zorn des Narren am ehesten richten würde. Aber käme er eigens von Tirol nach Wiesbaden, um wegen dieses Vorfalls den Grafen Balderung zu ermorden?

Mir gefallen diese Sitten nicht. Auch die Edelknaben sollen sich zuweilen sehr unerfreulich betragen. Der Kellermeister hat mir davon erzählt.
Vor einiger Zeit wären ein paar Edelknaben, sieben oder acht, als Begleiter einer Kutsche nach Mainz geschickt worden. Sie hätten auf dieser Fahrt, die recht gemächlich vonstatten gegangen sei, und auch auf der Rückreise so viel Wein getrunken, daß der Kellermeister, dem der Verbrauch gemeldet worden sei, dieser Meldung nicht geglaubt habe. Er habe nicht glauben können, daß die Pagen so viel hätten vertragen können, und habe wissen wollen, was sie mit dem vielen Wein angefangen hätten.
Ob sie das edle Getränk vielleicht verschüttet hätten oder an einem geheimen Ort aufbewahrt, um es später zu genießen?
Die Pagen aber hätten behauptet, alles sei durch ihre Kehlen geschickt worden. Da wäre der Hofmarschall mit seinen Freunden gekommen und hätte gesagt, es gäbe doch eine einfache Möglichkeit, die Wahrhaftigkeit der Pagen zu prüfen. Man müsse sie nur dazu anhalten, dieselbe Menge Weines noch einmal zu trinken, dann werde man sehen, ob sie so viel vertrügen.
Der Kellermeister sagte, er habe das nicht zulassen wollen, da er gefürchtet habe, die Gesundheit der Edelknaben sei in Gefahr. Er habe dem Hofmarschall jedoch nicht mit dem nötigen Erfolg widersprechen können. Die Neugier dieses hochgestellten Mannes und seiner edlen Freunde und ihr Eifer bei der Aussicht auf eine so ungewöhnliche Belustigung seien so groß gewesen, daß er mit seiner Mahnung zur Vorsicht kein Gehör gefunden habe.
Sie hätten ihm vorgehalten, er wolle ihnen eine unschuldige Freude verderben, und es komme ihm als Kellermeister am wenigsten zu, den Wein so knauserig zu verwalten, er müsse doch glücklich sein, wenn seinem Wein so viel Ehre angetan werde. Als ob es eine Ehre für den Wein sei, gesoffen zu werden.

So sei den jungen Knaben die Menge Weines vorgesetzt worden, von der sie behauptet hätten, sie hätten sie getrunken.
Die hätten sie nun noch einmal trinken müssen. Der Hofmarschall und seine Freunde hätten sich dazu gesetzt und die Pagen beim Trinken beobachtet und dafür gesorgt, daß sie auch alles getrunken und nichts verschüttet hätten.
Die Probe hätte zwar den Beifall der Zuschauer gefunden, die sich köstlich amüsiert hätten, wäre aber für die um die Wette trinkenden Edelknaben sehr zum Nachteil ausgegangen.
Die armen Jungen wären schrecklich betrunken gewesen. Sie hätten den Wein ja in einer sehr viel kürzeren Zeit trinken müssen, als sie das vorher auf der Reise getan hätten. Ein paar von ihnen hätten ein hitziges Fieber bekommen und drei seien sogar an diesem Übermaß gestorben.
Den Hofmarschall hätte das nicht sehr bekümmert. Er hätte gesagt, in seinem Amtsbereich sei er der Stellvertreter des Fürsten, und wenn er etwas befehle; sei das so gut, als ob der Fürst selbst es befohlen habe.
Die Pagen seien also in ihrem Berufe gestorben, wenn sie sich auf hochfürstlichen gnädigsten Befehl zu Tode getrunken hätten. Seine Freunde hätten sich ähnlich geäußert. Den trauernden Eltern gegenüber hätten sie nur wenig oder gar kein Mitgefühl gezeigt.
Zum Schluß erzählte mir der Kellermeister noch von einem Vorfall, der wieder den Narren betroffen hat. Ein fremder Physikus habe in einem Zimmer der Residenz merkwürdige Geräte aufgebaut, deren Bewandtnis er aber nur dem Hofmarschall erläutert habe. Der Fremde habe zwar gesagt, diese Geräte seien nur für wissenschaftliche Experimente hergerichtet, der Hofmarschall habe sie aber zur Belustigung des Fürsten benutzen wollen.
Bei dieser Belustigung sei der Narr beinahe zu Tode gekommen. Man habe ihn auf eine kleine Bank gestellt und ihm dann einen Eisendraht in die Hand gegeben, der mit einem Gestell verbunden gewesen sei, an dem man ein Rad umgetrieben habe. Der Fürst wurde nun gebeten, dem Narren ein Gläschen zu reichen, in dem sich, wie sie sagten, ein Likör befände. Der Narr sollte daran riechen.

Da sei plötzlich Feuer aus der Nase des armen Kerls geschlagen und habe die Flüssigkeit in Brand gesetzt. Alle Umstehenden hätten laut gelacht über das komische Gesicht, das er dabei geschnitten habe. Auch der Fürst habe sich gnädigst an der Darbietung erfreut. Der Narr aber sei ganz benommen zu einem Stuhl gewankt und lange Zeit nicht fähig gewesen aufzustehen.
Der Kellermeister fand die Geschichte gar nicht lustig. Er wunderte sich darüber, daß der Fürst bereitwillig mitgemacht habe. Vielleicht hätte der Fürst ja gedacht, der Narr hätte die Prozedur gekannt und sei damit einverstanden gewesen.
Ich glaube das nicht.
Bei diesen groben Scherzen sollte es mich nicht wundern, wenn es den hochmögenden Herren nicht viel ausgemacht hätte, wenn der Narr durch das Experiment getötet worden wäre. Ihren Spaß hätten sie ja gehabt. Sie hätten vielleicht nur bedauert, daß sie sich einen anderen Gegenstand für ihre Scherze hätten suchen müssen.

Es kam mir, als ich diese Geschichten hörte, auch der Gedanke, daß ein Tod, der wie ein Mord aussähe, vielleicht ursprünglich nur als Scherz gemeint gewesen sein könnte und nur durch eine unglückliche Übertreibung oder einen nicht vorhergesehenen Umstand zum Mord geworden sein könnte. Wäre es nicht ein wunderbarer Scherz gewesen, den liebestollen Grafen ein wenig mehr zu ritzen, ihm eine kleine Wunde über dem Herzen beizubringen, ihn zur Ader zu lassen, um seine Leidenschaft ein wenig abzuschwächen?
Könnte es nicht ebenso scherzhaft gemeint sein, dem Baron Wetterstetten, dem kühnen Esser, bei einem Wettessen gerade dann durch ein hartes Stück Wurst den Sieg zu entreißen, wenn er ihn schon sicher glaubte?
Da konnte doch niemand einen Mord vermuten, der die lustigen Gepflogenheiten bei Hofe kannte.
Ich mußte herausfinden, wie die Leute bei Hof über diese Todesfälle dachten. Die Meinung des Kellermeisters, des guten Paters Kilian, konnte mir da nicht viel helfen; denn dieser war ja, wie er mehrfach bekundet hatte, mit solchen Scherzen nicht

einverstanden. Vielleicht hatte er mir die Geschichten erzählt, weil er bei den anderen Leuten bei Hofe kein rechtes Gehör für seine Meinung zu diesen Vorfällen fand.
Als ich am Abend allein im Falkenhof saß – ich hatte in meinem Zimmer kein Licht angezündet und schaute hinaus auf den Marktplatz, auf dem noch einige späte Fußgänger mit Laternen unterwegs waren – dachte ich über die Erzählungen des Kellermeisters nach und mir fiel auf, daß alle diese Geschichten auf den Hofmarschall wiesen als den eigentlichen Übeltäter, und ich dachte, daß er sich viele Leute zu Feinden gemacht haben müsse.
Aber dem Hofmarschall ist nichts geschehen.
Wenn da ein Mörder am Hofe sein Unwesen trieb, hätte er eigentlich den Hofmarschall umbringen müssen; denn für einen Mord an diesem Menschen gibt es gute Gründe, sicher viel mehr Gründe als aus den Erzählungen des Kellermeisters herauszuhören waren. Wenn er mit dem Hofnarren und den Edelknaben so scherzhaft umgegangen ist, wird er mit anderen Leuten ähnlich umgegangen sein.

So habe ich jetzt statt einer Erklärung für den Mord an dem jungen Grafen Balderung neue Rätsel gefunden.
Warum wurde statt seiner nicht der Hofmarschall umgebracht?
Soll er vielleicht noch umgebracht werden?
War der Mord an dem Baron Wetterstetten in Randersacker vielleicht ein Scherz?
War vielleicht auch der Mord an dem Grafen Balderung ursprünglich als Scherz gemeint?
Ist die Reaktion des Fürsten und der anderen auf diesen Mord vielleicht deshalb so milde ausgefallen?
Man macht wohl nicht soviel Aufhebens davon, wenn ein Scherz einmal schief geht, und was den Edelknaben recht sein mußte, mußte dem Grafen billig sein.
Nur eines störte mich an diesem Gedanken: Weder im Brief des Kellermeisters noch in den Berichten über den Tod des Grafen und des Barons war mir etwas aufgefallen, was darauf hingedeutet hätte, daß irgendjemand durch diese Vorfälle belustigt worden wäre.

IX

Illuminat und Waldphilosoph.

Ein deutscher Professor hat die Illuminaten erfunden, und so waren sie auch, von unerbittlicher Tugendhaftigkeit und voll moderner Ideen, wie man die Menschheit beglücken könnte. Leute mit solchen Ideen sind immer gefährlich, weil sie dazu neigen, für die Verwirklichung ihrer Ideen einiges Unglück in Kauf zu nehmen, meist das Unglück derer, die beglückt werden sollen.
Schon vor einigen Jahren sind sie verboten worden.

Ob der Waldphilosoph wirklich ein Illuminat gewesen war, das kann ich so sicher nicht sagen. Es wurde aber gemunkelt, er sei einer gewesen, und mancher hat mich gewarnt und gesagt, ich solle mit ihm keinen Umgang pflegen, auch wenn er noch bei Hofe gesehen werde, so sei er doch in Ungnade, eben weil er ein Illuminat gewesen sei. Auch der Kellermeister hat mich vor dem Waldphilosophen gewarnt, weil er ein Illuminat gewesen sei und einer Lesegesellschaft angehört habe, mit der die Polizei manchen Ärger gehabt habe.
Die Polizei habe die Lesegesellschaft so lange und so oft überprüft, bis sie sich schon ein Jahr nach ihrer Gründung wieder aufgelöst habe. Ob sie sich aber wirklich wieder aufgelöst habe, könne keiner so sicher sagen. Sie könne auch noch geheimer geworden sein, und die Menschen seien ja oft der Meinung, etwas existiere nicht mehr, wenn sie es nicht mehr sehen könnten.
Wir hatten diesen Waldphilosophen im Hofkeller getroffen, wo er zusammen mit dem Hofmarschall im ovalen Raum an der ovalen Säule stand und ein Glas Wein in der Hand hatte. Sie hatten alle Kerzen in diesem Raum angezündet, eine Verschwendung, die der Kellermeister nur mit dem Ausdruck der Mißbilligung ansehen konnte, und sie hatten offenbar einen der Küfer gebeten, ihnen Wein zu bringen.
Wunderbar ist dieser Raum, dessen Wölbung wie die Schale eines riesigen Eies ist, auf die man vom Inneren des Eies aus hinaufschaut. Eine einzige mächtige, ovale Säule trägt diese

Wölbung. Sie ist so groß, daß sich fünf Männer mit ausgebreiteten Armen nebeneinanderstellen müssen, um sie umfassen zu können.
Man fühlt sich in diesem Raume seltsam geborgen und zugleich von der Kraft der Säule geschützt.
Der Waldphilosoph war ein sorgfältig, aber nicht reich gekleideter Mann, wohl an die sechzig Jahre alt, der sich bemühte, sehr gerade aufgerichtet daher zu kommen, so als wolle er durch seine Haltung zeigen, daß ihn nichts niederdrücken könne. Er war mittelgroß und hatte sein Gesicht vielleicht in der Anstrengung, immer aufrecht zu sein, schon in viele Falten gelegt, die wie ein Gespinst um Augen, Nase und Mund waren. Mir gefiel sein Gesicht. Ich konnte mich aber nicht entscheiden, ob er mehr traurig oder mehr spöttisch und überlegen dreinschaute.
Der Hofmarschall war, wie Oskar ihn geschildert hatte, ein verdorrter Stamm, der viel Feuchtigkeit brauchte und wohl auch viel bekam. Seine gewaltige Nase und große dunkle Büsche über den Augen fielen mir auf. Er war mit teuren Stoffen überzogen, viel Gold und Silber. Aber das schien ihm alles nicht so recht zu passen. Seine Schuhe waren erhöht, so als ob er noch größer scheinen wollte, als er ohnehin schon war.
Der Hofmarschall hatte gerade, als wir kamen, sein Glas erhoben und sagte: „Das trinke ich meinen Ärzten zum Hohn!" und schüttete den ganzen Inhalt des Glases ohne abzusetzen seine Kehle hinunter.
„Sie sagen, ich solle nicht so viel trinken, und wissen doch alle nicht, was mir gut tut."
„Dann ist es doch gut, daß ihr nicht mehr so viel vertragt!", erwiderte der Waldphilosoph. „Da setzt euch eure Natur die Grenzen, die ihr von den Ärzten nicht annehmen wollt."
Sie beachteten uns nicht, und der Kellermeister wollte mich weiterziehen, ich zögerte aber und hörte noch, wie aus diesen Worten ein Streit entstand.
Der Hofmarschall brüstete sich damit, daß er immer noch mehr vertrage als der Waldphilosoph, den er Freiherr nannte, in seinen besten Zeiten vertragen habe. Ein Bücherwurm wie der Freiherr verstehe nichts vom Wein und könne auch nicht viel vertragen.

Der Freiherr verteidigte sich und meinte schließlich, das komme auf einen Versuch an, und schlug vor, ein Wettrinken zu veranstalten, nur er und der Hofmarschall bei einem guten Essen, für das er sorgen wolle, vielleicht im Hofkeller, wenn der Kellermeister das erlaube.

Der Kellermeister zog mich nun wirklich weiter. Er schien verärgert. Als wir vor den Riesenfässern standen, sagte er, er könne nicht verstehen, daß der Waldphilosoph, der Freiherr von Friedstein, einen solchen Vorschlag gemacht habe. Wenn er es nicht selbst gerade gehört hätte, würde er es nicht glauben. Es gäbe nur wenige Weinkenner wie diesen Freiherrn, und er hätte darauf schwören mögen, daß er so abgeschmackten Übungen wie einem Wettrinken, das doch die Trunkenheit und nicht den Genuß des Weines zum Ziele habe, durchaus abhold sei.
„Das gefällt mir gar nicht!", sagte er dann und holte aus einer Ecke einen Dochtstab, den er anzündete, um, sich ein wenig nach oben reckend, mit dem brennenden Docht einige Kerzen an einem Leuchter zu entzünden, der von der Decke herabhing.
„Die beiden vertragen sich doch schon lange nicht mehr. Trotzdem schleppt der Hofmarschall den Friedstein immer wieder in den Keller, wenn er wieder einmal einen braucht, mit dem er etwas trinken kann, und vor dem er sich damit brüsten kann, wie gut er alle Weine hier im Keller kenne, und wieviel er von jedem dieser Weine vertragen könne.
Jedesmal führt das dann zu einem Streit, und immer behauptet der Hofmarschall, er könne mehr vertragen, und macht sich über den Bücherwurm lustig.
Das wollte der Friedstein wohl nicht länger mitmachen und hat deshalb einen Wettkampf vorgeschlagen.
Aber warum hat er sich auf ein Wettrinken eingelassen?
Er hätte doch einfach wegbleiben können, wie es alle machen, die nicht mit dem Hofmarschall trinken wollen. Es muß doch keiner mit ihm in den Keller gehen."
Er schüttelte den Kopf. Ich sah, daß er verärgert war und spürte hinter seinem Ärger Besorgnis, vielleicht sogar Furcht.

Er hob einen Putzlappen auf, den einer da mitten vor dem größten der Fässer hatte liegen lassen, legte ihn auf die Seite und fuhr fort:
„Ich kann einfach nicht verstehen, warum er das macht.
Das paßt doch gar nicht zu seinem Charakter!
Und schließlich hat er, der Freiherr von Friedstein“, er zog den Namen bedeutungsvoll in die Länge, „wegen dieses Hofmarschalls aus dem Elstergrund den Dienst bei Hofe verlassen, und er hatte auch allen Grund dazu!
Jetzt steht er da und spricht und zankt und trinkt mit ihm, und manchmal reizt er ihn auch mit seinen Bemerkungen.
Von den Grenzen der Natur, der Natur des Hofmarschalls hat er doch eben gesprochen. Damit reizt er ihn, nur noch mehr zu trinken.
Das will mir nicht gefallen!“
„Weißt du“, und nun wendete er sich mir direkt zu, „seit ich hier bin und schon so oft selbst Anlaß zum Streit war, weil die Herren mit ihren Kompetenzweinen nicht zufrieden waren, und jeder dachte, ich hätte den anderen besseren Wein zugeteilt, seit ich diese Erfahrungen gemacht habe, meine ich, ich spürte, wenn sich irgendwo ein Streit entwickle.
Aber zwischen diesen beiden braucht sich gar kein Streit mehr zu entwickeln, die sind doch schon zerstritten.
Und nun stehen sie da, als ob nichts gewesen wäre.
Ich verstehe das nicht, aber es will mir gar nicht gefallen.
Allerdings...“ und dann murmelte er etwas, das ich nicht verstehen konnte und wohl auch nicht verstehen sollte und wendete sich den drei großen Fässern zu und fing an, mir zu erklären, wie sie gebaut worden seien, und warum unter ihnen die großen Zisternen angelegt worden seien.
Zuweilen kann man aus der Art, wie jemand sein Haus baut, oder aus der Gestalt des Hauses ganz gut auf den Charakter des Erbauers schließen. Ich habe einen Mann gekannt, der hat einen Acker gekauft, auf dem er sein Haus errichten wollte. Doch ehe er mit dem Bau des Hauses anfing, hat er eine große, hohe Mauer um den Acker gezogen. So war er auch, ein selbstgerechter und mißtrauischer Geheimniskrämer, der alles besser wußte, sich seines Besserwissens aber nicht sicher war. Einen

anderen habe ich gekannt, der ein Haus gebaut hat, an dem alles Portal war, das Haus verschwand fast hinter einem pompösen Eingang, so wie er selbst hinter der Größe seines Maules.
Die drei Riesenfässer, ein Ungetüm in der Mitte und zwei Halbriesen an seinen Seiten, die sich mir jetzt im Lichte zeigten, schienen zuerst auf einen großzügigen Erbauer zu deuten. Dann sah ich aber, daß sie über tief in den Kellerboden gegrabenen Zisternen standen, die den Wein aufnehmen sollten, wenn die Fässer vielleicht einmal brächen, und dachte, da war ein vorsichtiger Mann am Werk, der dem Risiko abhold ist, und ich konnte mir gut vorstellen, daß er des ewigen Streites um die Qualität des Kompetenzweines bald überdrüssig geworden war und diese Fässer hatte bauen lassen. Sie sollten den Streit beenden, von dem man ja nie wußte, wohin er führen könnte.
Der Kellermeister sah mich fast wehmütig an, als ich ihm meine Meinung vortrug und sagte, der Fässer seien drei. So könne jeder, der den Wein, der ihm als Deputat zustehe, aus einem der drei Fässer erhalte, immer noch meinen, in den anderen Fässern befände sich ein besserer Wein. Zudem seien auch die drei Fässer zu klein, um alle Kompetenzweinempfänger zu befriedigen. Das größte Faß fasse, wie aus dem Schild am Faßboden zu ersehen sei, zwar 660 Eymer, Ochsenfurter Eymer seien das, und 24 Maß. Das sei ja eine riesige Menge, reiche aber nur so etwa für die Hofkavaliere. Für das Gesinde und die Ämter könne er aus den anderen beiden Fässer schöpfen, aber der Ehrenwein schon müsse zum Teil wenigstens aus weiteren Fässern kommen, und was an die Stadt Würzburg als Bestallungswein gegeben werden müsse, das gehe weit über diese Mengen hinaus. Von einer Beendigung des Streites könne also durchaus nicht gesprochen werden.
So sei es immer, wenn einer glaube, er könne mit einer einfachen Maßnahme den Streit auf der Welt schlichten. Schließlich habe der Streit auch nicht die Ungleichheit der Weine zur Ursache gehabt, sondern Eigensucht und Mißtrauen unter den Hofleuten. Jeder wolle der Erste sein und den besten Wein bekommen.
Als ob Gerechtigkeit zum Frieden führen könne. Es gäbe doch zu viele Menschen, die Ungerechtigkeit gerne in Kauf nähmen, wenn es ihnen nur besser gehe als anderen.

Der zweite Fehler sei, daß es mit Gerechtigkeit nicht viel zu tun habe, wenn alle das gleiche bekämen. Den Zweck also, den er mit dem Bau der großen Fässer angestrebt habe, den habe der Fürstbischof nicht erreicht. Es gebe nach wie vor Streit, und sowohl der Hofmarschall als auch er, der Kellermeister, sie fänden sich beide angefeindet.
So habe also das große Faß seinen Beruf als Friedensstifter verfehlt, sagte ich, als er mit seiner Klagerede am Ende schien. Ob er denn nicht ohnehin unglücklich darüber sei, alle Weine vermischen zu müssen, gute und weniger gute? Damit mache er doch die guten Weine schlechter, wenn er schon die weniger guten besser mache.
„Ich weiß, wie Pater Anselm darüber denkt!", erwiderte er und überlegte. „Ganz will ich ihm nicht zustimmen. Man kann einen Wein, der sehr kräftig in der Säure ist, freundlicher machen, indem man ihn mit einem lieblichen Wein vermählt, der vor allem durch seine Süße auffällt. Auch der süße Wein kann dabei gewinnen, weil die Säure seinem Geschmack einen festeren Charakter verleiht. So kann aus der Vermählung der beiden Weine, denen beiden etwas fehlt, dem einen die Süße, dem anderen die Säure, ein neuer Wein entstehen, der in seinem Geschmack jeden einzelnen der beiden Weine übertrifft.
Nein, so ganz unglücklich bin ich nicht. Ich sehe die Riesenfässer mehr als eine Aufgabe an. Ich will die Mischung der Weine so gestalten, daß der Einheitswein, der sich daraus ergibt, möglichst gut ist. Das verlangt allerdings viele Proben, und weil ich viele verschiedene Weine zusammenführen muß, sitze ich oft lange und überlege, was zusammenpassen mag und was nicht. Am schönsten wäre es, wenn es mir gelänge, die Weine immer so zusammenzufügen, daß ich einen Wein erhielte, der in jedem Jahre ähnlich schmeckte.
Ich dachte, der Pater hätte dich zu mir geschickt, damit du lernen könntest, ob mir dies bereits gelungen sei, und wie ich dabei vorgehe."
Er schaute mich an und lachte. Dabei zwinkerte er mit den Augen.
Er führte mich dann durch einen langen Kellerraum in einen weiteren Keller, in dem Fässer in zwei Reihen übereinander

lagen, bedeutete mir, mich in eine Ecke zu setzen und zog aus einem der Fässer eine Probe.
„Nachdem du dir geduldig soviel hast anhören müssen, sollst du einen feinen Wein bekommen."
Er reichte mir ein Glas mit den Worten: „Der ist von der inneren Leiste, von dem Berghang unter der Festung, der gegen Mittag hin gelegen ist.
Und jetzt, da wir hier gemütlich sitzen und auch etwas Gutes zu trinken haben, erzähle mir bitte, warum du wirklich gekommen bist. Anselm hat nur von den großen Fässern geschrieben. Das habe ich gleich nicht geglaubt.
Hat deine Reise vielleicht etwas mit dem Baron Wetterstetten und dem Grafen Balderung zu tun?"
Ich hatte jetzt keine Bedenken mehr, ihm den wahren Grund meiner Reise anzuvertrauen. Er hörte aufmerksam zu, ohne mich zu unterbrechen. Ich erzählte ihm alles, was ich wußte, auch meine Sorgen um Maria und dazu noch Eure Gedanken über die Bedeutung der Buchstaben auf den Pfeilen, lieber Pater.
Er sagte zuerst einmal nichts. Er schaute in sein Glas, in dem der Wein im Kerzenlicht golden schimmerte, als ob ihm von dort eine besondere Erleuchtung kommen könnte. Dann brummte er und zeigte damit, daß er wohl bemerkt hatte, was mich am meisten interessierte: „Wegen der Sicherheit des Mädchens braucht ihr euch keine Sorgen zu machen!"
Er nahm einen Schluck und fuhr dann mit fester Stimme fort: „Diesen Balderung vermißt niemand. Keiner wird ein unbescholtenes Mädchen mit seinem Tode in Verbindung bringen wollen. Du siehst das schon an dem Fürsten in Biebrich. Er ist abgereist, statt sich um die Aufklärung dieses Todes zu kümmern. Er hat sich auch nicht sonderlich geeilt, einen Beamten zu schicken, und hat die corpora delicti in den Händen des Gärtners gelassen.
Hier unser frommer Fürstbischof Franz Ludwig wird ebenfalls nicht gerade unglücklich darüber sein, daß er ihn los ist; denn seine Lebensweise, mit der er nicht nur Winzerstöchter, sondern auch so manche Tochter aus adligen Familien beglückt hat, gereichte dem Bischof durchaus nicht zur Freude. Sie war viel-

mehr eine ständige Quelle des Ärgers, noch schlimmeren Ärgers als die Weinverteilung.

Sein sparsamer und ernsthafter Bruder wird sich wie erlöst vorkommen. Er mußte oft zu den erbosten Ehemännern und Vätern hinfahren und versuchen, durch reichliche Gaben einen Skandal abzuwehren. Er war ja wohl auch im Rheingau und wollte zum Vater deiner Maria. Er hat sich wohl für seinen jüngeren Bruder verantwortlich gefühlt und wollte den guten Namen der Familie bewahren, obwohl da nicht mehr viel zu bewahren war.

Manchmal hat er bei guten Freunden, oder wenn er ein wenig zuviel getrunken hatte, geäußert, er werde sich erst dann seines Lebens freuen können, wenn er seinen Bruder los geworden sei. Wie er ihn loswerden wolle, hat er nicht gesagt."

Ob er sich denn niemanden denken könne, der für den Verstorbenen eintreten wolle, der ihn vielleicht rächen wolle?

Er schüttelte den Kopf.

„Der einzige, der vielleicht einen Finger gerührt hätte, war der Wetterstetten, der Baron von Wetterstetten, der war sein Kumpan. Aber der ist ja selbst dahingeschieden, unter seltsamen Umständen dahingeschieden."

„Waren die beiden so gut befreundet?", habe ich da gefragt.

„Wie solche Leute befreundet sind. Sie waren viel zusammen und kamen einander nicht ins Gehege; denn während der eine sich um die Frauen bemühte, war der andere noch mit Essen und Trinken beschäftigt."

Ich rückte etwas näher zu ihm hin und fragte leise:

„Und der Hofmarschall?"

Da sah er mich erstaunt an.

„Der hätte doch selbst eher Grund gehabt, ihn umzubringen. Da muß etwas mit seiner Tochter Irene gewesen sein. Der soll er auch zu nahe gekommen sein. Die hätte ihn aber abgewehrt, sagte der Hofmarschall. Nur frage ich mich, warum er gegen den Willen seiner Tochter eine Heirat mit dem Balderung zustande bringen wollte.

Das war offensichtlich.

Vielleicht wollte er diese Verbindung wegen des großen Vermögens des jungen Balderung, vielleicht auch wegen der früheren

Freundschaft. Sie waren einmal sehr befreundet, der Balderung, der Wetterstetten und der Hofmarschall bis..., aber das hat mit den Liebesspielen des Balderung nichts zu tun.
Der junge Ammer, der viel besser zu Irene paßt, war ihm im Wege.
Der hat sich aber nicht so leicht abwehren lassen. Der soll ihr sogar nachgefahren sein, als sie jetzt mit ihren Eltern in Biebrich war."
Also der junge Ammer, der auch in Randersacker gewesen war, das hatte der Kellermeister selbst geschrieben, der war kürzlich in Biebrich gewesen oder in Wiesbaden oder vielleicht in Mainz.
Mir kam der junge Edelmann in den Sinn, der den Meister Leberlein nach Mainz gelockt hatte. Ob das der Herr von Ammer gewesen war?
Ich hatte ihn bereits unter die Verdächtigen eingereiht.
„Es ist doch auffällig, daß die beiden Freunde so kurz nacheinander gestorben sind. Beide unter Umständen, die einen Mord wahrscheinlich erscheinen lassen.
Dem jungen Ammer traue ich einen Mord nicht zu.
Welchen Grund soll er gehabt haben, den Wetterstetten umzubringen? Der hatte ihm doch nichts getan. Er kann ihn doch wohl nicht vorbeugend ermordet haben, um einen Rächer auszuschalten, weil er vorhatte, den Balderung zu töten, der ihm Irene abspenstig machen wollte."
Er lachte.
Ich hatte denselben Gedanken gehabt.
Dann fragte ich ihn noch, was er von den Pfeilen und den Buchstaben auf den Pfeilen hielte. Da lachte er noch mehr und schlug mit der Faust auf die Platte des kleinen Tischchens, an dem wir saßen.
„Das ist genau das, was ich deinem Pater Anselm zugetraut hätte.
Griechische Buchstaben!
Fürwahr ein gebildeter Graf, der sich griechische Buchstaben auf seine Pfeile ritzen läßt. Lateinische hätten für die Bildung des jungen Balderung allemal gereicht.
An die Anfangsbuchstaben von Mädchennamen glaube ich auch nicht. Vielleicht hatte er statt der Zahlen, mit denen einer

seine Pfeile numeriert, Buchstaben genommen und hatte nur noch die Pfeile übrig gehabt, die bei ihm gefunden wurden."
„Aber sicher sagen könnt ihr das nicht?"
„Natürlich nicht, zumal es in der Residenz ein Bild gibt, auf dem der Liebesgott dargestellt ist. Irgendein besonders kluger Mensch hat in griechischen Buchstaben den Namen Eros auf den Rahmen des Bildes geschrieben. Es ist immerhin möglich, daß Balderung das Wort gesehen und sich hat erklären lassen, und daß es ihm so gut gefallen hat, daß er es in seine Pfeile hat ritzen lassen."
Er wurde nachdenklich.
Eigentlich könne man ihm nach allem, was man nun von ihm wisse, auch diesen Unsinn zutrauen.
Ein praktischer Mann ist der Kellermeister, der für solche feinsinnigen Scherze nicht viel übrig hat.
Auf unserem Rückweg trafen wir im Hof den Freiherrn. Er stand da und betrachtete die über dem Gesimse der Gebäude angebrachten Verzierungen und meinte, sie erinnerten ihn immer an den Place Stanislas in Nanzig, in Nancy, verbesserte er sich dann. Dort seien an den Gebäuden ähnliche Verzierungen angebracht.
„Unser junger Freund kommt aus dem Rheingau, habe ich gehört. Vielleicht hätte er Lust, mich einmal in meinem Waldhaus zu besuchen. Es liegt hinter der Bergkapelle, die sie das Käppele nennen. Vielleicht könnte ich ihm ein wenig Kurzweil bieten. Sicher könnte ich ihm ein Pilzgericht bieten, wie man nur selten eines vorgesetzt bekommt.
Wäre ihm der nächste Nachmittag recht?"
Trotz der Warnungen des Kellermeisters nickte ich; denn ich dachte, wenn ich alles Auffällige auffinden und notieren solle, dann müsse ich auch diesen Waldphilosophen auffinden und notieren, was er mir zu sagen hätte.
Er verabschiedete sich und ging nach der Stadt zu. Offenbar hatte er auf uns gewartet und hatte mich einladen wollen.
Der Kellermeister sah nicht gerade glücklich aus, aber er meinte, ich hätte mich schlecht verweigern können, und ein ausgezeichneter Pilzkenner sei der Freiherr, da brauchte ich keine Befürchtungen zu hegen.

Bevor ich zu dem Waldphilosophen gegangen bin, habe ich gestern den alten Arzt Balduin getroffen, der mit dem Kellermeister in Randersacker war.
Der Kellermeister hat dieses Treffen vermittelt. Er wußte, daß ich dem Alten nachmittags in der Kirche St. Burkhard begegnen könnte und hat mir ein kurzes Schreiben an ihn mitgegeben.
Ich fand ihn in dem schlichten romanischen Kirchenschiff.
Er betete.

So wartete ich, bis er aufstand und den gotischen Teil der Kirche betrat, um hinaus zu gehen, und schloß mich ihm an.
Auf einer Bank am Mainufer konnten wir dann ungestört miteinander sprechen. Er war sehr freundlich, wollte sich aber in seinen Antworten auf meine Fragen nicht festlegen.
Ich glaube jedoch, er meint, die Wurst sei so beschaffen gewesen, daß man hätte annehmen müssen, sie sei eigens für den Zweck hergestellt worden, dem Baron Wetterstetten Beschwerden zu bereiten. Vielleicht hätte er ja nur am schnellen Essen gehindert werden sollen.
Wer das getan hätte, der hätte aber damit rechnen müssen, daß der Baron betrunken sein werde und versuchen werde, die Wurst hinunterzuschlingen. Das Hinunterschlingen eines so harten Wurststückes könne, so weit er unterrichtet sei, immer zu einem plötzlichen Tode führen, der durch einen Stillstand des Herzens herbeigeführt werde.
Wenn man das bedenke, dann könne man leicht auf den Gedanken kommen, der Baron sei ermordet worden.
Wer als Mörder in Frage komme, das könne niemand sagen.
Viel zuviele Leute hätten Grund gehabt, den Baron umzubringen.
Als ich weiterfragte, lächelte er nur.
Er wolle niemand verdächtigen.
Sehr hilfreich war das Gespräch nicht.
Ich ging noch einmal in die Kirche zurück, um darüber zu staunen, wie harmonisch dort Romanik und Gotik zusammengefügt sind.

X

Ein Pilzgericht

Vorerst brauche ich mir um mein tägliches Brot keine Sorgen mehr zu machen. Der Kellermeister hat beschlossen, daß ich meinen guten Ruf durch die Wohnung im Falken jetzt genug gefestigt hätte, und hat mich bei seinem Bruder einquartiert. Der hat eine Bäckerei in dem schönen Haus mit dem Renaissance-Erker in der Nähe des Gasthofs zum Falken und wird einfach Bäck genannt. So wohne ich nun zwischen Dom und Neumünster auf der einen und der Marienkapelle auf der anderen Seite. Da kann eigentlich nichts mehr schief gehen.
Wenn ich zur Residenz gehe, kann ich jetzt immer den Dom besuchen. Die Ansicht von Westen, die beiden eckigen, kahlen Türme mit der hochgezogenen Mittelmauer, macht einen strengen Eindruck auf mich. Um diesen Eindruck zu mildern, bilde ich mir ein, sie erinnerten mich an einen Mann, der seine Hosen bis zu den Achseln hochgezogen habe.
Dem Neumünsterturm haben sie in den siebziger Jahren eine geschwungene, barocke Haube aufgesetzt, eine Haube, die sich nach unten zuerst zusammenzieht und dann wieder auseinanderstrebt und so gespreizt auf dem Mauerkranz aufsitzt. Mir scheint diese Haube besser zu der Kuppel zu passen als das schlanke, spitze Dach, das früher den Turm abschloß. Auch dem Turm an der Marienkapelle haben sie statt der ursprünglich gotischen Spitze eine Kuppelhaube aufgesetzt. Dort, meine ich, hätten sie den gotischen Abschluß lassen sollen.
In Würzburg gibt es so viel zu sehen, daß es mir schwerfällt, mich auf den Zweck meiner Reise zu konzentrieren. Die Kirchtürme haben ja sicher nichts mit den beiden Morden zu tun.
Auffällig sind sie aber doch.

Heute bin ich nun seit fünf Tagen in Würzburg.
Der Hofmarschall hat mich nach der Begegnung im Keller auch einmal wahrgenommen, aber nur so wie hohe Herren einen wahrnehmen, der weit unter ihnen steht. Er hat sogar das Wort

an mich gerichtet, hat sich aber nur etwas zerstreut nach dem Wachstum der Reben in Johannisberg erkundigt und dann gefragt, ob ich mich in Würzburg wohlfühle, und ist dann weitergeeilt.

Das Waldhaus des Freiherrn von Friedstein liegt sehr angenehm an dem Berghang hinter dem Käppele. Er lebe dort allein, sagt er, wenn er sich seinen Büchern und dem Nachdenken widmen wolle. Seine Frau bleibe dann in der Stadt, wo er in seinem Haus nur wenig Muße finden könne, weil es seinen Freunden und Bekannten immer offenstehe. Diese nutzten das, ihn oft zu besuchen und zu sich einzuladen und ihn mit ihren Reden über die Welt und ihre Mängel zu unterhalten oder manchmal auch zu langweilen. Vom Hofleben habe er sich schon vor längerer Zeit zurückgezogen, ganz könne er aber dem Hofe nicht fernbleiben, so hätte ich ihn doch auch unlängst im Keller angetroffen, und manche Lustbarkeit müsse er seiner Frau zuliebe mitmachen. Sie lege zwar keinen Wert auf diese Lustbarkeiten, träfe bei Hofe aber Freundinnen, von denen er sie nicht fernhalten wolle.
Zuweilen brauche er einfach eine Erholung von diesem Leben in der Stadt, bei dem man nicht zur Ruhe kommen könne. Er ziehe sich dann in sein Waldhaus zurück und habe mit Freuden feststellen können, daß der Weg dorthin für seine Freunde wohl zu weit sei. Bisher habe es noch keiner auf sich genommen, den Berg hinaufzusteigen und auf dem schmalen Pfad, der etwas unwegsam scheinend durch Gebüsch führe, bis zum Waldhaus vorzudringen. Er lasse das Gebüsch gerne wachsen. Es genüge ihm, wenn er selbst den Pfad noch erkennen und verfolgen könne.
Es nehme ihn Wunder, sagte er, nachdem ich mich, seiner Aufforderung nachkommend, gesetzt hatte, es nehme ihn Wunder, daß ich seiner Aufforderung so bereitwillig gefolgt sei. Der Kellermeister hätte mich doch sicher vor ihm gewarnt, und es schien mir, als ob er mich von der Seite lauernd angeschaut hätte, während er das sagte.
Ich hätte im Rheingau wohl wenig Gelegenheit, ein Pilzgericht zu essen, fuhr er dann fort. Das sei zwar ein rustikales Essen, er

wolle sich aber Mühe geben, es interessant zu gestalten. Die Pilze habe er in der Morgenfrühe gesammelt. Er wisse, wo er finden könne, was er suche. Er könne von sich behaupten, daß es in ganz Würzburg keinen zweiten gebe, der die Pilzplätze so gut kenne wie er. Er wolle eine Vorspeise bereiten und ein Hauptgericht und als Nachspeise mit mir ein wenig plaudern. Es interessiere ihn zum Beispiel zu erfahren, wie es mir gelungen sei, die Bedeutung der späten Lese zu entdecken. Ich sei doch der Glückliche, der vor ein paar Jahren, im Jahre 1775 die Bedeutung der verspäteten Traubenlese entdeckt habe. Er habe davon gehört und wolle gerne Näheres darüber erfahren. Er bat mich dann, ihn für kurze Zeit zu entschuldigen, da er das Mahl bereiten wolle. Ich könne mich derweil mit seinen Büchern beschäftigen.

Bücher waren reichlich vorhanden in diesem seltsamen Waldhaus. Das Haus bestand aus drei übereinander angeordneten, großen Räumen, dem Keller und dem Wohnraum, in dem auch ein Küchenherd stand, teilweise abgetrennt von dem übrigen Raum durch eine Holzwand, die auf der einen Seite eine Art Küchenschrank und auf der anderen Seite ein Bücherregal war, und dem Schlafraum. Den Schlafraum habe ich zwar nicht betreten, ich nahm aber an, daß über dem Wohnraum der Schlafraum sein müsse, weil eine Treppe nach oben führte, und weil im Wohnraum keine Schlafgelegenheit zu sehen war. Der Keller war von außen zugänglich. Ich durfte einen Blick hineinwerfen, als er hinunterging, um den Wein zu holen.

Überall waren Bücher.
Bücher standen auf Regalen an den Wänden, Bücher lagen auf den Stühlen und Sesseln, Bücher lagen auf dem Tisch und dem kleinen Schreibtisch, und einige Bücher befanden sich sogar auf den Treppenstufen. Ich versuchte, meine Neugier zu bezähmen und sah mir nur eine Schrift an, die offen auf dem Schreibtisch lag. Es war das Gespräch zwischen Ernst und Falk von Lessing, in dem dieser sich bemüht, die Ziele der Freimaurer zu erläutern. Ich hatte von dieser Schrift gehört und las nun ein paar Seiten. Sie schienen mir sehr viele Behauptungen zu enthalten,

denen keine Belege beigefügt waren. So legte ich die Schrift nach einer Weile zur Seite, dachte aber, daß der Kellermeister den Freiherrn wohl zurecht für einen Illuminaten halte; denn ich weiß wohl, daß die Illuminaten den Freimaurern nahegestanden haben. Vielleicht ist der Freiherr wirklich bei Hofe in Ungnade, weil er ein Illuminat gewesen ist.
Wenn ich mich richtig an das erinnere, was ich über die Illuminaten gehört habe, so wollen sie die Welt verbessern dadurch, daß sie die Menschheit bilden, indem sie die Tugend belohnen. Die bestehenden Regierungen dürfen ihren Gang fortgehen, sollen sich aber von den Illuminaten beraten lassen und deren Zwecke nicht vereiteln wollen. Das bedeutet, daß die Illuminaten so eine Art tugendhafte Überregierung bilden wollen. Das kann sich kein regierender Fürst gefallen lassen. Also kann ich mir gut vorstellen, daß der Freiherr in Ungnade gefallen ist. Aber was folgt daraus?
Ich hatte noch nichts davon gehört, daß die Illuminaten gewalttätig geworden wären und aus ihrem Abscheu vor dem Bösen Morde begangen hätten.

Der Freiherr unterbrach meine Gedanken und rief mich zu Tisch.
Er hatte eine angenehme Vorspeise bereitet, die wie Spargelgemüse schmeckte. Schinkenscheiben hatte er dazu gelegt und mir ein Glas Riesling eingeschenkt.
Das sei der Tintenschwamm mit dem schuppigen Schopf, sagte er, der heiße Tintenschwamm, weil er sich, wenn er älter werde, in schwarze Tinte verwandle.
„Manche Leuten nennen ihn auch Spargelschwamm, weil er wie Spargel schmeckt. Der feine Riesling paßt wunderbar dazu."
Er verbreitete sich dann über die verschiedenen Pilzarten und ihre Vorzüge und Nachteile und ließ mir keine Möglichkeit, selbst etwas zu sagen.

Als Hauptgericht hatte er ein Schnitzel hergerichtet, das er mit bedeutsamen Blicken aus der Pfanne hob. Dazu stellte er wieder eine Schüssel mit einem Pilzgemüse auf den Tisch, das

diesmal aus Pilzen vieler verschiedener Arten zusammengestellt war, und eine Schüssel mit kleinen, gekochten Kartoffeln, die sich jeder selbst aus der Pelle schälen mußte. Als ich das Schnitzel anschnitt, beobachtete er mich und sagte dann, bevor ich es noch in den Mund nehmen konnte:
„Das ist auch ein Pilz. Du kennst doch den großen, hellbraun und weiß schattierten Pilz, der einen so breitrandigen Hut hat, daß er aussieht wie der Sonnenschirm einer vornehmen Dame. Er steht oft an lichten Rändern der Waldwege. Aus dem Hute dieses Pilzes kann man ein Schnitzel braten.
Du siehst, auch das Hauptgericht besteht bis auf die Kartoffeln ganz aus Pilzen."
Er zählte mir alle Pilze auf, die er im Gemüse verarbeitet hatte, und nannte einen jeden mit mehreren Namen. Manchmal nannte er sie Schwämme, und da er zu allen guten und eßbaren Pilzen auch noch die giftigen beschrieb, mit denen man sie verwechseln könne, aber freilich nicht verwechseln dürfe, war ich bald so verwirrt, daß ich mir keinen einzigen der Pilze merken konnte.
Zu den Pilzen bot er mir wieder ein Glas Rieslingwein an. Diesmal war es ein trockener, kräftiger Wein, der neben dem kräftigen Geschmack der Pilze gut bestehen konnte.

Manche Pilze seien recht heimtückisch, meinte er, als ich meinen Teller schon fast leergegessen hatte. Man spüre erst nach vielen Stunden, daß sie ein tödliches Gift enthielten. Dann sei es aber zu spät, noch etwas zu tun.
Ich erschrak.
Da grinste er und sagte, bei ihm brauche ich keine Angst zu haben. Er kenne die Pilze und sei auch überall dafür bekannt, daß er die Pilze kenne, außerdem sei es nun ohnehin zu spät, da wir beide schon fast alle Pilze gegessen hätten.
Ich verspürte nicht das Bedürfnis, mich dazu zu äußern.

Eigentlich, begann er die Unterhaltung, als wir uns zu den Büchern zurückgezogen hatten, eigentlich hätte ich die Bedeutung der späten Lese nur durch Zufall entdeckt, was doch gar kein so großes Verdienst sei. Er wolle mir ja nicht zu nahe treten, wundere sich aber doch, daß nun alle Leute meinten, ich sei ein vorzüglicher Kenner des Weines.

So war das also.

Er prahlte mit seinen Pilzkenntnissen und wollte mir nun meine besonderen Kenntnisse absprechen. Das ärgerte mich, und ich erklärte ihm, daß viele Weinkenner damals gedacht hätten, die faulen Trauben seien verdorben. Man könnte aus ihnen keinen Wein mehr machen. Vielleicht sei es doch mein Verdienst, daß ich entgegen diesen Meinungen versucht hätte, die faulen Trauben zu keltern und aus dem Most Wein zu gewinnen.

Er sah mich skeptisch an und meinte, das sei doch schließlich das wenigste gewesen, was ich hätte tun können. Da ich doch zu spät gekommen sei, hätte ich auch alles unternehmen müssen, um diesen Fehler, auch wenn ich vielleicht nicht daran schuld gewesen sei, wieder zu korrigieren.

Das sollte wohl heißen, ich wäre durch die Umstände gezwungen gewesen, so zu handeln, daß die Bedeutung der Spätlese entdeckt werden mußte.

Ich muß gestehen, das ärgerte mich noch mehr, und so fing ich an, ihm zu erklären, daß ich mich sehr wohl mit Wein auskenne, sicher so gut wie er mit Pilzen, und erläuterte ihm, wie lange ich bereits ein Institut für Traubenkunde hätte, und welche Experimente ich dort unternähme, und schilderte ihm, wie mir Pater Anselm dabei helfe und erwähnte auch Oskar und natürlich auch Maria.

Er unterbrach mich nicht, sondern hörte mir aufmerksam zu.

Wenn ich zu ihm hinsah, war sein Gesicht ausdruckslos. Je mehr ich aber von mir erzählte, desto deutlicher glaubte ich, in seinen Augen eine verhaltene Befriedigung zu erkennen.

Da merkte ich, daß er mich nur provoziert hatte mit der Absicht, mehr über mich zu erfahren, als ihm der Kellermeister gesagt hatte, unterbrach meine Rede, schwieg eine kleine Weile und fragte ihn dann unvermittelt, ob er sich den Freimaurern angeschlossen hätte. Ich hätte Lessings Gespräch auf dem Schreibtisch liegen sehen.

Er lachte, antwortete aber nicht direkt, sondern meinte, so schlecht seien die Ideen der Freimaurer schließlich nicht.

Er sei auch der Meinung, die Welt könne nur verbessert werden durch eine vernünftige Erziehung der Menschen. Nur was die Vernunft erfassen könne, dürfe Geltung haben. Das werde dazu führen, daß die guten Sitten regierten und die Tugend überall verbreitet werde.
Wie er das denn erreichen wolle, da die Menschen doch oft unvernünftig und von ihren Leidenschaften beherrscht seien?
Man müsse dem Geizigen zeigen, daß, wer alles besitzen wolle, im Grunde nichts besitze, und dem Wollüstigen, daß sich zu großer Genuß ins Gegenteil verkehren müsse, meinte er da.
Ob er glaube, solche Einsichten durch Worte bewirken zu können?
Es müßten auch kräftigere Mittel als bloße Lehren angewendet werden, sagte er.
„Sollen auch Strafen verhängt werden?", fragte ich da.
Wenn viele einsichtige Männer sich zusammenschlössen, müßte man wohl auch auf äußere Gewalt verzichten können, dann müsse es gelingen, das ganze Land umzustimmen, erwiderte er.
Er sah mich an wie erleuchtet von einer tiefgegründeten Begeisterung, die mir mit einem Mal trotz der vielen Falten durch die dünne Haut seines Gesichtes durchzuschimmern schien.
Er wurde mir ein wenig unheimlich, mehr noch als bei seinen Ausführungen über die geheimnisvollen und heimtückischen Giftpilze, und ich dachte, daß ich froh wäre, wenn ich nur schon wieder die Heiligen der Mainbrücke sehen könnte.
Trotzdem wagte ich zu fragen, was denn geschehen müsse, wenn sich so viele einsichtsvolle Männer nicht zusammenfänden. Bis jetzt seien wohl noch nicht viele gefunden. Ob dann auch äußere Gewalt nötig sein könne?
Er nickte.
„Kann das bedeuten, daß in besonders schlimmen Fällen, wenn einer besonders halsstarrig ist, auch die Todesstrafe notwendig sein könnte?"
Da nickte er wieder und lachte zugleich, aber seine Augen lachten nicht. Er beobachtete mich scharf.
Da sagte ich: „Es gibt aber doch viele verschiedene Auffassungen von dem, was vernünftig sei.
Wer soll da bestimmen, was vernünftig und tugendhaft ist?"

„Das weiß jeder einsichtige Mann!", erwiderte er und nickte dazu, seine Worte bekräftigend.
Meinen Einwand beachtete er nicht.
Was sollte ich da noch sagen? Ich schaute zum Fenster, und es kam mir so vor, als ob sich der Himmel mit Wolken zuzöge, einen Wechsel des Wetters verkündend. Er folgte meinem Blick und meinte, nun müsse ich wohl bald gehen; denn bei Regen werde es an manchen Stellen des Waldes, die ich zu passieren hätte, recht dunkel, und man könne nie wissen, was im dunklen Wald so alles geschehen könne.

Er wolle mir aber noch schnell eine Geschichte erzählen, die er jüngst bei Plinius dem Jüngeren gelesen habe.
In einem seiner Briefe, den er an einen Dichter geschrieben habe, sei von einem merkwürdigen Ereignis an einem Strand im Süden die Rede. Junge Knaben seien an diesem Strand häufig miteinander wetteifernd ins Meer hinaus geschwommen. Eines Tages sei einer von ihnen sehr weit hinaus gelangt und dort draußen einem Delphin begegnet. Das Tier sei dem Knaben freundlich begegnet und habe ihn sogar auf seinem Rücken reiten lassen. Zuerst habe es ihn noch weiter ins Meer hinaus getragen, dann aber habe es ihn wohlbehalten ans Ufer zurück gebracht. In den nächsten Tagen sei der Delphin wiedergekommen und habe wieder mit dem Knaben und schließlich auch mit anderen Knaben gespielt. Die Leute des naheliegenden Städtchens seien auf die Spiele aufmerksam geworden und seien ans Ufer gekommen, um dem seltsamen Schauspiel zuzuschauen.
Besucher aus der näheren und bald auch der ferneren Umgebung seien gekommen, unter denen auch hochgestellte Personen gewesen seien, die man im Städtchen habe unterbringen müssen. Die Besuche seien für das Städtchen mit der Zeit teuer geworden, und die vordem so beschauliche Ruhe des Ortes sei empfindlich gestört worden. Da hätten die ersten Leute des Städtchens überlegt, wie man diesen Schäden wehren könne, und hätten beschlossen, den Urheber der Unruhe zu beseitigen.
„Der Delphin wurde getötet!"

„Ermordet!“, rief ich. „Sie haben das unschuldige Tier ermordet!“
Er schüttelte den Kopf: „Ein Tier kann man doch nicht ermorden! Ein Tier kann auch nicht unschuldig oder schuldig sein.
Überhaupt, was ist ein Mord? Manches sieht aus wie ein Mord, ohne ein Mord zu sein. Manches sieht aus wie ein natürlicher Tod, ist aber in Wirklichkeit ein Mord. Wenn du auf dem Heimweg stürbest, dächte wohl keiner an einen Mord, und doch könnte es sein, daß du das Schnitzel nicht vertragen hättest.“
Mir wurde recht ungemütlich zu Mute. Von allen Pilzen hatte auch er gegessen, nur die Schnitzel hatten wir nicht geteilt.
Ich stand auf und sagte, daß ich nun doch gehen wolle. Er versuchte nicht, mich zurückzuhalten.
Neben der Haustür bemerkte ich jetzt das Bild eines Jünglings, das mir vorher nicht aufgefallen war, weil die Tür es verdeckt hatte.
Ich blieb davor stehen.
Das Bild war mit Waldblumen geschmückt.
Da hörte ich, wie sich der Freiherr räusperte:
„Das ist mein Sohn. Er ist gestorben.
Er hat den Tod für's Vaterland erlitten!“
Sehr bitter sagte er das. Er stand am Tisch, nach vorne gebeugt, und hatte mit seinen Händen die Tischplatte ergriffen. Ich sah, wie sich seine Hände verkrampften. Ich sah, daß es ihm schwerfiel, sich zu beherrschen.
Ich wendete mich zum Gehen. Da hörte ich hinter mir: „Beinahe hätte ich etwas vergessen. Wenn es zum Wettrinken mit dem Hofmarschall kommt, hätte ich dich gerne als meinen Sekundanten!“
Da kann er mich ja wohl nicht vergiftet haben, ging mir durch den Kopf, wenn er mich zu seinem Sekundanten beim Wettrinken ausersehen hat.
„Es wäre mir lieb, einen so weinkundigen Sekundanten zu haben.“
Als ich mich umdrehte, konnte ich bemerken, daß er nun wieder ganz locker am Tisch stand.

Er lächelte mir freundlich zu und machte mit der Hand eine Bewegung, als winke er zum Abschied.

Auf dem Heimweg durch den dunklen Wald hatte ich Gelegenheit, über unser Gespräch nachzudenken. Am meisten hatte mich die Erzählung vom Delphin beeindruckt. Ich zweifelte nicht daran, daß ich sie bei Plinius finden könne. Aber warum hatte er diese Geschichte erzählt? Nachdem er mich auf so geschickte Weise durch eine Provokation dazu gebracht hatte, von mir zu erzählen und auch Maria zu erwähnen, war mir bewußt, daß er in dem Gespräch nichts ohne einen Zweck gesagt hatte. Auch die Schrift von Lessing hatte er dahin gelegt, damit ich sie sehen solle. Was wollte er damit?
War das Schicksal des Delphins ein Hinweis oder eine Warnung?
War ich der, der den Frieden in Würzburg störte und damit rechnen mußte, beseitigt zu werden?
Aber wessen Frieden hatte ich gestört?
Seinen Frieden?
Dann wäre es ihm doch ein Leichtes gewesen, mich umzubringen.
War der Graf Balderung umgebracht worden, weil er den Frieden gestört hatte, und wessen Frieden hatte er gestört?
Und wenn ich nun weiter dachte: Welcher Mord war ein Mord, ohne so auszusehen wie ein Mord, und welcher Tod, der so aussah wie ein natürlicher Tod, war in Wirklichkeit ein Mord?
Vielleicht hatte er mir diese Geschichte auch erzählt, um mich auf solche Gedanken zu bringen, und vollends zu verwirren.
Zutrauen könnte man ihm das.

Nun spürte ich die ersten Tropfen, und bald war der Regen über mir.
Ich fing an zu laufen und lief durch den Wald und hinab zum Main und lief, obwohl ich wußte, daß ich doch nicht nässer als naß werden konnte und, da es kräftig regnete, schon bald so naß war, als wäre ich durch den Main geschwommen.

XI

Ein Brief aus dem Rheingau

Mit diesen Überlegungen darüber, warum mir der Freiherr von Friedstein die Geschichte aus den Briefen des Plinius erzählt hat, habe ich meinen ersten Brief an Pater Anselm beschlossen. Ich habe dann nachgedacht, ob ich etwas vergessen hätte oder etwas noch deutlicher und vielleicht auch verständlicher hätte ausdrücken sollen, fand aber bei nochmaligem Lesen des Briefes alles so beschrieben, wie es sich ereignet hatte. Pater Anselm würde sich leicht vorstellen können, was ich bisher in Würzburg erlebt hatte. Mehr wollte ich zu meinen eigenen Folgerungen aus meinen Erlebnissen und zu dem, was ich gehört hatte, nicht schreiben. Pater Anselm sollte seine eigenen Folgerungen aus dem ableiten, was ich geschrieben hatte. Ich wollte ihn nicht beeinflussen. Ich dachte schon daran auszustreichen, was ich über die Delphingeschichte geschrieben hatte, ließ es aber stehen, weil ich glaubte, ihn damit nicht zu sehr zu beeinflussen, und auch, weil ich ungern etwas ausstreiche, das zu schreiben ich doch einige Mühe aufgewandt hatte, mit widerspenstiger Feder auf rauhem Papier.

Es schien mir, daß der Freiherr mit seinen Reden drei Zwecke verfolgt hatte.

Er hatte mich aushorchen wollen, ohne daß ich das merken sollte. Dabei war mir aber aufgefallen, daß er sich nicht weiter bemühte, nachdem ich Maria erwähnt hatte. Es war ihm deutlich geworden, daß Maria meine Freundin sei, und so hatte er aus meinen Worten schließen können, ich sei wegen des Vorfalls im Park, des Mordes im Park, nach Würzburg gekommen. Das zu wissen, genügte ihm.

Er hatte sich ja dann bemüht, bei mir wegen des Mordes einige Verwirrung zu schaffen, und indem er sagte, mancher Todesfall sähe nur so aus wie ein Mord, ohne wirklich ein Mord zu sein, angedeutet, daß der Mord im Park vielleicht gar kein Mord, sondern nur ein Unfall sei.

Wenn er sich aber so erkundigte und solche Andeutungen machte und dabei manchmal listig lächelte, dann zeigte dies, wie sehr er sich für diesen Mord im Park interessierte. Ob er nun selbst in den Mord verwickelt war, konnte ich daraus nicht erkennen. Vielleicht war er nur neugierig. Vielleicht wußte er aber auch, wer in den Mord verwickelt war, und wollte mich warnen, weil er mir freundlich gesonnen war. Daß er mich warnen wollte, sowohl mit seinem Hinweis auf die Todesstrafe als auch mit dem Bericht über den Tod des Delphins, das war mir nun ganz klar geworden.

Wer aber sollte mir nach dem Leben trachten? Er selbst konnte das nicht sein. Er hatte die beste Gelegenheit, mich umzubringen, ungenutzt verstreichen lassen.

Vielleicht hoffte er aber auch, ich würde seine Warnung verstehen und in den Rheingau zurückkehren, und hatte bereits einen Plan, wie er mich, sollte ich mich als hartnäckig erweisen, ohne viel Aufsehen beseitigen könnte. Denn so ganz günstig war die Gelegenheit meines Besuches bei ihm auch nicht gewesen, weil der Kellermeister, mein Freund, gewußt hatte, daß ich zu ihm gehen wollte. So ganz konnte ich ihn also nicht von dem Verdachte befreien, mich bei Gelegenheit aus dem Wege räumen zu wollen.

Dann sagte ich mir, mein Verdacht beruhe doch nur darauf, daß er sich als neugierig erwiesen hätte. Es lag ja nahe, einem Besucher aus dem Rheingau, auch wenn er einen guten Grund für seinen Besuch in Würzburg angeben konnte, zuzutrauen, er sei nur gekommen, um etwas über die Hintergründe des Todes im Park herauszufinden.

Ich mußte wieder an den Hofmarschall denken. Wenn der sich durch mich gestört fühlen sollte, dann mußte ich wirklich auf der Hut sein.

Das brachte mich auf den dritten Zweck seiner Reden. Er wollte mich zum Sekundanten haben bei seinem Trinkwettkampf. Ich glaube nicht, daß er dies wollte, weil ich als Weinfachmann galt. Da mußte es einen anderen Beweggrund geben. Vielleicht wollte er mir bei diesem Wettkampf einen Hinweis zukommen lassen. Der Wein löst auch schwere Zungen, ehe er sie beschwert, und bei einem Trinkwettkampf gerät auch der vorsichtige Trinker in einen Zustand, der seine Zunge leichter

gehen läßt und die Zunge, wenigstens für kurze Zeit, von der Herrschaft des Verstandes befreit.
Ob er wohl diese Befreiung nutzen wollte, um dem Gespräch während des Wettkampfes eine Wendung zu geben, die für mich interessant sein könnte? Ob ihm das gelingen würde, da er doch selbst sich seiner Verstandeskräfte bei diesem Wettkampfe nicht so sicher sein konnte?
Stumm würde der Wettkampf sicher nicht bleiben.
So beschloß ich, auf alle Fälle bis zum Tage des Wettkampfes in Würzburg zu bleiben, und dann zu entscheiden, was ich weiter unternehmen wollte.

Als ich soweit gekommen war mit meinen Überlegungen, wurde ich von dem Kellermeister unterbrochen, der mir einen Brief aus dem Rheingau brachte. Pater Anselm hatte ihn an den Kellermeister adressiert, aber nicht nur an ihn, sondern vor allem an mich gerichtet. Der Kellermeister hatte ihn bereits gelesen und meinte, ich solle ihn sogleich lesen, weil er Hinweise enthalte, die mein weiteres Bleiben in Würzburg betreffen könnten.
Er konnte nicht bei mir bleiben, da er in der Residenz gebraucht wurde, und so hatte ich Muße, den Brief zu studieren.
Ich füge die wichtigsten Stellen aus des Paters Brief hier ein.
Nach herzlichen Grüßen an den Kellermeister und einer Aufforderung an ihn, den Brief zu lesen und mir möglichst bald persönlich zu geben, persönlich, damit ihn keiner außer ihm und mir lesen könne, schrieb er Folgendes:

Maria ist wieder zu Hause. Du brauchst Dir deshalb keine Sorgen zu machen. Ich will Dir erklären, warum wir sie nach Hause geholt haben.
Vor ein paar Tagen kam Herr Bender hierher, der Amtskeller von Eltville. Er wollte Dich aufsuchen. Weil er Dich aber in deinem Institut nicht vorfand, kam er zu mir. Er wollte mit Dir über die Versteigerung eines zinspflichtigen Grundstückes in Martinsthal reden, und klagte, bei einer Versteigerung im vorigen Jahr, von der Du sicher wüßtest, habe er von den vier

zur Versteigerung anstehenden Grundstücken nur drei losschlagen können. Es sei aber noch immer niemand erschienen, der Lust gezeigt hätte, dieses vierte Grundstück zu erwerben. Das sei ein deutliches Zeichen des fallenden Wertes der Güter. Er habe trotzdem der 'Kurfürstlichen Hochpreislichen Hohen Hofkammer' in Aussicht gestellt, daß er in diesem Jahr eine neuerliche Versteigerung versuchen wolle. Damit er mit dieser den gewünschten Erfolg habe, wolle er sich vorher von Dir beraten lassen, da Du mit den Verhältnissen in Martinsthal besser vertraut seist als er. Als Amtskeller habe er das Gefühl, von den Winzern dort oft mit Zurückhaltung, wenn nicht gar Mißtrauen betrachtet zu werden und so nicht erfahren zu können, was er wissen müsse, um die Versteigerung zum Erfolg führen zu können.
Er hat sich gewundert, als ich ihm erzählte, Du hieltest Dich für einige Zeit in Würzburg auf, um die großen Fässer im Hofkeller zu studieren.

Dann erzählte er mir, die fürstlichen Würzburger Husaren ebenso wie fürstlich Bambergische Husaren und Hilfstruppen aus Hessen-Darmstadt und Nassau-Usingen seien auf dem Weg nach Mainz, weil es in Mainz zu Unruhen gekommen sei. Handwerksburschen, die von den Studenten geärgert worden seien, seien am ersten September vor das Universitätshaus gezogen, dort eingedrungen, hätten viele der darin befindlichen Studenten auf grausame Art mißhandelt und einen Professor, den Historiker Nicklas Vogt, diesen treuen Freund des Rheingaus, so sehr geschlagen, daß an seinem Aufkommen gezweifelt werden müsse.
Herr Bender war, wie Du Dir leicht vorstellen kannst, sehr aufgeregt. Dann ist er immer etwas ungeordnet und zugleich ausführlich in seiner Rede, was schlecht zusammen paßt, denn seine Ausführlichkeit läßt die Unordnung in seinen Gedanken noch deutlicher hervortreten. Er fragt und erklärt mit demselben Atem. So fragte er, ob Du schon von Vorbereitungen der fürstlich Würzburgischen Husaren berichtet hättest, und erzählte dann gleich, man spreche auch davon, daß die Bauern im Spessart unruhig seien, und daß der Fürstbischof

seine Husaren vielleicht selbst benötigen werde. Ich versuchte einzuwerfen, man spreche auch davon, daß die Winzer im Rheingau unruhig seien, nur hätte ich davon noch nichts gemerkt, und wollte ihn damit beruhigen. Aber er hörte gar nicht zu, sondern zeigte mir einen Ausschnitt aus der Mainzer Zeitung vom 7. August, in dem von Blutvergießen in Fontainebleau und Montauban, in Nîmes und Lyon zu lesen stand. Dort hänge man die Beamten sogar an den Laternenstöcken auf. Dieses Unheil komme sicher auch nach Deutschland, und als er das sagte, hatte ich den Eindruck, er schaue sich um, um zu sehen, wo der nächste Laternenstock sei.
In Trier habe es auch schon Unruhen gegeben, und die Bürgerschaft habe eine Erklärung abgegeben gegen die zum Aufruhr reizenden öffentlichen Anschläge und Schmähschriften.
Dann erzählte er, er habe von einem Mainzer Hofrat, der ihn jüngst besucht habe, gehört, der Graf Balderung der jüngere, der Bruder des Grafen Balderung des älteren, der häufig in Wiesbaden sei, sei nicht einfach ganz normal gestorben oder dahingeschieden, wie in der Zeitung gestanden habe, sondern umgebracht worden.

Auch für diese grausame Tat mache man aufrührerische Elemente verantwortlich. Der Graf sei zu jungen Damen immer sehr liebenswürdig gewesen. Manche hätten auch gemeint, er sei vielleicht manchmal etwas zu liebenswürdig gewesen, dem wolle er nicht zustimmen, aber auch nicht widersprechen. Man habe erzählt, ein junges Mädchen aus dem Rheingau sei an dem Mord beteiligt gewesen. Er wisse aber sicher, daß dies nicht zutreffen könne.
Der Fürst von Nassau habe noch am Tage des Ablebens des Grafen seinen Tod untersuchen lassen und habe festgestellt, daß dieses Mädchen mit dem Tode des Grafen nichts zu tun haben könne.
Es sei zwar bekannt gewesen, daß der Graf jungen Damen zuweilen den Park gezeigt und dabei auch die Lustlaube aufgesucht habe. Das habe er aber nur getan, weil er ein so leutseliger Herr gewesen sei und auch den niederen Ständen gerne die Freuden des fürstlichen Parkes habe zukommen lassen wollen,

die mächtigen Bäume, die Rosengehege und die Blumenrabatten.
Er sei dort gerne gelustwandelt, und man könne es ihm doch wohl nicht verdenken, daß er sich während der Bewegung in angenehmer Umgebung auch angenehm habe unterhalten wollen. Eine junge Dame sei auch an seinem Todestage bei ihm gewesen, die habe jedoch bereits vor seinem Tode den Park verlassen.
Sehr verdächtige Spuren seien gefunden worden, die zeigten, daß Mörder zu ihm in den Park gelangt seien. Die hätten natürlich abgewartet, bis die junge Dame den Grafen allein gelassen hätte, bevor sie in die Lustlaube eingedrungen seien und ihn mit seinen eigenen Pfeilen erstochen hätten. Das hätte der Beamte der fürstlichen Polizei aus den Spuren erschlossen.

Die Spuren habe man gleich entdeckt, nachdem man die Leiche gefunden habe. Die Leute des Fürsten seien nämlich zur Kutsche gegangen, die der Kutscher da habe stehen lassen, wo er auf dem Kutschbock aufgewacht sei. Die Kutsche sei in der Zwischenzeit nicht bewegt worden, denn die Pferde seien noch angebunden gewesen. Aber in der Nähe der Kutsche habe man in der Erde die Spuren einer zweiten Kutsche gefunden. Diese zweite Kutsche sei schräg neben die Kutsche des Grafen gefahren und habe dabei den Weg verlassen und sei an einigen Stellen in das weiche Erdreich eingesunken und habe das Gras niedergewalzt.

Nachdem er das gesehen habe, habe der Beamte der Polizei gesagt, mit dieser Kutsche seien die Mörder des Grafen gekommen. Wenn die Mörder den Grafen in Gegenwart des Mädchens umgebracht hätten, hätte dieses sicher ein Geschrei angestimmt, das die Leute im Park aufmerksam gemacht hätte. Die Mörder hätten also warten müssen, bis sich das Mädchen oder die junge Dame entfernt hätte, oder die junge Dame auch ermorden müssen. Die Leiche einer jungen Dame sei aber nicht gefunden worden, folglich sei es als sicher anzunehmen, daß diese vor dem Mord aus dem Park weggegangen oder gefahren sei.

Der Kutscher sei so betrunken gewesen, daß er von allem dem nichts gemerkt habe. Manche zweifelten zwar an seiner Trunkenheit und meinten, er sei in die aufrührerischen Machenschaften, die den Tod des Grafen zur Folge gehabt hätten, verwickelt gewesen. Nun habe sich aber der Bruder des Grafen, Graf Balderung der ältere, dieses Kutschers angenommen, und so müsse man einsehen, daß der Kutscher unschuldig sei; denn der Bruder des Grafen kenne ihn am besten und hätte sich seiner gewiß nicht angenommen, wenn ihm irgendwann einmal eine Neigung zum Aufruhr bei ihm aufgefallen wäre.

So ungefähr, lieber Karl, hat mir der Amtskeller berichtet, und wenn das auch alles nicht mit dem übereinstimmt, was uns Maria erzählt hat, so scheint es doch das zu sein, was die Polizei glaubt, und die glaubt wohl auch, bei der Suche nach aufrührerischen Elementen die Mörder oder den Mörder des Grafen in die Hand zu bekommen. Sie denken wahrscheinlich auch, der Graf habe mit seinen erotischen Pfeilen eine Menge üblen Unfugs angerichtet, ohne dafür zur Rechenschaft gezogen zu werden. Der Fürst von Nassau habe seinem Treiben vielmehr untätig zugesehen, auch wenn es in seinem eigenen Park stattgefunden habe. Der Graf sei den Leuten daher wie eine Verkörperung fürstlicher Willkür vorgekommen, zumal sich die Phantasie der Leute immer am schnellsten an solchen erotischen Taten entzündet. Dieses üble Ansehen des Grafen sei letztlich der Beweggrund für seine Ermordung gewesen.
So, meine ich, denkt die Polizei.

Wenn die Polizei einmal von etwas überzeugt ist, wird sie so bald nicht von ihrer Überzeugung lassen. Sie wird alles, was sie noch über den Tod des Grafen herausfindet, so deuten, daß es zu dieser Überzeugung paßt, und ganz sicher nicht mehr auf die Idee kommen, nach Maria zu suchen.
Was könnte ihr auch eine Suche nach Maria nützen?
Sie könnte allenfalls Aufsehen erregen, und das wollen sie ja gerade in diesem Fall vermeiden. Einen Beitrag zur Aufklärung des Mordes erwarten sie von ihr nicht, da sie ja den Grafen vor dem Mord bereits verlassen hatte.

Dies alles bedenkend habe ich Maria aus Aßmannshausen zurückholen lassen in das Haus ihres Vaters.
Ich habe mit ihr gesprochen. Sie grübelt noch immer nach über diese Pfeilwunde, und wie sie zustande gekommen sei. Es wäre sicher gut für sie, wenn Du eine Erklärung aus Würzburg mitbringen könntest, die ihr zeigen könnte, daß sie wirklich ganz unschuldig ist. Auf der anderen Seite hätte sie Dich natürlich gerne zu Hause, zumal sie, wie auch ich, meint, der Aufenthalt in Würzburg und die Nachforschungen dort seien für Dich nicht ganz ungefährlich.
Wir hoffen, daß Du bald zurückkommen kannst, Karl. Bedenke auch, daß wir Dich bei der Traubenlese dringend brauchen.

Das stand in Pater Anselms Brief. Ich überlegte, ob es wohl klug gewesen sei, Maria aus dem Versteck zurückzurufen nach Geisenheim, wo sie jeder leicht finden könnte, jeder, der sie mit dem Mord in Verbindung brächte und sie festnehmen oder den Mord an ihr rächen oder sie als Zeugin ausschalten wolle. Ich wußte doch, daß sich der Mord so, wie Bender ihn beschrieben hatte, nicht zugetragen hatte. Maria hatte ihn anders beschrieben. Ihrer Beschreibung nach war sie sowohl während des Mordes als auch geraume Zeit nach dem Mord noch am Tatort zugegen gewesen.
Ich war beunruhigt.
Ich brauchte Zeit zum Nachdenken.
Am liebsten hätte ich bewirkt, daß die Zeit stehen bliebe.
Nein, das hätte ja nicht geholfen, die Zeit hätte nur im Rheingau stehen bleiben müssen, dann hätte ich die Möglichkeit gehabt, in Ruhe nachzudenken.
Ich versuchte, meine Gedanken zu ordnen und zu prüfen, was geschehen könnte.
Zuerst überlegte ich, wie wahrscheinlich es wäre, daß die Behörden sie festnehmen wollten. Da kam ich bald zu dem Schluß, daß eine solche Festnahme nicht zu befürchten wäre. Da konnte ich mich wahrscheinlich auf den Bericht Benders verlassen. Die Behörden suchten offenbar nach der zweiten Kutsche, wenn sie den Mord überhaupt aufklären wollten; denn sie schienen mir ihre Suche sehr nachlässig zu betreiben.

Die Kutsche hätten sie doch auch in Würzburg suchen müssen, und davon hätte ich sicher etwas gemerkt, denn wenn Behörden etwas suchen, bleibt es keinem, der nicht blind oder taub ist, verborgen.
Eine Gefahr für Maria konnte folglich nur von dem Mörder oder einem Freund oder Verwandten des Ermordeten ausgehen. Die waren mir aber alle bekannt und mehr oder weniger verdächtig, in den Mord verwickelt zu sein, auch die Verwandten oder Freunde. Also alle, die ich in Verdacht hatte, kamen sowohl als Mörder als auch als Rächer in Frage.
Alle hielten sich in Würzburg auf.
So schloß ich, daß Maria keine Gefahr drohe, solange sie alle auch in Würzburg blieben.

Der Gedanke beruhigte mich. Ich hielt zwar Pater Anselms Entscheidung, Maria heimzuholen, noch immer nicht für besonders klug, glaubte aber, ich könnte hier in Würzburg selbst erkennen, ob Maria in Gefahr sei oder nicht. In Gefahr wäre sie, dachte ich, wenn einer der Verdächtigen Würzburg verließe.
Das bedeutete, daß ich in Würzburg bleiben konnte, bis einer der Verdächtigen Anstalten machte abzureisen.
Dann kam mir der Gedanke, bisher sei eigentlich nach Maria nicht mit besonderem Nachdruck geforscht worden. Daraus konnte ich wohl schließen, es habe keiner ein besonderes Interesse gehabt, sie zu finden. Wenn der Graf Balderung etwa, der Bruder des Ermordeten, sehr begierig gewesen wäre, sie zu finden, dann wäre er mit Sicherheit nicht nach Würzburg abgereist, sondern hätte die Suche nach ihr entweder selbst betrieben, oder aus der Nähe, von Wiesbaden aus überwacht. Das galt auch für die anderen Verdächtigen. Das bedeutete aber, daß sie bisher ein Auffinden Marias nicht für dringend notwendig hielten.
Konnte mich das ganz beruhigen?
Nein!
Es brauchte nur ein Umstand aufzutreten oder bekannt zu werden, der den Gedanken nahelegte, Maria könnte für den Mörder gefährlich werden, dann müßte er die Situation ganz

anders beurteilen und so bald wie möglich versuchen, Marias habhaft zu werden, um ihr Schweigen sicherzustellen. Wie er das erreichen könnte, wollte ich mir gar nicht so genau vorstellen.
Ich mußte also weiterhin sehr wachsam sein.

Für's erste beschloß ich aber, noch in Würzburg zu bleiben, um hier den Fall weiter aufzuklären; denn wenn ich jetzt einfach nach Hause gereist wäre, hätte ich zwar viel mehr gewußt als bei meiner Ankunft in Würzburg, mein Wissen hätte mir aber noch immer nicht zu der Erkenntnis der Gefahr verholfen, die Maria drohen könnte, und wir hätten noch immer nicht gewußt, wovor wir uns hüten müßten.
Ich wollte wenigstens bleiben bis zu dem Tag, an dem der Wettkampf stattfinden sollte; denn ich hatte das Gefühl, bei diesem Wettkampf werde etwas geschehen, was mich der Aufklärung des Mordes näherbringen werde.
Warum hat der Freiherr mich zu seinem Sekundanten gewählt?

XII

Im Treppenhaus

Eigentlich hatte ich keinen Brief mehr an Pater Anselm schreiben wollen. Nun sind aber Ereignisse eingetreten, die es geraten erscheinen lassen, noch einmal einen Brief zu schreiben. Wenn ich auch vielleicht keine Antwort mehr auf diesen Brief erhalten kann, weil ich früher zurückreisen muß, so wird mir das Niederschreiben meiner Gedanken doch eine größere Klarheit verschaffen. Wenn man einen Gedanken niederschreibt, muß man ihn formulieren, und so gewinnt er eine beschaubare Gestalt.
Der Brief erleichtert es mir natürlich auch, diesen Bericht abzufassen, weil ich ihn gleich hier einschieben kann:

Manchmal kommt mir das Treppenhaus in der Residenz vor wie ein fünfter Erdteil, der die vier Erdteile an den vier Seiten der gewölbten Himmelsdecke trägt, die vier Erdteile als mächtige Frauengestalten, umringt von Menschen, Tieren und Geräten, mit denen der Maler den jeweiligen Erdteil glaubte kennzeichnen zu können. So hat er Europa den rosenbekränzten, göttlichen Stier beigesellt. Als Königin der ganzen Welt ist ihr auch eine Erdkugel zugeordnet. Von Fürsten der Kirche und weltlichen Kavalieren umgeben lauscht sie einer musikalischen Darbietung. Am unteren Rande des Bildes ruht sich der Artillerieoffizier Balthasar Neumann, der Architekt der Residenz, auf einem Kanonenrohr von seinen Anstrengungen aus. Asien reitet auf einem Elefanten, Afrika ist als schwarze Fürstin mit einem Dromedar dargestellt, und die federgeschmückte Amerika hat sich als Indianerin eines Alligators bemächtigt.

Die Treppe ist so breit, daß man zu zweien nebeneinander hinaufgehen kann, selbst wenn zur gleichen Zeit zwei andere die Treppe hinunterkommen, dabei bleibt noch Platz am Geländer auf beiden Seiten für weitere Leute, sich dort beieinanderstehend zu unterhalten oder zu besprechen. Zu manchen Zeiten, besonders am späten Vormittag und am Nachmittag wird die Treppe von vielen benutzt. Manche treffen sich zu einem Gespräch, verabredet oder zufällig, manche eilen geschäftig dahin, und manche stehen wie Statuen am Rande der Treppe, den Blick nach oben gerichtet, in den Anblick der ganzen Welt versunken, die sich dort im Gemälde ausbreitet. Sie werden von den anderen nicht beachtet, so wenig wie die Figuren, die auf dem Geländer stehen.

Ich dachte mir, wenn man so eine Statue wäre oder als solche erschiene, könnte man mit wohlgespitzten Ohren so manches hören, was man nur schwer direkt erfragen könnte. Häufig begab ich mich also in dieses Treppenhaus und richtete meinen Blick wie in stille Betrachtung versunken auf die Decke, meine Aufmerksamkeit aber auf alles, was zu meinen Ohren gelangte. Offenbar hatten mittlerweile alle Leute in der Residenz von dem bevorstehenden Wettkampf erfahren. Es war fast so, als ob über nichts anderes mehr gesprochen werden könnte, und ich wunderte mich darüber, wieviele verschiedene Meinungen zu diesem Ereignis kundgetan wurden.

Am wichtigsten schien die Frage zu sein, warum der Wettkampf nicht öffentlich, sondern im Keller verborgen ausgetragen werde. Grafen, Barone, Freiherrn, Edelknaben und Diener und vor allem auch die Frauen, die eher selten auf der Treppe zu sehen waren, alle hätten gerne als Zuschauer an dem Kampfe teilgenommen.

Ausführlich wurde erörtert, wer die besseren Chancen habe, als Sieger aus dem Kampfe hervorzugehen. Manche priesen die Erfahrung des Hofmarschalls, der schon so manchen Strauß mit dem Weinglase ausgefochten habe. Andere meinten, man dürfe den Freiherrn auf keinen Fall unterschätzen. Über seine Trinkfestigkeit sei zwar nicht viel bekannt, aber sein gesundes Leben in der Natur und die geheimnisvollen Kräfte der von ihm so oft verzehrten Pilze könnten ihm einen schönen Vorteil gegenüber dem Hofmarschall gewähren, der doch auch älter sei und seine Trinkfestigkeit vielleicht schon zu oft erprobt habe. Der Freiherr sei jünger als die vielen Falten in seinem Gesichte vermuten ließen.

Sodann hörte ich auch die Meinung, das Ganze werde wohl eine langweilige Angelegenheit werden, eben weil der Freiherr

daran teilnehme, dem man zutrauen könne, alles so zu regeln, daß eine lustige Stimmung nicht geweckt werden könne. Ein so trockener Mensch lasse sich auch durch Wein nicht erweichen.
„Warum wurde für den Gewinner kein Preis ausgesetzt?“, fragte einer. „Wenn der Ammer statt des Freiherrn tränke, könnte man ihm doch, wenn er siegte, die schöne Irene als Preis gewähren!“ Die Zuhörer lachten. Einer meinte: „Der Wettkampf wird auch so spannend. Jeder weiß doch, wie gut sich die beiden vertragen. Der Sieg ist für den, der gewinnen wird, Preis genug!“
„Vielleicht wird es gar keinen Gewinner geben. Vielleicht liegen am Ende beide unter dem Tisch. Das wäre vielleicht das beste Ergebnis. Schade, daß wir nicht dabei sein können!“
„Ist schon bekannt, wer der Schiedsrichter sein soll?“
„Es wird schwer sein, einen zu finden, der den beiden gleich nahe oder gleich fern steht.“
„Irgendein ehrenwerter Mann wird sich doch finden lassen!“
„Aber wird ein ehrenwerter Mann an einem solchen Kampfe teilnehmen wollen, auch wenn es als Schiedsrichter ist?“ Der letzte Einwurf kam von dem Kellermeister, der gerade vorüberging und einen Teil des Gespräches gehört hatte.
Der Gedanke an diesen Wettkampf muß ihm schon sehr zuwider sein.

Vor ein paar Tagen hörte ich die Stimmen des Grafen Balderung des älteren und des Freiherrn von Friedstein. Sie kamen gemeinsam die Treppe hinauf, während ich meiner Gewohnheit entsprechend auf dem zweiten, dem geräumigen Absatz stand und zur Europa hinschaute, die an der Decke gegenüber diesem Absatz auf ihrem geliebten Stier thront. Ich konnte zuerst nicht verstehen, was sie redeten, konnte nur erkennen, wer sprach. Als sie dann näher kamen, hörte ich den Freiherrn sagen: „Was man angefangen hat, das muß man auch vollständig zu Ende führen. Ich hasse es, wenn einer eine Arbeit halbvollendet liegen läßt.“
„Wer sagt euch denn, daß die Arbeit halbvollendet war? Wollt ihr bestimmen, wann diese Arbeit vollendet ist? Da müßten wir doch zuerst festlegen, was alles zu der Arbeit gehört. Der Hofmarschall...“
Da unterbrach er sich.

Offenbar hatten sie mich gesehen und wollten nicht, daß ich ihr Gespräch mithöre. Das hat bei mir natürlich den Verdacht geweckt, das Gespräch könnte etwas betreffen, was mich interessieren müßte. So habe ich mir ihre Worte gemerkt und, als sie weg waren, aufgeschrieben. Was sie bedeuten könnten und worauf sie sich beziehen könnten, weiß ich freilich nicht. Vielleicht wird ihr Sinn aber klar, wenn ich noch mehr erfahre.
Als sie näher kamen, sagte der Graf, offensichtlich bemüht, das Thema des Gespräches zu ändern: „Warum fahrt ihr eigentlich niemals mit nach Wiesbaden, lieber Friedstein. Ihr hättet dort wunderbar Gelegenheit, die heilenden Quellen zu besuchen und zur Zerstreuung in den lieblichen Rheingau zu fahren, das schöne Land zu sehen, in dem unser Karl hier zu Hause ist."
Hieß das nun, daß ich den Freiherrn von der Liste der Verdächtigen streichen könne, weil er offenbar noch nie in Wiesbaden war und, so folgerte ich, sicher auch Mainz noch nicht besucht hatte? Denn wer würde sich in Wiesbaden aufhalten und nicht auch Mainz besuchen? Er konnte also an dem Mord nicht beteiligt sein, sofern er nicht ohne Wissen des Grafen in Wiesbaden geweilt hatte.
Das aber schien mir unwahrscheinlich.

Ich blieb auf der Treppe stehen und hoffte, noch mehr und anderes zu erfahren.
Der Hofmarschall kam mit einer Gruppe von Pagen die Treppe hinaufgeschritten. Die Pagen folgten ihm und lauschten seinen Worten mit, entsprechend der Entfernung zu ihm, abnehmender Andacht.
Da der Hofedelknabenexerzitienmeister nun schon seit längerer Zeit erkrankt ist, hat der Hofmarschall selbst begonnen, sich um die Ausbildung dieser Knaben zu kümmern. Er liebt es, seine Weisheit allenthalben auszubreiten und darin herumzurudern und jedwedes Publikum damit zu beglücken. Pagen sind für einen Hofmarschall ein dankbares Publikum; denn sie müssen ihm zuhören. Er führte sie auf den Zwischenabsatz des, von meiner Position auf dem großen Absatz aus gesehen, linken Treppenzweiges und ließ sie mit dem Rücken zum Aufgang Stellung nehmen. Von dort aus hat man einen guten Blick auf Europa und

ihren Stier, ohne den Hals allzusehr verdrehen zu müssen. Er stellte sich vor sie und begann seine Unterweisung damit zu erklären, warum es für die Edelknaben notwendig sei zu wissen, was diese Gemälde bedeuteten.

„Tiere", sagte er mit ernster Stimme, „Tiere haben keine Vergangenheit und keine Zukunft. Sie wissen nichts von ihren Vätern und Großvätern und können daher auch nicht, auf den Errungenschaften ihrer Vorfahren aufbauend, in der Entwicklung der Kultur fortschreiten. Sie können nicht einmal eine Kultur schaffen; denn ihnen fehlen die Schrift und die Bilder, durch die ihnen die Vorfahren ihre Kultur vermitteln könnten. Wir Menschen haben beides und müssen beides nutzen, ihr ganz besonders, da ihr Edelknaben später einmal die Träger der Kultur sein müßt.

Heute will ich euch erklären, welche Bewandtnis es mit Europa hat, die ihr hier zusammen mit ihrem Stier dargestellt seht.

Europa war die Tochter Agenors, des Königs von Phönizien. Zeus, der Vater der heidnischen Götter, entbrannte in Liebe zu der schönen Jungfrau, als er sie vom Olymp herab zusammen mit anderen Jungfrauen am Meeresstrand spielen sah. Manche sagen, er sei von einem Pfeil des Eros, des Gottes der Liebe, getroffen worden. Die Wunde, die ihm dieser Pfeil gerissen hatte, quälte ihn so sehr, daß er auf der Stelle zu Europa hineilen wollte. Damit aber seine Frau nichts davon merke, verwandelte er sich in einen Jungstier. Weiß war seine Farbe, und seine Hörner schimmerten im Licht reiner als edle Steine. Friedlich kam er daher auf der Wiese, und die Königstochter staunte, als sie ihn sah, und da er zutraulich schien und ganz zahm, wagte sie es schließlich, sich auf seinen Rücken zu setzen. Kaum aber saß sie dort, so setze er sich in Bewegung und lief, immer schneller werdend, hinab zum Strand, stürzte sich samt der Jungfrau ins Meer und schwamm mit ihr bis nach Kreta. Poseidon, sein Bruder, der Gott des Meeres, glättete vor ihm die Wellen.

In Kreta schließlich verschwand der Stier, und es erschien vor dem Mädchen der Gott und nahm sie mit in eine Höhle, um mit ihr ... aber darauf brauche ich ja wohl nicht näher einzugehen.

Dann verließ er sie einfach, so wie das auch heute noch vorkommen soll. Das Mädchen saß also einsam am Strand und war unglücklich. Da trat Aphrodite vor sie hin, die Göttin der Liebe, und tröstete sie und sagte: 'Zeus ist es, der dich geraubt hat. Unsterblich wird dein Name werden; denn der fremde Erdteil, der dich aufgenommen hat, wird hinfort Europa genannt werden.' Da erinnerte sich Europa, daß ihr Aphrodite schon vorher im Traum erschienen war."
Die Pfeile des Eros also, dachte ich, der Hofmarschall kennt die Pfeile des Eros. Vielleicht sind ihm auch die griechischen Buchstaben vertraut.

Eine Weile vorher schon war der Freiherr von Friedstein die Treppe herabgekommen und hatte sich auch auf den Absatz gestellt, auf dem die Edelknaben standen, und hatte den Worten des Hofmarschalls gelauscht. Er war hinter die Edelknaben getreten, die einen schmalen Saum auf dem Absatz freigelassen hatten. Nun sah ich, wie er sich wegwenden wollte, wahrscheinlich, um zu mir hinabzusteigen. Ich hatte ein wenig vorher schon beschlossen, mich auch zu den Edelknaben zu gesellen und war langsam nach oben gegangen.
Da hörte ich, wie der Hofmarschall recht laut sagte: „Und jetzt müßt ihr noch einen Schritt zurücktreten, dann könnt ihr..."
Was sie dann könnten, habe ich nicht mehr vernommen. Ich sah, daß die meisten der Knaben, ohne sich umzudrehen, einen Schritt zurück machten, und sah, wie der dem Freiherrn am nächsten stehende Edelknabe beim Rückwärtsschritt gegen den Freiherrn stieß, der Freiherr, so unversehens auf der Kante des Treppenabsatzes bedrängt, ins Taumeln geriet, auf die nächste Stufe stolperte, einknickte und unweigerlich die Treppe hinabgefallen wäre, wenn ich nicht in eben diesem Augenblick auf der Treppenstufe darunter angelangt wäre und ihn hätte auffangen können.
Ich konnte ihn auffangen.
Ich konnte mich darauf vorbereiten, ihn auffangen zu müssen, da vom Taumeln bis zum Hinabstolpern ein paar Augenblicke vergangen waren.
Ich überlegte, als ich ihn festhielt, ob ich vielleicht deshalb beschlossen hätte, die Treppe hinaufzugehen und mich zu den

Pagen zu gesellen, weil ich geahnt hätte, daß etwas geschehen werde.
Der Hofmarschall drängte sich durch die Pagengruppe, um zu sehen, was geschehen war, und beglückwünschte den Freiherrn zu seiner Rettung und mich zu meiner Geistesgegenwart und nahm den ganzen Vorfall zum Anlaß, mich den Pagen als leuchtendes Beispiel vorzustellen.
Der Freiherr war sehr erschrocken. Er brauchte einige Zeit, um seine Fassung wiederzugewinnen.
„Dabei hätte ich mir das Genick brechen können!", murmelte er mehrmals.
Schließlich dankte er mir und sagte mit einem seltsam starren Blick auf den Hofmarschall, daß er sich jetzt noch mehr auf den Wettkampf freue, den er unbedingt zu gewinnen hoffe.
Dann lief er die Treppe hinunter, aus der Tür und über den weiten Hof, als ob ein grimmiger Verfolger hinter ihm her wäre.
Der Hofmarschall ging mit den Pagen die Treppe vollends hinauf und wendete sich auf der Galerie einem anderen Erdteil zu, der reizvollen Afrika, für die ein Diener vorsorglich einen Sonnenschirm bereit hält, ein Bild, auf dem es viel zu erklären gibt. So blieb mir verborgen, warum die Edelknaben hatten zurücktreten sollen. Nach dem Straucheln des Freiherrn hatte der Hofmarschall wohl vergessen, was man könnte, wenn man zurückträte.

Ich blieb allein und hatte nun Zeit darüber nachzudenken, ob es ein Zufall wäre, daß der Freiherr von dem Treppenabsatz gestoßen wurde, oder ob der Hofmarschall diesen Zusammenstoß des Freiherrn mit dem ihm zunächst stehenden Edelknaben beabsichtigt hätte.
Er mußte doch wissen, daß sich der Freiherr, wenn er sehr unglücklich gefallen wäre, das Genick hätte brechen können. Auf alle Fälle hätte er sich schwere Verletzungen zuziehen können, die ihn lange Zeit ins Bett gebracht, wenn nicht gar zum Invaliden gemacht hätten. Schließlich war er nicht mehr so jung, daß er hätte hoffen können, einen solchen Sturz ohne Knochenbrüche zu überstehen.

Der Hofmarschall mußte doch gesehen haben, wie der Freiherr die Treppe hinabgekommen war und sich hinter die Pagen gestellt hatte.
Während seiner Rede hatte er wohl, ich konnte das von meiner Position aus nicht sehen, hin und wieder mal zu Europa hinaufgeschaut, sich dann aber wieder den Pagen zugewendet. Er hatte, das hatte ich gesehen, als ich hinaufgegangen war, zu den Pagen gewendet gestanden, wie es auch natürlich ist, wenn man ein Publikum anspricht und sehen will, ob das Publikum der Ansprache aufmerksam genug lauscht. Dann schaut man zwar auch einmal kurz zu dem Gegenstand, den man erläutert, während des größten Teils der Rede aber schaut man auf die Leute, die da zuhören sollen.
Folglich mußte er gesehen haben, daß der Freiherr angestoßen werden mußte, wenn der Edelknabe zurücktrat, ohne sich umzuschauen. Da die Edelknaben nach oben schauten und zu wissen glaubten, daß hinter ihnen noch Platz sei, konnte er damit rechnen, daß sie sich nicht umdrehen, sondern einfach einen Schritt nach hinten machen würden.
Folglich mußte er diesen Anstoß gewünscht haben.
Sollte ich daraus nun schließen, daß der Hofmarschall den Freiherrn hatte umbringen wollen?
Vielleicht wollte er ihn auch nur unfähig machen, an dem Wettkampf teilzunehmen. Aus Gesprächen auf der Treppe hatte ich schon entnehmen können, daß dieser Wettkampf nicht nur bei den Bedienten sondern auch bei den Herren von Adel und sogar an allerhöchster Stelle, beim Fürstbischof selbst, Interesse gefunden hatte.
Viele hatten auch über die Aussichten der Kontrahenten gesprochen, und ich hatte bereits mehrfach die Meinung gehört, der Hofmarschall stehe auf verlorenem Posten; denn der Freiherr werde ihn ganz elegant unter den Tisch trinken.
Ob aber der Versuch, sich vor dem Wettkampf zu drücken, allein ein ausreichender Grund für einen Mordversuch war?
Ein Mordversuch?
Wenn ich an die beiden Morde dachte, sofern der Tod des Wetterstetten in Randersacker wirklich auf einen Mord zurückzuführen war, dann schien mir zwischen den Morden und dem

Mordversuch eine gewisse Ähnlichkeit zu bestehen. Sowohl bei den Morden als auch bei dem Mordversuch schien mir der Mörder keine todsichere Methode angewendet zu haben, sondern mit einer deutlich überwiegenden Wahrscheinlichkeit des Todes zufrieden gewesen zu sein. Es war in allen drei Fällen eigentlich eine recht unsichere Methode. Ein Trunkener kann leicht an einem harten Stück Wurst ersticken, wenn er versucht, dieses hinunterzuschlingen. So hatte der Arzt gesagt. Keiner aber konnte sicher wissen, daß Wetterstetten die Wurst hinunterschlingen werde, wenn dies auch sehr wahrscheinlich war. Der Pfeil konnte den Balderung direkt ins Herz treffen. Das war wohl auch wahrscheinlich. Sicher aber war es nicht; denn bei einem ungünstigen Winkel des Stiches konnte der Pfeil auch von einer Rippe abrutschen. Daß der Versuch, den Freiherrn durch einen Sturz von der Treppe umzubringen, ein unsicheres Unternehmen war, das hatte das Ergebnis des Versuches deutlich gezeigt. Sollte ich mich nun durch die Ähnlichkeit zwischen den Morden und dem Mordversuch in meinem Verdacht gegen den Hofmarschall bestätigt fühlen?

Der Kellermeister, mit dem ich über meine Gedanken sprechen wollte, hörte mir nicht richtig zu.
„Weise Reden und wunderbare Grundsätze der Moral!“, sagte er, „Wenn er sich nur selbst daran hielte. Manchmal erklärt er den Knaben auch Dinge so, wie ich es nicht gutheißen kann. Vor einiger Zeit hat er ihnen doch allen Ernstes erzählt, der Fürst sei das Vaterland, und wer also im Dienste des Fürsten stürbe, der stürbe für das Vaterland, das gelte auch für die Stellvertreter des Fürsten. Von einem französischen Könige komme diese Idee.
Das macht sie nicht richtiger.
Schon früher hat er einmal so etwas gesagt und sich damit nicht gerade beliebt gemacht. Daß er das den Knaben aber auch einzutrichtern versucht...“
Der Kellermeister schüttelte unwillig den Kopf.
Dann sprach er plötzlich über den Wettkampf: „Das zeigt nur, wozu die Menschen fähig sind, wenn es ihnen langweilig ist. Ich habe dir schon erzählt, was sie mit dem Peter Prosch, dem zeitweiligen Hofnarren, angestellt haben.

Der Wettkampf ist nicht viel besser. Sie versündigen sich an der Gottesgabe des Weines. Der Wein soll des Menschen Herz erfreuen und nicht zu einem solchen Wettkampf mißbraucht werden, der mit Freude überhaupt nichts zu tun hat, weder bei den Kämpfenden noch bei den Zuschauern, bei denen höchstens Schadenfreude aufkommen kann, die übelste der Freuden.
Am liebsten würde ich ihnen keinen Wein geben, aber das kann ich nicht. Wenn der Hofmarschall Wein befiehlt, muß ich Wein herbeischaffen und die Gelegenheit bieten, ihn im Keller zu trinken.
Einschenken werde ich ihn aber nicht. Die Herren sollen selbst sehen, wie sie den Wein in ihre Gläser bekommen.
Ich kann nicht verstehen, daß der Friedstein da mitmacht."
„Warum? Weil er den Kampf verlieren wird?"
„Das kann man nicht sagen. Keiner weiß, wieviel er verträgt. Das hat, soweit ich weiß, noch keiner beobachtet.
Der Hofmarschall prahlt mit seinen Fähigkeiten, aber der Friedstein..."
„Ist es, weil er sich mit dem Hofmarschall nicht versteht, weil sie Feinde sind?"
„Nein, das verstehe ich schon. Jeder will den anderen besiegen und vielleicht lächerlich machen. Der Hofmarschall riskiert dabei am meisten, weil er über seine wunderbare Trinkfestigkeit zu sprechen pflegt. Der Friedstein hat noch nie gesagt, er könne viel vertragen."
„Ist es, weil er an den Müßigkeitsspielen gewöhnlich nicht teilnimmt?"
„Ach nein, da ist ein anderer Grund, warum ich nicht verstehe, daß er sich auf einen Trinkwettkampf mit dem Hofmarschall einläßt. Das ist aber eine längere Geschichte..."

Diese Geschichte habe ich nicht mehr erfahren. Einer der Edelleute kam und rief den Kellermeister. Er wollte einen Teil des ihm zustehenden Kompetenzweines abholen.
Der Kellermeister ging mit ihm weg, und ich hatte bisher noch keine Zeit, ihn noch einmal zu fragen, warum er nicht verstehen könne, daß der Freiherr mit dem Hofmarschall um die Wette trinken wolle.

An einem anderen Tage begegnete ich auf der Treppe zwei Männern des Grafen Balderung. Ich erkannte sie an dem Wappen, das sie an der Kleidung trugen. Es sieht aus wie ein goldenes Horn, wie ein Horn des Stiers der Europa, auf blauem Grund.
Sie sprachen sehr laut miteinander.
„Warum ist er immer ernst und unnahbar? Ich habe noch keinen Scherz von ihm gehört oder ihn einmal lächeln sehen. Der Tod meines früheren Herrn, seines Bruders, kann ihn doch nicht hart getroffen haben. Ich könnte mir eher denken, daß ihn dieser Tod von manchen Sorgen befreit hat. Ich weiß doch, wie der gelebt hat. Ich habe ihn doch oft genug zu seinen Abenteuern fahren müssen. ... und das ganze Land seines Bruders und einen hübschen Haufen Geld hat er auch noch geerbt..!"
„Der Tod des Bruders wird ihn so arg nicht plagen, aber du weißt doch, wie sein Sohn gestorben ist."
„Das ist doch schon einige Zeit her, darüber müßte er nun eigentlich hinweg sein!"
„Über den Tod des einzigen Sohnes?
Das glaube ich nicht!
Ob er jemals darüber hinwegkommt? Ich meine, er sieht keine Zukunft mehr. Ich weiß, welche Hoffnungen er für seinen Sohn hegte..."
Sie gingen an mir vorbei die Treppe hinunter. Der eine war der Kutscher des ermordeten Balderung gewesen, den dessen Bruder in seinen Dienst genommen hatte.

Ich sah hinter ihnen her und bemerkte, daß sich unten im Vestibül mehrere Leute versammelt hatten um einen Mittelpunkt, den ich nicht erkennen konnte. Neugierig ging ich auch die Treppe hinunter.
Unten drängten sich die Leute um einen etwas ungeordnet aussehenden Mann in bunten Kleidern, der an einem Pult stand, das sie in die Mitte der Halle gerückt hatten, und der, während er einen jungen Mann immer wieder ansah und gleichsam mit seinen Blicken umwand und festhielt, auf einen Bogen Papier zu zeichnen schien.
Das war ein Maler, der Modelle für ein Gemälde suchte. Ich versuchte, mich näher zu drängen, und konnte dann sehen, daß

er ein recht wohlgetroffenes Konterfei des jungen Mannes auf das Papier gebracht hatte. Er schien damit aber gar nicht zufrieden zu sein, denn mit einem ärgerlichen Ausruf knüllte er das Papier zusammen und warf es neben die Treppe. Da lagen schon mehrere solcher Papiere.
„Der taugt nicht zum Soldaten!", sagte er, halb zu mir gewendet, „Viel zu harmlos sieht er aus. Wie soll ich eine Schlacht malen, wenn ich keine Soldaten finde?"
Er schaute sich um. Ich drehte ihm den Rücken zu, da ich nicht als Soldat auf einem Gemälde erscheinen wollte. Da rief er dem Kutscher zu, der ihn staunend anschaute: „Komm' her und stell' dich hierher. Du sollst die Ehre haben, die Fahne des Regiments zu tragen."
Der Kutscher kam näher.
Ich beobachtete, wie ihn der Maler skizzierte.
Von vorne zeichnete er ihn und traf ihn gut, und während ich ihm zusah, fiel mir auf, daß ich nun auch selbst das Gesicht des Kutschers genauer sehen konnte. Ein einfaches Gesicht ist das, ein Gesicht, in dessen Zügen nur einfache Gefühle sich zeigen können. Jetzt war er ganz der Aufgabe hingegeben, still zu stehen und den Ausdruck seiner Miene nicht zu verändern.
Der Maler war wieder nicht zufrieden.
„Dummheit!", knurrte er, „von der Seite muß ich ihn haben. Er läuft ja quer über's Bild."
Und zum Kutscher gewendet: „Dreh' dich ein wenig zur Seite!"
Das Papier mit der ersten, wie ich meine, sehr wohl gelungenen Skizze vom Gesicht des Kutschers warf er wieder zerknüllt zu den andern.

Ich habe das Papier aufgehoben und mitgenommen.
Ich denke, man kann den Kutscher gut auf dieser Skizze erkennen, man kann, wenn man diese Skizze betrachtet, gut erkennen, wie der Kutscher aussieht, und wer der Kutscher ist.
Ich füge die Skizze diesem Brief bei. Zeigt sie bitte Maria, lieber Pater, und fragt sie, ob sie diesen Kutscher auf dem Bock gesehen hat, als sie in Wiesbaden die Kutsche des Grafen bestieg und in Biebrich, als sie die Kutsche des Grafen verließ.

XIII

Melanie

Nun muß ich doch noch etwas dem Briefe anfügen, bevor ich ihn zu einem Freund des Kellermeisters befördere, der nach Mainz reist und versprochen hat, einen Umweg zu machen und Euch den Brief nach Johannisberg zu bringen.

Ich bin nicht recht glücklich, wenn ich daran denke, daß Maria wieder in Geisenheim ist. Ich meine zwar, es bestünde zur Zeit keine besondere Gefahr, aber gerade in solchen Dingen kann man sich leicht irren, weil man sich in die Gedanken anderer Menschen hineindenken muß, um abzuschätzen, was sie wohl unternehmen könnten. Das mag zwar angehen, wenn man die Leute, in deren Gedanken man sich hineinzudenken versucht, gut kennt, wenn man sie aber nur so wenig kennt, wie ich die Leute kenne, die ich in Verdacht habe, an dem Mord beteiligt zu sein, kann man leicht Fehler machen. Zudem bin ich mir nicht sicher, ob ich den Mörder auch wirklich in Verdacht habe. Vielleicht habe ich gerade ihn bei meiner Liste der Verdächtigen übersehen.
Dabei fällt mir ein, daß der Hofmarschall bei der Erklärung der Europa nicht von Venus und Amor gesprochen hat, sondern von Eros und Aphrodite. Daraus könnte man doch schließen, daß ihm die griechischen Namen der Götter geläufiger sind.
Ob das etwas zu bedeuten hat?
Ich denke da an die Buchstaben auf den Pfeilen.

Gestern am Nachmittag war ich im Garten der Residenz und habe mir noch einmal die Europa angeschaut, die dort in den Laubengängen steht. Der Hofbildhauer Wagner hat sie gebildet, zusammen mit dem göttlichen Stier und ihren Freundinnen.
Sie sitzt schon auf dem Rücken des Stieres, eine der Freundinnen reicht ihr eine Rose, und die anderen sind noch ganz nah bei dieser Gruppe zutraulich mit Blumengirlanden um den Stier geschart. Alles ist in anmutiger Bewegung, und Europa thront

noch nicht, wie es einer Erdteilgöttin zukommt, auf dem Rücken des Stieres, sondern sie hat offenbar im Spiel den Rücken erklommen und freut sich ihrer Kühnheit.
Der Freiherr von Friedstein riß mich aus meinen Gedanken. Er kam gemächlich herbeigeschlendert und begrüßte mich freundlich, als er meiner ansichtig wurde. Er müsse unbedingt mit mir über den Wettkampf sprechen; denn bei diesem Kampf seien einige Bedingungen zu beachten.
Wie ich wohl wisse, sei er beleidigt worden und könne also bei diesem Duell mit Weingläsern die Bedingungen festlegen. Darüber habe er sich mit dem Hofmarschall bereits verständigt. Darüber habe es auch keinen Streit gegeben; denn er habe versprochen, die Bedingungen so zu gestalten, daß keiner der Kämpfer einen Vorteil haben könne. Auch die Wahl der Waffen könne keinem der Wettkämpfer einen Vorteil bringen, weil es sich für beide um denselben Wein handele, und den werde der Kellermeister liefern.
Er lachte, als er das sagte.
Dann wurde er wieder ernst und begann mir zu erläutern, wie er sich den Wettkampf gedacht hatte.
Wie jeder wisse, sagte er, habe die Speise, die man zu sich nehme, einen Einfluß darauf, wie man den Wein vertrage. Damit also keiner einen Vorteil haben könne, müßten beide Kämpfer die gleichen Speisen zu sich nehmen und diese auch in gleicher Menge. Man müsse darauf achten, daß es sich um Speisen handele, die beiden vertraut seien und nicht etwa den Widerwillen eines der Kämpfer erregen könnten.
Er werde für die Speisen sorgen. Als Gemüse werde er ein Pilzgericht reichen, von dem ich doch selbst erfahren hätte, wie bekömmlich es sei.
Das konnte ich bestätigen.
Ich hörte ihm zu, konnte dabei aber aus den Augenwinkeln den jungen Ammer und Irene, die Tochter des Hofmarschalls sehen, die engumschlungen zwischen den Rosenbeeten hin wandelten. Da müsse der Hofmarschall wohl auf der Festung Marienberg sein oder anderweitig beschäftigt, dachte ich.
Der Freiherr hatte bemerkt, daß ich mich hatte ablenken lassen, und schmunzelte.

Dann fuhr er etwas lauter fort, wichtig sei auch, daß beide Kämpfer genau die gleiche Menge Speise bekämen. Das könne man am besten dadurch sicherstellen, daß nur für die beiden gekocht werde, und die Speisen dann zwischen den beiden geteilt würden. Für eine genaue Teilung solle ich sorgen.

Man brauche nicht zu besorgen, daß einer von ihnen absichtlich weniger äße, als ihm zugeteilt werde. Beide wollten sie schließlich den Wettkampf gewinnen.

Also brauchte ich nur für eine gerechte Teilung zu sorgen.

Vor der Mahlzeit sollten die Wettkämpfer auch schon einige Zeit mit ihren Sekundanten zusammensitzen und von diesen beobachtet werden, damit sichergestellt werden könne, daß keiner der Wettkämpfer bereits vor der Mahlzeit etwas äße.

Nach der Mahlzeit werde noch ein ausgedehnter Spaziergang durch den Garten der Residenz eingeschoben werden; denn man müsse zwischen der Mahlzeit und dem Wettkampf noch einige Zeit verstreichen lassen, damit wirklich alle Unterschiede, die durch unterschiedliches Verhalten vor dem Wettkampf auftreten könnten, ausgeschlossen werden könnten.

Der Spaziergang sei auch notwendig, um durch das Ergehen in der Natur bei den Wettkämpfern so weit wie möglich eine gleicherweise gleichmütige und gelassene Stimmung zu erzeugen.

Der Kellermeister habe sich geweigert, einen seiner Leute als Schenken bei dem Wettkampf mitwirken zu lassen. Es sei schlimm genug, wenn dieser Wettkampf in seinem Keller stattfinde, habe er gesagt. Ein Mitwirken bei dem Geschehen habe er strikt abgelehnt.

Keiner seiner Leute werde bereit sein, Wein für einen solchen Zweck auszuschenken.

Der Freiherr lachte, ein wenig gezwungen, wie mir schien, und fuhr fort, für den Weinausschank habe er daher den Grafen Balderung gewonnen. Der werde zwar nicht eigenhändig den Wein ausschenken, der habe aber einen geschickten und zuverlässigen Diener, der das Ausschenken übernehmen werde. Balderung sei sein zweiter Sekundant.

Der Hofmarschall habe angekündigt, er werde die Gestaltung der Räume übernehmen. Das betreffe jedoch nur den Raum im

Keller, der vor den drei Riesenfässern hergerichtet werden solle. Der Hofmarschall habe als Sekundanten den Ritter von Querfeld benannt und einen entfernten Vetter des Barons Wetterstetten, der, soweit ihm bekannt sei, auch Wetterstetten heiße. Dabei schaute er mich an, als ob er erwarte, daß ich dazu etwas sagen werde.
Ich sagte aber nichts.
Da erläuterte er noch den guten Ruf des Ritters von Querfeld, der als objektiv und ernsthaft gelte, und den er deshalb gerne bei dem Wettkampf dabei habe. Der Ritter von Querfeld werde übrigens die Gläser mitbringen, aus denen getrunken werden solle.

„Da kann eigentlich nichts schiefgehen. So gut ist alles geplant“, sagte ich.
Plötzlich, während ich noch sprach, stieß er mich zur Seite und sprang an mir vorbei. Mich umdrehend sah ich, daß ein kleines blondes, etwa dreijähriges Mädchen über die Wiese hin, einem Ball nachlaufend, in die Nähe eines kleinen, mit Wasser gefüllten Bassins geraten und kopfüber hineingestürzt war. Er hatte das Bassin schnell erreicht und zog das Mädchen ans Land. Das schüttelte sich und prustete und fing dann jämmerlich an zu schreien. Er setzte sich ins Gras und nahm das Kind sorglich in die Arme und wischte ihm mit einem kostbaren Spitzentuch Wasser und Grünzeug aus den Augen. Besser und sanfter hätte es auch die Mutter des Kindes nicht machen können.
Das Kind beruhigte sich und schluchzte nur noch ein wenig, als endlich die Magd angelaufen kam, die auf das Kind hätte achten sollen. Sie hatte sich statt dessen mit einem jungen Gärtner unterhalten, der in einiger Entfernung mit einem Blumenbeet beschäftigt war.
Der Freiherr stand auf und gab mir das Kind.
Dann wendete er sich zur Magd und hielt ihr in wohlgesetzten Worten vor, wie übel sie das Vertrauen der Eltern des Kindes mißbraucht habe.
Sie sei es nicht wert, ein Kind zu hüten. Sie solle einmal darüber nachdenken, daß die Eltern des Mädchens ihr das Wertvollste

anvertraut hätten, das sie besäßen, und wie armselig sie ihre Pflicht vernachlässigt hätte. Das Kind hätte ertrinken können, ja es wäre sicher ertrunken, wenn er nicht zufällig in der Nähe gestanden hätte. Sie solle sich auch überlegen, welche Strafe sie verdient hätte, und ob derjenige, der durch Nachlässigkeit einen Tod verursache, besser behandelt werden könne, als einer, der bewußt einen Tod verursache.
Da fing die Magd nun auch an zu weinen. Sie kam zu mir und bat mich, ich möge ihr das Kind geben.
„Melanie“, sagte sie zu dem Kind, „komm’, wir wollen schnell nach Hause gehen! Ich muß dir ein trockenes Kleid anziehen, damit du dich nicht erkältest.“
Ich sah den beiden nach, die nun Hand in Hand, beide schluchzend, auf die Gartentür zustrebten.
Der Freiherr, eben noch zornig wie der Engel mit dem Flammenschwert, fing auf einmal an zu lachen:
„Ein blondes Kind haben sie Melanie genannt. Das ist komisch! Das ist sehr komisch!“
Jetzt überlege ich, was daran so komisch sein könnte.
Den Grafen aber kann ich wohl wirklich von meiner Liste der Verdächtigen streichen; denn einer, der so um das Leben seiner Mitmenschen besorgt ist und so zart mit kleinen Kindern umgeht, kann wohl kein Mörder sein.

Den Brief an Pater Anselm habe ich abgeschickt.
So ganz geheuer ist mir meine Folgerung aus der schnellen Tat des Freiherrn nicht. Nachträglich denke ich, ich hätte sie im Brief nicht erwähnen sollen. Es kommt mir doch merkwürdig vor, daß der Freiherr so laut lachte, nur weil das Mädchen Melanie heißt. Ich finde den Namen Melanie durchaus nicht komisch.

Ein paar Tage später schon erhielt ich die Antwort des Paters. Nur wenige Zeilen hatte er geschrieben. Ich will auch sie hier anfügen:

Maria hat die Skizze des Kutschers gesehen. Sie hat sie genau betrachtet. Sie ist sicher, daß der auf der Skizze dargestellte

Mann nicht der Kutscher ist, der in Wiesbaden losfuhr, und daß dieser Mann auch im Park zu Biebrich, als sie die Kutsche verließ, nicht auf dem Kutschbock saß.

Der Name Melanie, schrieb er dann noch, *ist griechischen Ursprungs. Das griechische Wort Melas heißt auf Deutsch schwarz, Melan heißt das Schwarze, und Melania heißt die schwarze Wolke. Es gibt übrigens auch eine Heilige Melania. Wenn Du das nun weißt, kannst Du Dir denken, warum der Freiherr gelacht hat, als er hörte, das blonde Mädchen heiße Melanie. Er hat eben Sinn für die Sprache und dächte wohl nie daran, für ein Kind einen Namen nur etwa nach seinem Wohlklang oder seiner Seltenheit auszuwählen. Er wird immer vor allem auf die Bedeutung des Namens achten.*
Denke daran. Ich nehme an, daß er bei allem, was er sagt, sehr auf die Bedeutung seiner Worte achtet. Ich glaube nicht, daß er jemals etwas nur so dahin sagt.

Deinen Brief habe ich aufmerksam gelesen. Mir ist nicht wohl bei dem Gedanken an diesen Wettkampf, von dem Du da berichtet hast. Der Eros und die Aphrodite des Hofmarschalls und nun die blonde Melanie haben mich nachdenklich gemacht.
Wir mußten schließlich annehmen, daß mindestens zwei der Leute, die wir mit dem Mord in Verbindung gebracht haben, in der griechischen Sprache und Mythologie bewandert sind, nämlich einer, der Eros in Eris verwandelt hat, und ein zweiter, für den diese Verwandlung ein Hinweis sein sollte. Ich fürchte, in Würzburg könnte bald etwas Schlimmes geschehen.
Ich glaube zwar nicht, daß Dir eine Gefahr drohen könnte, trotzdem solltest Du Dich in acht nehmen.
Vor allem aber halte die Augen offen. Damit meine ich nicht, Du solltest versuchen, Vergangenes zu ergründen. Ich meine vielmehr, daß Du auf das achten solltest, was jetzt geschehen wird.
Besonders aufmerksam sei bei dem Wettkampf und beobachte alles, was vor und nach dem Wettkampf und während des Wettkampfes vorgeht.

Auf einem besonderen Blatt hatte er vermerkt:

Maria habe ich von meinen Sorgen nichts mitgeteilt. Ich habe aber Oskar von allen Arbeiten im Weinberg befreit. Er soll sich nur um Maria kümmern und darauf dringen, daß Grandpatte immer bei ihr ist und auch nachts in ihrem Zimmer schläft.

Das besondere Blatt habe ich zu mir gesteckt wie ein Amulett, damit ich mich immer vergewissern könne, daß Maria in Sicherheit sei; denn ich wußte wohl, Oskar werde seine Aufgabe treulich erfüllen, und auch Grandpatte war zuverlässig, sofern er nicht durch einen Leckerbissen abgelenkt wurde.
Kurze Zeit dachte ich, es wäre vielleicht sinnvoll, dem Kellermeister den Brief zu zeigen, dann entschied ich aber dagegen. Ich konnte ja bei dem Wettkampf zugegen sei und war sogar von einem der Kämpfer aufgefordert worden, auf alles zu achten. Da brauchte ich keinen Gehilfen, und ich wußte schließlich nicht, wie der Kellermeister auf Anselms Brief reagieren würde.
Schließlich hatte Pater Anselm auch nicht geschrieben, ich solle den Kellermeister um Hilfe bitten.

So verschloß ich den Brief in meinem Schreibtisch und ging noch einmal hinaus, um die Marienkapelle zu besuchen.
Ich war unruhig und hoffte, dort im Gebet Ruhe zu finden.
Der Wettkampf sollte schon am nächsten Tage stattfinden, und Pater Anselms Zeilen hatten in mir eine Ahnung geweckt, es werde nun bald etwas Entscheidendes geschehen oder besser, nicht einfach geschehen, sondern von einer der Personen, die ich hier kennengelernt hatte, bewirkt werden.

XIV

Goethes Schatten

„Seit der berühmte Geheimrat Goethe selbst Pilze gesammelt, verzehrt und das Pilzgericht eine zweideutige Speise genannt hat, denkt jeder, zu einer anständigen Speisefolge gehöre auch ein Pilzgericht."

„Ich kenne diese Geschichte. In Italien war er von einem Herrn Jenkins nach Castel Gandolfo eingeladen und hat aus Liebeskummer eine Berg- und Waldtour unternommen und aus der Wildnis ganz appetitliche Pilze mitgebracht. Die hat er dem Koch gegeben, der sie, auf's schmackhafteste zubereitet, auf die Tafel gab. Pilze seien eine zwar seltene, aber in jener Gegend sehr berühmte Speise, hat Goethe dazu geschrieben."

„Jetzt sind sie also auch hier berühmt. Jeder, der etwas auf sich hält, will auch genießen, was die Italiener genießen, wie ja immer in unserem Lande besonders geschätzt wird, was im Ausland einen guten Ruf hat. Das zweideutige verlockt dabei in besonderer Weise, weil man sich ohne viel Mühe als einen Helden erleben kann, der den Mut hat, solche unbekannten Gefahren zu bestehen."

„Dem guten Herrn Jenkins war es gar nicht so recht, auf seiner Tafel diese Speise zu sehen, ohne daß er sie vor der Zubereitung gehörig hatte prüfen können. Goethe mußte versprechen, daß er in Zukunft, wenn ihm wieder solcherlei Edulien unterwegs in die Hände kämen, sie dem Wirte selbst zur Prüfung und Genehmigung vorlegen werde."

„Nun hier", sagte der Freiherr, „bin ich Fachmann genug, um sie selbst zu prüfen und zu genehmigen, und seit dieser Bericht des Geheimrates bekannt geworden ist, hat mich schon mancher, der früher die Pilze mißachtet und im Walde zertreten hat, um Rat gefragt, wenn er appetitliche Exemplare von einem Spaziergang mitgebracht hat. Sie spotten auch nicht mehr so laut über meine Liebe zu den Pilzen, die hier auch Schwämme genannt werden."

Am Vormittag gegen 10 Uhr war ich zum Gasthof zum Falken gegangen und war dort an der Eingangstür mit dem Freiherrn

zu Friedstein zusammengetroffen. Er hatte mich eingeladen, mit ihm in die Küche zu gehen und ihm beim Bereiten des Pilzgerichtes zuzuschauen.
Die Zubereitung aller anderen Speisen wolle er dem Koch des Gasthofes überlassen, hatte er gesagt, die Pilze müsse er selbst zubereiten, da habe er zu niemand anderem Vertrauen. Er sei selbst der beste Fachmann auf diesem Gebiet.
„Zweideutig und gefährlich“, fuhr er fort, „ist ein Pilzgericht nur für den, der mit dieser Gabe der Natur nicht vertraut ist. Mancher bunt gefärbte, verlockend aussehende Pilz birgt ein schlimmes Gift, und viele unscheinbare Schwämme schmecken vortrefflich. Den Tintenschwamm habe ich ja schon vorgesetzt, der wie Spargelgemüse schmeckt. Wunderbar nußartig schmeckt der dicke Pilz, der Steinpilz genannt wird, und einen kräftigen Geschmack, würzig und nach Pfeffer, hat der gelbe Pfifferling. Da braucht keiner den teuren Pfeffer aus fernen Ländern herbeizuschaffen, solange dieser Pilz in unseren Wäldern wächst.“
Wir hatten uns inzwischen in die Küche begeben und dort in einer hellen Ecke, nahe an einem Fenster, einen kleinen Tisch besiedelt mit Pilzen, Korb und Schüssel. Der Freiherr hatte die Pilze ausgebreitet, die er, wie er sagte, am frühen Morgen gesammelt hatte, und beschäftigte sich jetzt damit, sie von Erde, Moos und Ungeziefer zu befreien, in der Schüssel Pilz für Pilz sorgfältig zu waschen und danach zum Abtropfen in ein Sieb zu geben. In einer Ecke des großen Küchenherdes stand eine geräumige Pfanne, in der ein Klumpen Butter sich bereits langsam verflüssigte.
„Das Pilzesuchen und -erkennen ist eine richtige Wissenschaft geworden, seit ein emsiger Gelehrter in Paris den Pilzen vor ein paar Jahren lateinische Namen gegeben hat. Da ist so ein einfacher Pilz doch endlich etwas Richtiges geworden, wenn er bei einem lateinischen Namen genannt wird.“
Er schaute wohlwollend auf seine Pilze, und dann begann er, mich mit deren lateinischen Namen zu erfreuen.
„Den giftigsten von allen, den weißen Knollenblätterpilz, hat er Amanita verna genannt. Den haben wir jetzt nicht hier. Der Steinpilz dort heißt jetzt boletus edulis.“

Das sind die Namen, die ich mir gemerkt habe. Er hat dann noch vom cantharellus tubiformis, leccinum scabrum und coprinus atramentarius und anderen gesprochen, deren Namen mußte ich mir aufschreiben. Wenn ich schon den Wettkampf und die Vorbereitungen zum Wettkampf genau beobachten wollte, dann wollte ich auch alles richtig im Gedächtnis behalten, und wo das Gedächtnis nicht ausreichte, die Feder zu Hilfe nehmen.

Wenn mich auch diese lateinischen Namen nicht sonderlich interessieren, so werde ich mir doch einige merken, ihres exotischen Klanges wegen. Vor allem aber schienen mir diese Namen ein Beweis dafür zu sein, daß sich der Freiherr mit Pilzen so gut auskenne, wie er behauptet hatte.
Zudem dachte ich, für den Hofmarschall könne keine Gefahr bestehen, weil der Freiherr selbst von denselben Pilzen essen werde, und der werde sich schon nicht selbst umbringen wollen, um einem anderen zu schaden.

Die Säuberung der Pilze hatte geraume Zeit in Anspruch genommen. Ich konnte hören, daß die anderen Teilnehmer an dem Wettkampf eingetroffen waren. Graf Balderung kam und erkundigte sich, wann das Essen fertig wäre, die Herren säßen bereits an der Tafel.
Er müsse nur noch die Pilze zerschneiden und in der Pfanne anrichten. Das werde nicht mehr lange dauern, sagte der Freiherr und fing an, die Pilze zu zerschneiden.
Ich durfte dabei helfen.
Dann schüttete er sie alle in die Pfanne, die er auf dem Herd zurechtgerückt hatte, deckte sie zu mit einem Deckel und ließ sie schmurgeln. Währenddessen wurden um uns her die anderen Speisen zum letzten Mal abgeschmeckt und in jeweils zwei Portionen geteilt. Ich konnte das gut beobachten, da ich seitlich am Herd stand und ohne Mühe alle Arbeiten überschauen konnte.
Er werde die Pilze nur in Butter schmoren und etwas Salz und zum Schluß etwas Sahne zufügen und unterziehen. Am besten schmeckten sie, wenn sie richtig zusammengestellt seien, ohne

zusätzliche Gewürze. Dann könne man den ihnen eigenen Geschmack am reinsten genießen.
Während wir noch da standen, fragte ich ihn, wer eigentlich darüber entscheide, wann der Wettkampf zu Ende sei, und wer den Sieg errungen habe?
„Wird das nötig sein?", fragte er zurück. „Wird nicht ein jeder, der zuschaut, leicht erkennen und deutlich sehen, wann der Kampf zu Ende ist, und wer gewonnen hat? Ich habe nicht gedacht, daß bei so vielen vernünftigen Zuschauern eigens noch ein Schiedsrichter ernannt werden müsse."
„Wenn es da aber Zweifel geben sollte…?"
„Dann muß eben solange getrunken werden, bis es keine Zweifel mehr gibt."
„Wenn aber vielleicht beide Wettkämpfer gleich trinkfest sind?"
„Ja, wenn…", brummte er da vor sich hin, „aber vielleicht sollten wir uns das doch noch einmal überlegen. Einen Schiedsrichter können wir noch ernennen, wenn wir uns nachher im Garten der Residenz ergehen zur besseren Verdauung. Jetzt sollten wir, oder vielmehr der Hofmarschall und ich, das leckerbereitete Mahl zu uns nehmen."

Über die Mahlzeit ist nicht viel zu berichten.
Der Hofmarschall hatte sich in traditioneller Weise gekleidet mit Goldschnüren und Samtaufschlägen und sogar eine gepuderte Perücke aufgesetzt, die leicht staubte, wenn er sich bewegte. So bewegte er sich möglichst wenig und versuchte, seinen Kopf nur sanft zu neigen, wenn er einen Bissen vom Teller zum Munde führte.

Friedstein hatte sich dagegen in die Küche begeben, wie er aus dem Wald gekommen war, und nun für das Essen auch nicht umgezogen. So saß er da mit ein wenig ausgebeulten, langen Hosen, einem bequemen Hemd und grüner Jacke, und es sah so aus, als ob der eine den anderen mit der ganzen Würde seines Amtes beeindrucken und einschüchtern wolle, und dieser andere aber schon durch seine lockere Kleidung zeigen wolle, daß er sich nicht beeindrucken lassen werde.

Uns Zuschauer kam die Lust an, an dem Mahle teilzunehmen: Der Wirt hatte damit gerechnet und auch uns eine Kleinigkeit zurichten lassen.
Zugegen waren also der Hofmarschall, der Freiherr zu Friedstein, der Graf Balderung der ältere, der Ritter Querfeld, ich und nach einer Weile der Kellermeister. Der Vetter des Barons Wetterstetten hatte sich entschuldigen lassen. Ich konnte gut verstehen, daß er sich nicht danach drängte, an diesem Wettkampf teilzunehmen.
Die Herren sprachen über den bevorstehenden Wettkampf.

Die Speisen standen neben der Tafel auf einem besonderen Tisch. Neben jedem der beiden Wettkämpfer standen auf einem niedrigen Tischchen einige Schüsseln mit Fleisch und Kartoffeln, Nudeln und Pilzen und Salaten, die zugedeckt waren, um sie warm zu halten und vor Staub und anderweitigen Zutaten zu schützen.
Eingedenk der Warnung des Paters Anselm hatte ich mich so gesetzt, daß ich den Tisch gut beobachten konnte, wenn einer der Diener eine Schüssel aufnahm, um einem der Wettkämpfer neue Speise vorzulegen. Neben mir saßen auf der einen Seite der Graf Balderung und auf der anderen Seite der Ritter Querfeld.
Wir saßen alle an einem Tisch, aber zwischen den Wettkämpfern und den Beobachtern war ein Zwischenraum gelassen worden, sodaß die Beobachter freie Sicht auf die beiden Wettkämpfer hatten.
Sie hatten bereits angefangen zu essen, als der Kellermeister hereinkam. Er rückte einen Stuhl zu mir so, daß er schräg hinter mir und dem Grafen zu sitzen kam.

Nach einem kurzen Gruß und noch kürzerer Entschuldigung, man merkte deutlich, daß er von der ganzen Angelegenheit nicht viel hielt, fing er gleich an, mit mir zu sprechen: „Ich habe gehört, da sei ein Brief aus dem Rheingau gekommen. Den habe ich nicht lesen können. Den hat einer gleich zu dir gebracht. Es würde mich doch interessieren, was Pater Anselm schreibt. Ob er etwas Neues entdeckt hat.“

Da würde ich ihm den Brief doch zeigen müssen, dachte ich, und erwiderte: „Maria hat etwas festgestellt, über das wir noch reden müssen. Ich weiß nicht, was es zu bedeuten hat..."
Da bemerkte ich, daß die anderen aufgehört hatten zu sprechen und uns anschauten und wohl auch zuzuhören versuchten, obwohl wir leise sprachen, und ich dachte, es sei klüger, über den Brief und seinen Inhalt nichts mehr zu sagen, und ärgerte mich ein wenig darüber, daß der Kellermeister überhaupt davon angefangen hatte.
Ich kann ihm aber nicht richtig böse sein, weil er mir immer so freundlich begegnet und hilft.

Die Wettkämpfer tranken Wasser, den Zuschauern war es erlaubt, ein Glas Wein zu trinken.
Wenn ich auch in der gemütlichen Atmosphäre, die sich ausgebreitet hatte, nicht recht sehen konnte, was da wohl Schreckliches geschehen könnte, wollte ich doch genau auf alles achten, damit ich mir nicht später einen Vorwurf machen müßte. Ich überlegte, wie weit ich doch abgeirrt sei von der Mordtat im Schloßpark zu Biebrich, und daß ich bei dem Wettkampf wohl kaum etwas erfahren würde über die erotischen Pfeile, was die Buchstaben bedeuteten, und warum ein Pfeil weggeworfen worden war. Wenn es aber richtig war, daß ein Mord in der Umgebung, aus der er entstanden ist, Auffälligkeiten verursacht, und Beobachtung und Analyse dieser Auffälligkeiten zur Aufklärung des Mordes führen, dann war ich bei dem Wettkampf am richtigen Ort. Die Spur des Mordes wies zweifelsohne nach Würzburg, und hier in Würzburg ereignete sich zur Zeit nichts Auffälligeres und Aufregenderes als dieser Wettkampf.

Auf dem Wege zum Hofgarten konnte ich die Herren nicht dauernd im Auge behalten. Es genügte mir denn auch, möglichst so zu gehen, daß ich die beiden Wettkämpfer immer sehen konnte. Sie gingen zwar nicht miteinander, sondern getrennt, entfernten sich aber auch nicht weit voneinander, wohl weil sie sich auch gegenseitig in Sichtweite haben wollten, damit nicht einer von ihnen etwa unbeobachtet ein Zaubermittel zu sich nehmen könnte, das ihm den Sieg zufallen ließe. Der junge Ammer hatte sich zu uns gesellt, und so ergab sich auf dem Weg zum Hofgarten folgende Ordnung: Der Hofmarschall stolzierte voraus im Gespräch mit dem Kellermeister, den er zu sich gewinkt hatte. Anscheinend sollte der anstelle des Wetterstetten jetzt sein Sekundant sein. Ich sah, wie er auf den Kellermeister einredete und aus einigen Worten, die ich hörte, konnte ich entnehmen, daß er ihn zu belehren versuchte, wie er den Kompetenzwein verbessern könne.

Friedstein unterhielt sich mit Querfeld. Ich hatte mich zu ihnen gesellt, weil mir Friedstein nicht unangenehm war. Dem Hofmarschall wollte ich lieber aus dem Weg gehen.

Ammer und Balderung gingen zusammen und blieben bald zurück, weil sie sich am Portal des Neumünsters offenbar zu streiten begannen. Dem jungen Ammer war das Portal zu theatralisch. Er meinte, es passe nicht zu dem übrigen Gebäude. Balderung verteidigte die Gestaltung des Eingangs. Ich konnte ihnen aber nicht zuhören, weil meine beiden Begleiter weitergingen, ohne stehen zu blieben. Sie unterhielten sich über die wunderbaren Zeiten, die jetzt anbrechen würden, wenn nur Gleichheit und Toleranz auf der Erde weiter verbreitet würden. Ich hörte nicht recht zu, weil ich mir überlegte, wie seltsam es sei, daß der Freiherr über den Vorfall im Treppenhaus, der für ihn böse hätte enden können, gar nichts mehr gesagt hatte. Ich dachte, eigentlich hätte er das doch noch einmal erwähnen können, als ich mit ihm in der Küche allein war.

Merkwürdig.

Auch der Hofmarschall tat so, als ob dieses Ereignis gar nicht stattgefunden hätte, oder als ob er gar nichts davon bemerkt hätte. Ich war mir aber sicher, daß beide an diesen Vorfall dachten, und daß dieser Vorfall auch eine Bedeutung für den Wettkampf haben werde, und wenn er ihn nur verbissener machen würde.

Im Hofgarten begab sich der Hofmarschall gleich zu der Figurengruppe, die den Raub der Europa darstellen soll und doch gar nicht so räuberisch, sondern anmutig und verspielt aussieht, aber die Möglichkeit des Raubes schon zeigt. Ein schlimmes

Ereignis wirkt ja umso schrecklicher, je unmittelbarer es aus einer angenehmen und friedlichen Situation zu entstehen scheint. Mir schien, daß auch nur ein Betrachter, der die Sage der Europa kenne, die innere Spannung dieser Figurengruppe, die sie so reizvoll macht, zu würdigen wisse. Es lag nahe, sie hinsichtlich der Spannung als Gleichnis der Situation aufzufassen, in der wir uns gerade befanden.

Der Freiherr störte mich in meinen Betrachtungen und fragte mich, ob ich das Theaterstück von dem weisen Nathan kenne, das ein fortschrittlicher Schriftsteller vor einigen Jahren habe drucken lassen. Als ich verneinte, meinte er, das müsse ich unbedingt lesen, dort werde die Grundlage der Toleranz gelegt, die zu einem neuen, friedlicheren Leben führen werde.
„Mit einer eindrucksvollen Parabel hat er darin verkündet, daß alle Religionen letztlich gleich seien. Der weise Nathan erzählt diese Parabel.
Ein reicher Mann, dem von seinen Vätern ein wertvoller Ring vererbt worden ist, hat drei Söhne und weiß nun nicht, welchem er den Ring vererben soll. Da läßt er einfach von einem Künstler noch zwei weitere Ringe herstellen, die dem ersten genau gleich sind, und gibt dann jedem seiner Söhne einen der Ringe, und schließlich kann keiner sagen, welcher der Ringe der richtige sei. Der echte Ring vermutlich ging verloren, heißt es. So ist es auch mit den Religionen!“
Er sah mich erwartungsvoll an.
Als ich nichts sagte, fuhr er fort: „Wenn alle Religionen gleich sind, wenn sie alle gleich falsch oder vielleicht gleich richtig sind, wenn wir also die richtige nicht zu erkennen vermögen, dann brauchen wir nicht mehr zu streiten, dann gibt es keine Kriege mehr, die doch alle nur ein Streit um die richtige Religion sind.“
Ich wollte mich nicht auf einen Streit einlassen, mir wäre aber unbehaglich zu Mute gewesen, wenn ich mir das angehört hätte, ganz ohne etwas zu sagen, und so erwiderte ich: „Das glaube ich nicht. Ich glaube nicht, daß die Kriege aus der Religion entstehen. Da geht es doch immer nur um Macht oder darum, Geld und Gut zu erwerben.

Und Toleranz ist für mich auch etwas anderes. Das ist, wenn ich einen anderen achte, auch wenn er eine andere Meinung hat, aber nicht, wenn keiner mehr eine Meinung hat, und alles gleich falsch und gleich richtig ist. Mir graust vor solch einer Welt!“

Er schaute mich an, seinen Mund im Spott verziehend, und so fühlte ich mich gedrängt, weiter zu reden: „Ich meine, es ist ganz unsinnig, die Religionen mit gleichgestalteten Ringen zu vergleichen. Sie sind nämlich alles andere als gleichgestaltet und überhaupt, die Religion kann man allen Söhnen in gleicher Weise vererben, die braucht man nicht zu verfälschen.“

Da schaute er zu dem Ritter Querfeld hin, der bei uns stand, als ob er sagen wolle, da habe ich dir nun einen vorgeführt, den das Licht unserer neuen Vernunft noch nicht erleuchtet hat.

Ich ärgerte mich sehr und wäre am liebsten weggegangen und hätte sie ihren törichten Wettkampf allein ausführen lassen, wenn ich nicht noch gehofft hätte, etwas zu erfahren, was geeignet sein könnte, bei der Aufklärung des Mordrätsels zu helfen.

Das Wort ‘Kein Gott und kein Gebot’ fiel mir ein, das ich schon manches Mal von einem Freund meines Vaters, einem Winzer in Martinsthal, gehört hatte. Wer keine Gebote kennt, macht sie sich selbst, ganz nach der Empfehlung der Schlange im Paradies.

XV

Der Wettkampf

Der Kellermeister hatte den Platz vor den Riesenfässern freiräumen lassen. Der mochte ihm am ehesten geeignet erscheinen, zum Schauplatz einer Trinkerei zu werden, bei der es weniger auf den Genuß des Weines als auf die vertilgte Menge ankam.
Vor das große Faß hatte er mit der Längsseite zum Faß einen schmalen Tisch rücken lassen, an dessen beiden Enden bereits jeweils ein Glas stand. Dabei standen rustikale Stühle ohne Lehne, sodaß ein Schwanken eines der Wettkämpfer sofort deutlich erkennbar sein würde. Die beiden Kämpfer waren auf diese Weise weit genug auseinander gerückt und konnten sich nicht gegenseitig ins Gehege kommen. Für die Beobachter waren im Halbkreis ein paar Stühle so gruppiert, daß jeder einen guten Blick auf die Wettkämpfer haben konnte.
In einem der Seitengewölbe stand ein Tisch mit einer großen Weinkanne, der durch einen Vorhang ein wenig verdeckt war. Der Schenk war damit von dem Geschehen beim Wettkampf weitgehend ausgeschlossen. Er sollte nur dann mit der Einschenkkanne kommen, wenn er gerufen würde. Während des Trinkens sollte er sich verborgen halten. Ein paar kräftige Leute des Kellermeisters hielten sich in einem anderen Teil des riesigen Kellers auf. Sie konnten leicht zu Hilfe gerufen werden, wenn sich dies als notwendig erweisen sollte. Der Kellermeister dachte wohl, damit habe er für alles vorgesorgt.
Ich war von meiner Aufgabe, die beiden Wettkämpfer während des Essens und auch nachher im Hofgarten zu beobachten, schon etwas ermüdet, und die Spannung, die ich die ganze Zeit über empfunden hatte, begann nachzulassen, wie das so ist, wenn man sich über ein bevorstehendes Ereignis im voraus aufregt und dann, wenn es eintritt, gleichsam keine Aufregung mehr übrig hat. Ich saß auf meinem Stuhl und sah die trinkenden Kämpfer und hatte auch ohne viel Anteilnahme wahrgenommen, daß sich der Hofmarschall gegen die Anwesenheit des jungen Ammer gesträubt hatte, ohne seine Ablehnung allerdings bis zum Äußer-

sten zu treiben. Ich hatte gedacht, daß es vielleicht nicht notwendig gewesen wäre, diesen Liebhaber seiner Tochter, den er offenbar nicht ausstehen konnte, zu dieser Vorstellung zu bitten, hatte aber auf die Begründung des Grafen Balderung, der ihn mitgebracht hatte, nicht weiter geachtet.
Sie tranken also, und ich sah ihnen zu und sah ihnen auch wieder nicht zu, denn in Gedanken war ich mit dem Schenken beschäftigt, der mir irgendwie bekannt vorkam.
Ich hatte den Eindruck, diesen Mann hätte ich schon einmal gesehen. Das hagere Gesicht vor allem glaubte ich schon gesehen zu haben, aber anders gesehen zu haben. Vielleicht war es auch nur eine teilweise Ähnlichkeit mit jemandem, den ich kannte.
Wer könnte das gewesen sein?
Viele Gesichter kamen vor das Auge meiner Erinnerung, keines aber konnte ich mit dem Gesicht des Schenken in Einklang bringen. Er blieb mir bekannt und unbekannt zugleich, und ich schaute ihn schließlich nicht mehr an, weil ich mir nach allen vergeblichen Versuchen, das Gesicht einzuordnen, sicher war, daß die Ähnlichkeit, die ich da sah, nur eine Grille sei.
Eine geraume Zeit war vergangen, da fiel mir auf, daß keiner mehr etwas sagte. Alle starrten nur noch auf die trinkenden Wettkämpfer.
Der Hofmarschall hatte schnell getrunken. Er hatte immer schon sein Glas geleert, wenn das Glas des Freiherrn noch halb voll war, und er hatte dann den Freiherrn genötigt, sein Glas in einem Zuge auszutrinken.
Ich hatte den Eindruck, daß die Zeiten für das Austrinken eines Glases immer kürzer würden.
Immer häufiger schien nach dem Schenken gerufen zu werden.
Im Kerzenlicht schien sich das Gesicht des Hofmarschalls langsam rot zu färben, während der Freiherr ganz bleich aussah, als ob er einer Ohnmacht nahe sei.
Ich dachte aber, das könne an dem Licht liegen, dessen ungewisser Schimmer die beiden Gesichter unterschiedlich beleuchte.
Dann wieder hatte ich den Eindruck, daß der Hofmarschall sich fester auf den Tisch stütze, als es nötig sei, während der Freiherr ganz locker dasitze.
Ich konnte mich freilich auch täuschen.

Der Hofmarschall griff sich nach dem Herzen.
„Ihr wollt doch jetzt nicht so tun, als wäret ihr krank. Ihr wart doch während des Essens und im Hofgarten ganz gesund. Das wäre eine zu plötzliche Krankheit!“ Der Freiherr hatte das gesagt und hatte sich vorgebeugt.
„Verdeckt nicht euer Glas!“, rief der Hofmarschall.
„Trinkt es aus, so wie ich es tue, wie ich noch manches Glas leeren werde!“
Er schaute sein Gegenüber finster an.
Dann rief er nach dem Schenken und schrie: „Das ist ein langweiliger Patron! Wenn der in meinen Diensten stünde, wollte ich ihm Beweglichkeit beibringen!“
Der Schenk kam, und während er einschenkte, hörte ich die Herren neben mir besorgt flüstern, ob sie nicht den Wettkampf für eine Weile unterbrechen oder gar ganz beenden sollten.
Sie waren sich bald einig, daß es ihnen nicht möglich sei, den Wettkampf ganz zu unterbrechen, da keiner dem Hofmarschall befehlen könne, sie könnten allenfalls um eine Unterbrechung bitten.
Dann stritten sie sich, wer diese Bitte vortragen solle, und wundersam, wie im Märchen vom Drachentöter die Tiere auf den Hasen als den letzten und geringsten, so kamen sie auf mich. Sie wendeten sich alle zu mir und meinten, ich könne das am leichtesten tun, weil ich Würzburg ohnehin bald wieder verlassen werde und unter dem möglichen Unmut des Hofmarschalls dann nicht zu leiden brauche.
Ich zögerte.
Da sah ich ganz genau, trotz des ungewissen Lichtes, daß dem Hofmarschall die Schweißperlen auf der Stirn standen, und während der Freiherr immer bleicher zu werden schien, nahm das Gesicht des Hofmarschalls eine fast bläuliche Färbung an. Mit der Linken hielt er sich am Tische fest, während er mit der Rechten das gerade neugefüllte Glas hob und in einem Zuge leerte.
Er stieß das Glas auf den Tisch, so fest, daß ich glaubte, es müsse bersten.
Dann wies er auf den Friedstein und sagte drohend: „Mache es mir nach, wenn du kein Feigling bist!“

Die Worte kamen stockend aus seinem Munde.
Der Freiherr sah ihn erschrocken an.
Da griff der Hofmarschall sich wieder ans Herz und sank nach vorne über den Tisch, seine Linke löste sich von der Tischplatte, und langsam rutschte er zu uns hin vom Tisch hinunter auf den Boden.
Der Freiherr hatte sich erhoben und, starr auf den Hingefallenen schauend, trank er sein Glas leer.
Das Glas des Hofmarschalls stand noch auf dem Tisch.
Der Kellermeister war als erster bei dem Gefallenen. Ich sah, wie er seinen Kopf etwas anhob. Querfeld kam und zog den Stuhl zur Seite, sodaß sie den schweren Mann ausgestreckt hinlegen konnten.
Da lag er jetzt, unbeweglich, halb auf die rechte Seite gedreht. Seine Perücke war nach vorne ins Gesicht gerutscht, und rings um seinen Kopf hatte sich fast wie ein verdorbener Heiligenschein ein Puderkranz gelegt. Er muß seine Perücke aber schon sehr kräftig eingepudert haben, dachte ich.
Balderung rief nach den Leuten des Kellermeisters. Seine Stimme hallte unheimlich durch das Gewölbe. Aus der Ferne kam Antwort, Geräusche, Schritte näherten sich.
Der Kellermeister öffnete die Kleidung über der Brust des Liegenden.
„Damit er leichter atmen kann!“, sagte er, zu uns aufblickend. Dann fühlte er nach dem Puls und legte seine Hand auf das Herz des reglosen Mannes.
„Er lebt noch!“ Das klang, als ob er an der Wahrheit seiner Worte schon zweifele, während er sie noch aussprach.
Wir standen hilflos dabei.
Ich weiß natürlich nicht, wie es den anderen erging, von mir aber kann ich sagen, daß mir lauter unwichtige Dinge auffielen. Ich sah, wie sich auf einem Zipfel des vornehmen Rockes des Hofmarschalls ein Fleck ausbreitete, weil er in einer Pfütze lag. Die goldenen Schnüre waren an einer Stelle gerissen. Ein Schuh war dem Liegenden von der Ferse geglitten und hing noch an den Zehen des linken Fußes…
„Er muß sofort ins Juliusspital gebracht werden!“, sagte der Kellermeister zu den Leuten, die herbeigeeilt waren.

Sie trugen ihn durch den Seitengang zur Treppe. Ich konnte noch hören, wie mühsam es war, ihn die Treppe hinauf zu schaffen. In der Nacht noch ist der Hofmarschall im Juliusspital gestorben.

Ihre Hilfe sei zu spät gekommen, sagten die Ärzte. Sein Herz sei einfach stehen geblieben. Sie hätten ihn oft davor gewarnt, so viel zu trinken, aber er habe nicht auf sie gehört.

Im Keller war ich, nachdem sie den Hofmarschall weggetragen hatten, bald mit dem Kellermeister allein geblieben.

Auch der Schenk und die Leute des Kellermeisters hatten die Gewölbe verlassen.

Das Glas, aus dem der Hofmarschall getrunken hatte, hatten sie offenbar vergessen. Das Glas des Freiherrn war von einem der Herren umgestoßen worden und auf dem Kellerboden zerschellt. Zu allem Überfluß hatte einer auf die Scherben getreten, sodaß nur noch winzige Stückchen da lagen.

Ich griff nach dem Glas des Hofmarschalls. Er hatte es doch nicht ganz ausgetrunken. Ein Rest der Flüssigkeit war im Glas zurückgeblieben. Ich roch daran und nahm dann einen winzigen Schluck auf die Zunge.

„Das ist Wein. Daran besteht kein Zweifel."

„Der Hofmarschall ist nicht vergiftet worden!", sagte der Kellermeister.

Ich half, den Keller in Ordnung zu bringen. Wir waren dabei, die Lichter zu löschen, als einer von der Treppe her rief, der Hofmarschall sei gestorben.

Der Kellermeister schüttelte den Kopf.

„Merkwürdig ist nur, daß nach dem Baron und dem Grafen nun auch der Hofmarschall umgekommen ist. Ich hätte nicht gedacht, daß er auf diese Weise zu Tode kommen würde. Seine Gesundheit war wohl geschädigt. Da hatten die Ärzte recht. Aber daß er so schnell, so plötzlich sterben könnte, nein, das hätte ich nicht gedacht. Das widerspricht auch allen meinen Erfahrungen."

Als ich spät in der Nacht in mein Zimmer kam, fand ich meinen Schreibtisch aufgebrochen. Der Brief des Paters lag wie in Wut zusammengeknüllt auf dem Boden.

Leider konnte ich in der Nacht nichts mehr unternehmen.

Ich schlief nicht gut in dieser Nacht.

XVI

Zu spät

Ich habe mich, obwohl es schon spät war, noch nicht gleich zu Bett gelegt. Ich habe mir vielmehr in einigen Stichworten das Wichtigste von dem aufgeschrieben, was ich gehört und gesehen hatte. Später, als alles vorbei war, habe ich die Stichworte dann aus der Erinnerung ergänzt. Ich war mir sicher, daß ich am Morgen in der Frühe von meinem Wirte erfahren würde, wer sich an meinem Schreibtisch zu schaffen gemacht hatte, und dachte, daß ich vielleicht sehr schnell würde abreisen müssen. Wenn der Mörder den Brief gelesen hatte, war Maria in Gefahr. Alles drängte mich, unmittelbar aufzubrechen.

Nach einiger Überlegung sah ich aber ein, wie unvernünftig das wäre, solange ich nicht wußte, was in meinem Zimmer vorgefallen war. Auch scheute ich mich, meinen Wirt in der Nacht zu wecken.

Schließlich war ich durch die Aufregungen, die mir der Tag gebracht hatte, ermüdet. Wenn eine schnelle Heimreise notwendig würde, wäre es besser, in der Frühe, durch ein wenig Schlaf gestärkt, das Pferd zu satteln, als noch in der Nacht überstürzt und müde loszureiten. Abgesehen davon konnte ich so spät nicht mehr in die Residenz zu den Ställen gehen, um mein Pferd zu holen.

Ich versuchte einzuschlafen, sah aber immer wieder den Hofmarschall, wie er vom Stuhle sank, und dann den Friedstein, der doch hätte triumphieren müssen. Er hatte zuerst erstarrt da gestanden und war dann auf seinen Stuhl zurückgetaumelt, fast gefallen und hockte, über den Tisch gebeugt, da, ohne sich zu bewegen, bis ihn der Graf Balderung am Arm faßte, zum Aufstehen ermunterte und aus dem Keller führte wie einen alten Mann, der des Gehens kaum noch mächtig ist. Ich dachte an die Sage vom Mönchen von Heisterbach, der während eines Tages uralt geworden ist. Der Freiherr von Friedstein war in wenigen Minuten zu einem Greis geworden.

Ich bin dann doch noch eingeschlafen und später aufgewacht, als ich gehofft hatte. Mein Wirt war in der Backstube.

Er berichtete, am Nachmittag sei ein hoher Herr gekommen und habe mich sprechen wollen. Er habe diesen Herren in mein Zimmer geführt, wo er auf mich habe warten wollen. Das habe er sich aber bald wieder anders überlegt und sei weggegangen und habe gesagt, sein Besuch sei nicht so dringend. Er werde am nächsten Tag noch einmal kommen.

Er habe einen so hohen Herren, der auch ein guter Kunde sei, nicht mit Fragen molestieren wollen.

Auf die Frage, wer der hohe Herr gewesen sei, sagte er, das sei der arme Graf Balderung gewesen, der seinen Sohn und bald darauf auch seinen Bruder verloren habe.

In der Residenz erwartete mich der Kellermeister. Er war bereits in der Frühe bei seinem Bruder gewesen und hatte von dem Besuch des Balderung bei mir erfahren.

Er war zur Residenz geeilt, hatte mein Pferd holen und satteln lassen und rief mir jetzt schon aus einiger Entfernung zu:

„Der Balderung ist abgereist! Sehr früh am Morgen. Er hat seinen leichtesten Einspänner benutzt. Mit dem fährt er nur, wenn er schnell vorankommen will. Fast gar kein Gepäck hat er mitgenommen. Nur zwei Diener begleiten ihn. Er hat für die Reise seine drei besten Pferde ausgewählt.

Jedem, der es hören wollte und auch allen, die es nicht hören wollten, hat er gesagt, er wolle dem Fürstbischof die Nachricht vom Tode seines Hofmarschalls bringen. Deshalb wolle er so schnell wie möglich nach Bamberg reisen. Du weißt doch, der Fürstbischof ist zur Zeit in Bamberg.

Das haben ihm auch alle geglaubt; denn sie wissen, daß er selbst gerne Hofmarschall werden möchte.

Einer seiner Diener hat mir das gesagt.

Dieser Diener hat aber auch gehört, daß er durch den Spessart reisen wolle."

„Der Diener ist mir verpflichtet", fügte er etwas leiser hinzu, und dann noch: „Ich glaube, der Graf ist nach Wiesbaden und in den Rheingau gefahren", während ich aufsaß und mich zum Tor wendete.

„Du mußt dich eilen!", rief er mir nach, und dann war ich schon in der Stadt, auf der Mainbrücke und auf dem Wege in den Spessart.

Der Wald öffnete sich vor mir, der Wald, auf dessen Wegen ich so gerne wandere, der so manchen stillen, moosgepolsterten Platz bereithält für Leute, die einmal ganz allein sein wollen, und dessen Freundlichkeit Maria und ich schon oft und gerne angenommen haben.
Der Wald schien mir heute verwandelt.
Wie ein grünes Monster erschien er mir, das ich überwinden müsse, schnell und furchtlos.
Die riesenhaften Fichten rauschten hochmütig, als ob sie meinen Ritt für ganz töricht hielten, und die Buchen drohten mir mit ihren Ästen, solange der Wind sie belebte.

Der Graf Balderung also…
Wenn der Balderung meinen Brief gelesen hatte, war Maria in Gefahr. Dann mußte er tun, was er zu Friedstein auf der Treppe gesagt hatte, dann mußte er die Arbeit beenden, die er im Park zu Biebrich begonnen hatte. Denn wenn Maria erzählte, was sie über den Kutscher wußte, dann bekamen die Kutschenspuren, von denen der Amtskeller Bender erzählt hatte, eine ganz einfache und ganz schlimme Bedeutung. Dann waren das nicht die Spuren irgendeiner Kutsche, die irgendwann da gefahren war, dann waren das die Spuren der Kutsche, die den sinnlos betrunkenen Kutscher in den Park gebracht hatte.
Zwei waren notwendig gewesen, den Mord auszuführen. Einer, der die Kutsche gefahren hatte, die den Bruder des Grafen und Maria in den Park befördert hatte, und einer, der in einer anderen Kutsche den betrunkenen Kutscher brachte, der nach der Tat auf den Kutschbock gesetzt wurde, um alle die zu verwirren, die den Hergang der Tat rekonstruieren wollten.
Solange man nicht mehr wußte, als daß da ein betrunkener Kutscher war, konnten die Spuren einer zweiten Kutsche alles mögliche bedeuten.
Wahrscheinlich konnte man noch nicht einmal sicher sagen, daß es die Spuren einer zweiten Kutsche waren. Die erste konnte ja auch mehrere Spuren verursacht haben. Diese Spuren würden nie zu einem Mörder führen. Da konnte man die Verfolgung eines Mörders auch einstellen.
Solange man nicht mehr wußte.

Sobald aber Maria bezeugte, daß der Kutscher, der betrunken im Park erschienen war, gar nicht auf dem Kutschbock gesessen hatte, als sie in Wiesbaden die Kutsche bestiegen hatte, sobald sie das bezeugte, mußte jeder, auch der phantasieloseste Beamte, erkennen, daß da etwas nicht stimmen konnte, und daß der Tod durch den Pfeil ein Mord und sicher kein Unfall war.

Der Tote hatte auf seine Diener nicht geachtet. Er hatte auch nicht nachgeprüft, wer da auf dem Kutschbock saß. Maria aber hatte genau hingesehen, wem sie sich da anvertraute. Daß ihr die Trunkenheit nicht aufgefallen war, hatte nicht viel zu bedeuten. Geübten Trinkern merkt man ihre Trunkenheit oft nicht an.

Aber wenn sie wußte, wer sie nicht gefahren hatte, dann würde sie auch den erkennen, der sie gefahren hatte.

Sie mußte also schnell aus dem Weg geschafft werden.

Aber, dachte ich dann, wäre das nicht töricht, so überstürzt in den Rheingau zu fahren und Maria etwas anzutun? Wüßte dann nicht gleich jeder, wer für ihren Tod verantwortlich wäre, nachdem der Graf doch in meinem Zimmer gewesen war?

Aber wer hätte denn bezeugen können, daß er den Schreibtisch geöffnet hatte?

Wie hätte ich beweisen können, daß er den Brief geöffnet und gelesen hatte?

Konnte der Graf nicht mit gutem Grund annehmen, daß ich ihn auf dem Weg nach Bamberg glaubte?

Die falsche Fährte würde mich so lange aufhalten, daß Maria längst tot und der zukünftige Hofmarschall wirklich auf dem Weg nach Bamberg wäre, bis ich in Geisenheim endlich einträfe.

Wenn er dann mit Verspätung nach Bamberg kame, könnte er leicht eine Ausrede finden, einen Radbruch etwa oder einen Aufenthalt durch Wegelagerer oder etwas Ähnliches.

Ich wußte, daß nun alles von der Schnelligkeit und der Ausdauer meines Pferdes abhinge.

Ausdauer.

Ich mußte trotz aller Unruhe, die mich vorantrieb, auch einmal oder besser zweimal rasten. Vielleicht sollte ich besser dreimal

rasten; denn wenn das Pferd einmal richtig erschöpft wäre, könnte ich nicht damit rechnen, daß es sich so bald wieder erholen werde. So weit durfte ich es nicht kommmen lassen.
Ich beschloß, häufigere kurze Rastzeiten einzulegen und auf die Kräfte des guten Tieres zu achten.
Vielleicht könnte ich den Grafen trotz seines Vorsprunges noch einholen oder gar mit freundlichem Gruß an ihm vorbeireiten.
Es ist mir nicht gelungen.
Den ganzen Tag über und durch die Nacht bin ich geritten mit kurzen Unterbrechungen.
Seit meinem Besuch im Waldhaus hatte es nicht mehr geregnet.
Der Weg war leidlich befestigt.
Spessarträuber und Wegelagerer waren keine zu sehen. So hatte ich keinen Aufenthalt, den ich nicht selbst geplant hatte.
Trotzdem fing es bereits an, wieder hell zu werden, als ich durch Wiesbaden ritt. Ich machte mir nicht die Mühe, zum Schützenhof zu reiten, um zu sehen, ob der Verfolgte dort abgestiegen sei.
Ich ritt gleich weiter.
Dann sah ich den Rhein und hatte das Gefühl, jetzt könne noch alles gut werden, aber bis Geisenheim blieb der Graf vor mir.
In der Nähe von Leberleins Haus sah ich seinen Wagen.
Ihn selbst sah ich nicht.
Ich sprang vom Pferd und lief zum Haus.
Alles war noch ruhig, obwohl es schon spät am Vormittag war.
Niemand war zu sehen.
Die Knechte waren im Stall.
Meister Leberlein, wie ich später erfuhr, schlief noch, er war in der letzten Zeit etwas unpäßlich gewesen und hatte sogar das Bett hüten müssen.
Maria war, angestrengt von der Pflege, etwas länger im Bett geblieben.
Die Haustür war verschlossen.
Langschläfer, dachte ich, während ich nach hinten um das Haus herum lief; denn nur dort konnte der Graf unbemerkt ins Haus eindringen.
Da sah ich Oskar von der Straße her kommen, und zugleich hörte ich Grandpatte bellen, laut und böse.

Einer der Knechte kam aus dem Stall. Er war vor mir und verschwand schnell hinterm Haus, ohne sich nach mir umzusehen.
Ein Gartentürchen war mir im Wege. Während ich es öffnete, hörte ich den Knecht rufen:
„Herunter da, herunter mit dir, du mußt herunter!"
Grandpatte bellte, anscheinend von oben her, aus einem Fenster heraus.
Als ich um die Hausecke herumkam, sah ich die Leiter, die immer an der Scheuer lehnt, an die Hauswand gestellt, sodaß sie nun direkt zum offenen Fenster von Marias Stube führte, das einzige Fenster, das offen war, auch die Hintertür des Hauses war geschlossen.
Oben, auf der letzten Sprosse der Leiter stand der Graf Balderung, sich mit der Linken an der Leiter festhaltend, und versuchte, sich mit einem Dolch gegen Grandpatte zu wehren, der nach seinem Arm schnappte.
Der Knecht war zur Leiter gelaufen.
Er ruckte an der Leiter und schrie immer wieder: „Herunter, der muß herunter!"
Ehe ich noch eingreifen konnte, sah ich, wie Graf Balderung, wohl um einen besseren Halt zu finden, mit der linken Hand nach dem Fensterrahmen griff.
Im selben Augenblick muß der Knecht wieder an der Leiter geruckt haben.
Der Graf verlor das Gleichgewicht und stürzte ab.

Graf Balderung lag mit ausgebreiteten Armen und seltsam verdrehten Beinen auf dem Boden neben der Leiter. Eine venezianische Maske, weiß und mit langer Nase, war halb von seinem Gesicht gerutscht, aber nicht zu Schaden gekommen.
Der Graf bewegte sich nicht mehr. Mich zu ihm niederbeugend, konnte ich feststellen, daß er tot war.
In seiner rechten Hand hielt er noch einen Dolch umklammert.
Ohne zu überlegen, nahm ich ihm den Dolch aus der Hand und legte ihn in einiger Entfernung an die Hauswand, so daß der Tote nicht nach ihm hätte greifen können, wenn er wieder aufgewacht wäre.

Unterdessen war Oskar herangekommen. Er stand bei dem Knecht und redete auf ihn ein.
„Kann man sich überhaupt nicht auf euch verlassen?
Nur ein paar Stunden solltet ihr Wache halten.
Wo sind die anderen?
Wenn ihr getan hättet, was ich euch aufgetragen hatte, wäre dieser Mann gar nicht erst auf die Leiter gekommen."
Der Knecht hörte nicht auf ihn.
Er sagte nur immer wieder: „Er sollte herunter steigen, nicht fallen, nicht fallen sollte er, heruntersteigen. Ich hab' doch nur leise an der Leiter geruckt..."

Am Fenster sah ich jetzt Grandpatte, der seine Vorderpfoten auf die Brüstung gelegt hatte und nach unten schaute. Er wurde gleich darauf von Maria zur Seite geschoben.
„Karl!" sagte sie nur und hatte auch schon das Fenster wieder verlassen.
Dann stand Oskar hinter mir.
„Das ist doch der Graf, der vor ein paar Wochen nach dir gefragt, aber eigentlich Maria gesucht hat!
Was hat der hier gewollt?
Warum hat er die Maske aufgesetzt?
Wozu hatte er den Dolch?
Wie kann man nur mit einem Dolch in der Hand die Leiter hinaufklettern. Da kann man sich doch nur mit einer Hand festhalten."
Die Fragen konnte ich nicht alle auf einmal beantworten.
„Der Dolch ist ihm zum Verhängnis geworden. Als er oben am Fenster ankam, ist Grandpatte wahrscheinlich aufgesprungen und zum Fenster hingelaufen.
Mit einem Hund, dazu mit einem so großen Hund hatte er nicht gerechnet. Dann hat der Adam da, der Knecht, an der Leiter geruckt. Da hat er die Leiter vor Schreck losgelassen, um sich am Fensterrahmen festzuhalten. Das konnte nicht gut gehen: Mit der einen Hand den Dolch führen und mit der anderen Hand nach dem Fensterrahmen greifen. Dabei hat er das Gleichgewicht verloren, ist hinabgestürzt und hat sich beim Aufprall das Genick gebrochen."

Maria kam.
Sie lief zu mir.
Sie schaute nicht auf den toten Grafen und auch nicht auf den Dolch.
Sie wußte, welche Gefahr ihr gedroht hatte.
Wir umarmten uns.
Die anderen Knechte kamen.
Leute kamen.
Oskar war geschäftig.
Er stellte die Leiter zurück an die Scheuer.

Einer der Knechte wurde zu dem Bürgermeister geschickt. Der kam und war zuerst ungehalten, weil er wegen eines gewöhnlichen Einbrechers, dazu noch eines toten Einbrechers gerufen worden sei. Er habe Wichtigeres zu tun, als sich um tote Verbrecher zu kümmern.
Dann aber sah er die venezianische Maske, entdeckte den Dolch, dessen Griff mit Gold und Steinen reich verziert war, und wurde auf die feine Kleidung des Toten aufmerksam, die unter dem grauen Umhang hervortrat, den er über seine Schultern gelegt hatte.
„Der Graf Balderung ist von der Leiter gefallen und hat sich das Genick gebrochen", sagte ich.
Da änderte er seinen Ton.
„Welch ein Unglück!", rief er.
„Ein solcher Mann ist kein Einbrecher. Er hat vielmehr euer Haus vor einem Einbrecher bewahrt.
Ein Held ist das!
Es kann gar nicht anders sein.
Im Kampf hat er dem Einbrecher die Maske vom Gesicht gerissen und ist dabei abgestürzt. Der Einbrecher ist geflohen.
Ich werde sofort nach ihm suchen lassen."

Er betrachtete die Maske.
„Das ist eine Maske aus Italien, aus Venedig meine ich.
Der Einbrecher war also ein Italiener. Den werden wir bald gefunden haben."
Er wendete sich an Oskar und die Knechte.

„Ihr werdet den Toten mit allen Ehren auf einen Wagen laden und zur Kirche führen, wo er aufgebahrt werden soll, wie es ihm gebührt."
Nun wendete er sich an mich.
„Die Zeitungsleute werde ich selbst unterrichten und auch den Fürsten und die vornehmen Verwandten des Abgeschiedenen."
Er stolzierte davon.

So könne man das auch sehen, dachte ich und überlegte, wie sehr die Wahrnehmung der Dinge doch von unseren Wünschen beeinflußt wird. Die Tatsache, daß die Maske noch teilweise über dem Gesicht des Toten lag, hatte den Bürgermeister bei seiner souveränen Beurteilung der Tatsachen nicht gestört.
Von der Behörde war eine Aufklärung des Falles also nicht zu erwarten. Man würde eine Weile nach einem Italiener suchen, den es gar nicht gab, und dann irgendwann die Suche aufgeben und schließlich die ganze Angelegenheit vergessen, wenn nicht der Hof zu Würzburg etwas zur Aufklärung unternähme. Das aber konnte ich mir, nach allem, was ich erfahren hatte, auch nicht recht vorstellen. Wahrscheinlich würde man mit der Deutung des Falles, die der Bürgermeister gegeben hatte, zufrieden sein.

Plötzlich fühlte ich mich wie erschlagen. Ich glaubte, mich keinen Augenblick länger auf den Beinen halten zu können und setzte mich auf die Deichsel des Erntewagens. Maria setzte sich neben mich.
„Jetzt ist die Gefahr vorbei!", sagte ich.
Nach einer Weile fügte ich hinzu: „Du brauchst dir nun wirklich keine Vorwürfe mehr zu machen. Am Tode des Grafen im Schloßpark bist du völlig unschuldig."
Oskar rief die Knechte. Sie sollten ihm helfen, die Leiche auf einen Wagen zu heben.
Als er die Maske ganz vom Gesicht des Toten zog, neigte sich Maria plötzlich sehr nahe zu mir.
„Das ist der Kutscher!", flüsterte sie.

XVII

Wieviele Morde?

Das Rätsel war gelöst. Die griechischen Buchstaben, die harte Wurst, das Volksfest, der Wettkampf und das Pilzgericht genauso wie die Pfeile des Eros waren nicht mehr wichtig. Sie hatten uns nur in die Irre geführt, oder wir hatten uns mit diesen Dingen selbst in die Irre geführt. Es gab nur einen Mord, und der geschah aus Habgier und nicht etwa ausgelöst durch einen Streit von der Göttin Eris persönlich oder gar aus Rache. Graf Balderung hatte eine günstige Gelegenheit genutzt, seinen Bruder umzubringen und sich in den Besitz seiner Güter zu setzen.
Hatten nicht die Diener von Gütern gesprochen, die er geerbt hat?
Er hatte gewußt, daß sein Bruder nur Augen für sein schönes Opfer haben und ihn auf dem Kutschbock gar nicht wahrnehmen würde. Ein Komplize, vielleicht der junge Ammer oder ein anderer, den wir jetzt sicher nicht mehr finden würden, hatte dafür gesorgt, daß der richtige Kutscher sich betrunken hatte, und hatte den Trunkenen dann in einer zweiten Kutsche hinterher gefahren. Vielleicht hatte der Komplize gar nichts von der mörderischen Absicht gewußt, sondern an einen groben Scherz nach Art des Hauses geglaubt. Dann war er bestimmt heilfroh, wenn der Balderung nun tot war und über den Mord im Park nicht mehr gesprochen wurde.
Der Mörder war tot.
Vielleicht war es am besten so.

Keiner brauchte ihn mehr gefangen zu nehmen, zu richten und zu verurteilen. Rede und Gegenrede vor Gericht waren überflüssig geworden. Der Mörder hatte sich selbst gerichtet durch seinen übereilten Versuch, die einzige Zeugin auszuschalten, die ihm noch gefährlich werden konnte.
Er brauchte auch keine venezianische Maske mehr, die uns nur noch weiter in die Irre hätte führen sollen.
Das wollte ich Pater Anselm erklären.
Aber nicht jetzt.

Jetzt wollte ich zuerst einmal ausgiebig schlafen, sorgenfrei schlafen.
Maria war frei. Sie brauchte sich nicht mehr zu verstecken. Wir mußten sie nicht mehr bewachen.
Eigentlich schade, dachte ich, ich hätte sie auch gerne eine Weile bewacht.
Ich ging also ins Haus und begrüßte Herrn Leberlein, der noch immer im Bett liegen mußte, der aber bereits deutliche Schritte auf dem Weg zur Genesung gemacht hatte.
Grandpatte hatte seinen Posten verlassen, hatte mich auf seine Weise eher gemessen begrüßt und wurde von Maria mit Leckereien für seinen erfolgreichen Wachdienst belohnt.
Dann bin ich in mein Institut gegangen und habe mich ins Bett gelegt.
Maria hat mich bis zum Institut begleitet und ... aber das hat nun mit der Aufklärung des Mordfalles nichts mehr zu tun.

Am nächsten Tag sind wir dann durch die Weinberge hinauf zum Kloster gegangen, um Pater Anselm aufzusuchen.
Er hat uns schon erwartet, weil Oskar ihm den Teil der Mordaufklärung, den er selbst miterlebt hatte, ausführlich geschildert und dabei natürlich auch meine Rückkehr erwähnt hatte.
Der Pater hatte auf der Terrasse über den Weinbergen Tisch und Stühle aufgestellt und eine Flasche Riesling in den Schatten gelegt.
Ich genoß es, wieder zu Hause zu sein, Maria bei mir zu haben und mit ihr und Pater Anselm über meine Erfahrungen sprechen zu können. Ich hatte das Gefühl, ich könnte meiner Beurteilung des Mordfalles erst dann vertrauen, wenn ich sie ihnen vorgetragen hätte, ohne von ihnen Widerspruch zu erfahren.
Ich erzählte, wie ich mir den Mord vorstellte, den Mord des Grafen an seinem Bruder. Ich begann damit, daß ich dem Pater erklärte, wie Maria den mörderischen Grafen als den Kutscher erkannt hatte, der sie von Wiesbaden nach Biebrich gefahren hatte und den sein Bruder nicht erkannt hatte.
„Er mußte nicht befürchten, daß ihn sein Bruder erkennen werde, denn er wußte, wie wenig der auf dienstbare Geister achtete, und selbst wenn er ihn erkannt hätte, wäre das nicht

weiter schlimm gewesen, dann hätte er seine Kutscherei als einen Scherz ausgegeben und seinen Mordplan verschoben. Für den trunkenen Kutscher hätte er leicht eine Erklärung gefunden. Vielleicht hätte er sogar gesagt, er hätte das alles nur gemacht aus Besorgnis um seinen Bruder, dem er damit hätte deutlich machen wollen, wie nützlich es sei, auf den Kutscher zu achten.
Maria wollte er umbringen, weil sie die einzige war, die ihm hätte gefährlich werden können. Das Gerede von einer zweiten Kutsche, in das der Herr Bender eingestimmt hat, konnte ihm nichts anhaben, schon weil es einen sicheren Beweis für die Anwesenheit einer zweiten Kutsche gar nicht gab, weil keiner sagen konnte, wann diese zweite Spur entstanden war.
Das hatte er schon vor dem Mord wohl bedacht.
Der Beweggrund war Habgier. Er wollte die Güter seines Bruders mit den seinigen vereinen.
Die beiden anderen Todesfälle haben mit Mord nichts zu tun.
Der Graf Balderung war nicht in Randersacker und konnte also den Baron Wetterstetten gar nicht umbringen. Man kann doch nicht annehmen, daß er von Wiesbaden aus eine harte Wurst in das Wettessen praktiziert haben könnte. Also für einen Mord in Randersacker kommt er nicht in Frage. Das war schlimmstenfalls ein Scherz und wahrscheinlich eine fehlerhafte Wurst.
So etwas kann sicher vorkommen.
Der Ritter Querfeld, der ein aufrechter und sehr ernsthafter Mann ist, war sicher selbst am meisten erschrocken über den Ausgang des lustigen Wettkampfes.
Im Keller in Würzburg war Balderung zugegen, aber ich habe ihn ständig beobachten können, nur während unseres Spaziergangs im Hofgarten habe ich ihn aus den Augen verloren. Das hat er genutzt, um mein Zimmer zu besuchen und den Schreibtisch aufzubrechen.
Sowohl während des Essens als auch während des Trinkens waren die Beobachter, zu denen auch Graf Balderung gehörte, so weit vom Tisch der Wettkämpfer entfernt, daß es ihnen nicht möglich gewesen wäre, irgendetwas in deren Schüsseln oder Gläser zu schütten.
Querfeld und Friedstein kommen für Morde gar nicht in Frage, weil sie weder in Wiesbaden noch in Mainz waren, als der

Bruder des Grafen ermordet wurde. Ich sage das nur der Vollständigkeit halber, denn Balderung hat sich durch seinen Mordversuch an Maria selbst als der Mörder verraten.
Was die harte Wurst betrifft, so mag es noch Zweifel geben, ob sie vielleicht ein uns bis jetzt noch Unbekannter unter die Würste für den Wettkampf geschmuggelt und so vielleicht unwillentlich den Tod des Wetterstetten verursacht hat.
Bei dem Wettkampf im Hofkeller kann es keine Zweifel daran geben, daß der Tod des Hofmarschalls auf einen Unfall oder eine gesundheitliche Schwäche zurückzuführen ist.
Die Ärzte hatten ihn schließlich gewarnt. Das hat er selbst gesagt.
Wenn es ein Mord gewesen sein sollte, dann könnte es nur ein Mord durch Gift gewesen sein. Ein Giftmord ist aber nicht möglich.
Von allem, was der Hofmarschall gegessen hat, hat auch der Freiherr von Friedstein gegessen, und getrunken haben sie beide guten fränkischen Wein. Der Kellermeister und ich haben den Rest im Glase des Hofmarschalls prüfen können. Abgesehen davon hätte der sicher zuerst etwas gesagt, wenn der Wein irgendeinen Beigeschmack gehabt hätte. Der Wein war so fein und charaktervoll, daß ein Weinkenner auch den Hauch eines Beigeschmacks hätte bemerken müssen.
Da die beiden anderen Todesfälle nicht durch Mord bewirkt wurden, brauchen wir uns um Beweggründe nicht zu kümmern."
Von der Bemerkung des Kellermeisters, daß der Tod des Hofmarschalls außerhalb seiner Erfahrungen liege, sagte ich nichts.
Ich lehnte mich zurück und betrachtete meine beiden Zuhörer. Maria schien mir mit allem einverstanden, was ich gesagt hatte. Sie hatte, während ich sprach, immer wieder einmal genickt und mir zugelächelt. Pater Anselm hatte manchmal Luft geholt, als ob er etwas sagen wolle, ich hatte aber so getan, als ob ich das nicht sähe. So hat er die Luft wieder seinen Lungen entströmen lassen und nichts gesagt.
Auch jetzt sagte er eine Weile nichts. Als ich aber Anstalten machte, meinen Worten noch etwas hinzuzufügen, bemerkte

er: „Die Ärzte hatten ihn gewarnt, zuviel Wein zu trinken!“
Er las meine letzten Aufzeichnungen aus Würzburg, schüttelte den Kopf und sagte: „Merkwürdig ist, daß es der Kellermeister merkwürdig fand, wie schnell die drei Männer, der Baron Wetterstetten, der jüngere Bruder des Grafen Balderung und der Hofmarschall, nacheinander zu Tode gekommen sind. Er hat dir doch auch etwas über eine Freundschaft dieser drei gesagt, die zuletzt aber nicht mehr so eng gewesen sei.
Ich weiß nicht, ob wir so schnell annehmen sollen, allein der Tod des Bruders des Grafen sei durch einen Mord herbeigeführt worden. Wir sollten einmal überlegen, welche Verbindung zwischen den drei Todesfällen bestehen könnte.“
„Ich weiß aber, daß der Hofmarschall nicht ermordet worden ist!“
„Kannst du dir da so sicher sein?“
„Ich habe es doch gesagt. Ich habe alles genau beobachtet!“
„Laßt uns doch noch einmal überlegen, ob der Hofmarschall nicht doch ermordet worden sein könnte.“
Er beugte sich vor und schaute mich an.

Maria hörte gespannt zu. Sie hatte ihr Glas schon angehoben, um zu trinken, stellte es nun aber auf den Tisch zurück.
Wie hätte wohl bei einem solchen Wettkampf unter den Augen von fünf Beobachtern ein Mord verübt werden können?
„Wir sind uns einig, wenn es ein Mord gewesen sein soll, dann muß Gift benutzt worden sein.“
Pater Anselm sah uns an.
Wir nickten.
„Karl hat gesagt, beide Wettkämpfer hätten dasselbe gegessen und getrunken. Sie hätten Kartoffeln, Fleisch und Pilze gegessen, und später beide Wein getrunken.
Er hat die Schüsseln, die aus der Küche kamen, gesehen und hat gesehen, wie die Speisen auf die Schüsseln verteilt wurden.
Sie haben also beide sicher dasselbe gegessen.
Aber haben sie auch beide Wein getrunken?“
„Natürlich!“, rief ich. „Ich habe es doch gesehen. Der Schenk hat aus derselben Kanne beiden den Wein ausgeschenkt.“
„Hat er das?

Den Rest im Glase des Hofmarschalls konntest du prüfen. Aber das Glas des Freiherrn war doch in tausend Stücke zersprungen und auch noch von einem gnädigen Fuß zertreten worden.“

Er wartete, ob ich etwas sagen werde.

Ich blieb still.

„Du weißt also nicht, was im Glase des Freiherrn war?“

„Doch darin muß auch Wein gewesen sein.

Beide haben Wein getrunken.

Ich habe genau beobachtet, daß der Freiherr das getrunken hat, was er im Glase hatte. Ich habe gesehen, wie das Glas vor ihm stand, und wie er es zu seinem Munde führte, daraus trank und dann wieder hinstellte. Das haben wir alle gesehen.

Der Schenk hat beiden Kämpfern denselben Wein eingeschenkt.

Aber was kümmern wir uns um das, was der Freiherr getrunken hat.

Der Freiherr lebt!“

Auf meine letzten Worte ging Pater Anselm nicht ein.

Er sagte nur einfach:

„Ich habe mir überlegt, wie es möglich sein könnte, daß der Freiherr etwas anderes getrunken hätte als der Hofmarschall, und habe mir dabei noch einmal alles ins Bewußtsein gerufen, was du mir erzählt hast, über deine Erfahrungen in Biebrich und deinen Besuch in Mainz und habe dann noch gelesen, was du über den Wettkampf geschrieben hast.

Dabei ist mir aufgefallen, was du über den Schenken geschrieben hast. Du hast geschrieben, der Schenk hätte dich an jemanden erinnert, du wüßtest aber nicht an wen. Ich bin froh, daß du alles so sorgfältig notiert hast. Versuche nun, ihn dir noch einmal vorzustellen: ein hageres Gesicht, wahrscheinlich eine schlanke, messerrückenscharfe Nase...“

Ich nickte.

„Jetzt denke dir einmal diese Nase dick und unförmig, blaurötlich schimmernd, dazu eine rote, schellenbesetzte Jacke und weite Hosen.“

„Natürlich, das war es!“, rief ich da.

„Die Nase hat mich gestört. Sie hat mich schon gestört, als ich sie zum ersten Mal gesehen habe. Sie hat nicht in sein Gesicht gepaßt!“

Als ich nun nach Pater Anselms Hinweis das Gesicht des Schenken in meiner Vorstellung mit einer dicken Nase verunzierte, erkannte ich den Zauberer, den ich in Mainz gesehen hatte.

„Der Zauberer vor dem Dom in Mainz, der Mann mit der Zauberkanne! Da war ein Zauberer in Mainz“, sagte ich, zu Maria gewendet, „der hat aus einer Kanne den Leuten verschiedene Flüssigkeiten ausgeschenkt.“

„Das ist ein ganz alter Trick. Die Zauberkanne hat man schon im Altertum gekannt, Heron oder Ktesibios hat sie erfunden!“ Pater Anselm hatte das eingeworfen.

„Aber was soll das bedeuten? Hat etwa der Hofmarschall Wein getrunken und der Freiherr das Gift? Das ergibt doch gar keinen Sinn. Der Hofmarschall ist doch gestorben! Oder soll der Freiherr Wasser oder Apfelsaft getrunken haben, um den Wettkampf zu gewinnen? Dann wäre es vielleicht ein Betrug, aber immer noch kein Mord gewesen.“

„Richtig!“, sagte der Pater.

„Aber wenn wir nun ein wenig die Logik bemühen, müssen wir zugeben, daß wir einen Giftmord nur dann ausschließen können, wenn wir alle Möglichkeiten, einem der Wettkämpfer ein Gift einzugeben, ausgeschlossen haben.

Das haben wir noch nicht!“

Wir sahen ihn beide sehr verwundert an.

„Ja doch“, fuhr er fort, „Wir haben bisher nur bedacht, daß einer der Wettkämpfer entweder in seinem Essen oder in seinem Getränk ein Gift bekommen haben könnte.

Wir haben aber noch nicht bedacht, daß beide zwar vorzügliche und wohlbekömmliche Speisen und Weine oder - was den Freiherrn betrifft - vielleicht Säfte zu trinken bekamen, daß aber eine Speise dabei gewesen sein könnte, die späteren Weingenuß gefährlich machen kann, und dies besonders für Leute, die ohnehin bereits an ihrer Gesundheit Schaden gelitten haben.“

„Deine häufige Erwähnung eines Pilzgerichtes hat mir schon gleich nicht gefallen, lieber Karl, und ich habe mich mit Bruder

Hubertus, unserem Waldbruder, der sich gut mit Pilzen auskennt, ausführlich unterhalten. Wir haben uns überlegt, wie man jemanden mit Pilzen ermorden könne.
Die übliche Methode wäre wohl, einem mißliebigen Menschen den Knollenblätterpilz, amanita verna, ins Essen zu mischen. Das geht aber nicht, wenn der Mörder selbst aus derselben Schüssel ißt.
Wir haben also die Idee eines Mordes durch ein Pilzgericht wieder aufgegeben. Vorgestern aber kam der Waldbruder noch einmal zu mir und sagte, es gebe da doch noch eine Möglichkeit, die allerdings den meisten Menschen wohl unbekannt sei. Es wachse in unseren Wäldern ein Pilz, den sie den grauen Faltentintling nennen, weil man wohl aus den älteren Exemplaren dieses Pilzes eine Tinte gewinnen könne. Wenn man den esse und danach Wein trinke, dann führe das zu schrecklichem Unwohlsein. Bei Leuten mit einem schwachen Herzen könne es sogar den Tod zur Folge haben.
Der lateinische Name dieses Pilzes ist coprinus atramentarius.
Denselben Namen finde ich nun in deinen Aufzeichnungen.
Ich kenne deine Vorliebe für seltsame Worte. Deshalb hast du dir den Namen coprinus atramentarius wohl gemerkt und aufgeschrieben."
„Wenn das so wäre, dann müßte der Freiherr der Mörder sein. Der Graf Balderung konnte den Pilz ja nicht in das Pilzgericht hineinschaffen. Der versteht wahrscheinlich auch nichts von Pilzen. Aber warum war der Freiherr dann am Ende des Wettkampfes seelisch dem Zusammenbruch nahe?
Wenn er wirklich der Mörder wäre, hätte er doch triumphieren müssen."
„Wir wissen noch nicht, warum das alles geschehen ist. Die reine Habgier können wir doch wohl nicht mehr als einen Beweggrund gelten lassen, wenn auch der Hofmarschall ermordet wurde. Weder der Graf Balderung noch der Freiherr konnten von ihm etwas erben.
Der Hofmarschall hat, wenn du den Anschlag im Treppenhaus der Residenz richtig eingeschätzt hast, gewußt, daß ihm der Freiherr nach dem Leben trachtete. Beide waren der griechischen Sprache soweit mächtig, daß sie Eros und Eris lesen und

unterscheiden konnten. Das bedeutet, die Änderung des Buchstabens war an den Hofmarschall gerichtet. Der Freiherr war also, wenn auch nicht körperlich, so doch geistig an dem Mord im Park beteiligt."

Wir saßen eine Weile stumm zusammen, und jeder überlegte wohl, welchen Beweggrund es geben könne, die drei Männer zu töten, den Hofmarschall, den Grafen und den Baron.
Dann stand Pater Anselm auf, ging zum Geländer, das die Terrasse zum Rebenhang hin abschloß, lehnte sich dagegen und schaute hinunter zum Rhein.
„Laßt uns doch noch einmal darüber nachdenken, was die drei Morde gemeinsam haben", sagte er schließlich, sich zu uns zurückwendend.
„Der Mörder hat jeweils eine günstige Situation genutzt. Das stimmt. Genauso hat der Hofmarschall auf dem Treppenabsatz gehandelt. Aber im Gegensatz zu dem Vorfall im Treppenhaus, bei dem die günstige Situation zufällig entstanden ist, wurden die günstigen Situationen bei den Morden entweder herbeigeführt, das Wettessen bei dem Volksfest in Randersacker oder der Wettkampf im Keller, oder die günstige Situation war bekannt, schon häufiger eingetreten und würde mit Sicherheit wieder eintreten, das Liebesspiel mit den Pfeilen des Eros. Die Morde waren raffiniert geplant und machten jeweils Gebrauch von einer Schwäche oder besonderen Begierde der Opfer. Bei Wetterstetten war es die Lust am Essen und Trinken, vielleicht sollte ich sagen, am Fressen und Saufen. Bei dem Bruder des Grafen waren es die erotischen Phantasien und bei dem Hofmarschall die Lust am Trinken, die gepaart war mit Dünkel und mit dem Bedürfnis, andere zu beherrschen, als der Beste erscheinen zu wollen und bewundert zu werden.
Wenn auch die Morde vielleicht jeweils von einem anderen ausgeführt wurden, geplant hat sie nur einer.
Warum aber, warum, warum!"
Maria stand auf.
„Wie sollen wir das herausfinden? Können wir nicht zufrieden sein damit, daß es für uns trotz allem noch gut ausgegangen ist, und die ganze Geschichte ruhen lassen?"

Sie stellte sich hinter mich. Ich merkte, daß sie gehen wollte. Nach all den Wochen im Ungewissen war sie dankbar dafür, nun endlich von Furcht befreit zu sein und zu wissen, daß sie selbst keinen Teil an dem Tode des unglücklichen Grafen gehabt haben konnte. Sie machte sich wahrscheinlich noch immer Vorwürfe, weil sie mit ihm gefahren war. Aber das würden wir ihr ausreden können. Wohin sollte es führen, wenn man noch nicht einmal mehr das Angebot eines hochgestellten Weinkunden annehmen konnte, ein Stück Weges mit ihm zu fahren? Schließlich hatte auch Meister Leberlein nichts dabei gefunden.

„Ich habe da eine Idee!", sagte der Pater, ohne auf Marias Bemerkungen einzugehen. „Der Kellermeister hat einige deiner Fragen unbeantwortet gelassen oder nur Andeutungen gemacht, ohne seine Meinung näher auszuführen.

Womit hat sich der Hofmarschall unbeliebt gemacht?

Warum war die Freundschaft der drei Ermordeten nicht mehr so eng wie zu einer früheren Zeit?

Was ist da geschehen, das die Freundschaft beeinträchtigt hat?

Warum fand er es merkwürdig, daß gerade diese drei Männer zu Tode gekommen sind?

Warum konnte er nicht verstehen, daß sich der Freiherr auf einen Trinkwettkampf mit dem Hofmarschall eingelassen hat?

Das können wir nur erfahren, wenn wir dem Kellermeister schreiben und ihn bitten, diese Fragen zu beantworten. Ich glaube, dann können wir die rätselhaften Todesfälle ganz aufklären."

Und zu Maria gewendet fügte er hinzu: „Ich werde erst dann wirklich ruhig schlafen können, wenn ich die Morde ganz aufgeklärt habe und auch den Beweggrund kenne, der zu den Morden geführt hat!"

Als wir durch die Weinberge nach Geisenheim hinuntergingen, meinte ich: „Vielleicht hat er recht. Auch für uns beide wird es besser sein, diese Morde ganz zu erkennen."

Maria sagte nichts, aber ich spürte, wie sie meinen Arm fester in den ihren nahm.

XVIII

Die Antwort des Kellermeisters

Ein paar Tage später, gegen Abend, wir standen in der Kelterhalle und waren gerade mit den Vorbereitungen für die Weinlese fertig geworden, Maria hatte die Traubenbütten noch einmal gereinigt und für die Leser zurechtgestellt, ich hatte das Seil für die Spindel der großen Preßkelter erneuert, da kam Pater Anselm eiligen Schrittes auf den Hof und winkte uns schon von weitem mit einem Papier.

Er hatte die Antwort des Kellermeisters erhalten.

„Du hast den Schlüssel zur Aufklärung der Mordfälle in Würzburg schon bekommen."

Er nahm sich nicht die Zeit, uns zu begrüßen, sondern zog uns beide zu einer Bank, auf die wir uns rechts und links neben ihn niedersetzen mußten. Dabei redete er lauter, als sonst seine Gewohnheit war, auf uns ein.

Der Brief hatte ihn aufgeregt.

„Ich ärgere mich nun, daß ich das nicht gleich erkannt habe. Wir hätten deine Aufzeichnungen aufmerksamer lesen müssen. Erinnere dich an den Vorfall im Hofgarten, an das Kind, das in den Teich gefallen ist!"

„Die kleine Melanie, über deren Namen der Freiherr gelacht hat?"

„Ja, das zeigte, daß der Freiherr der griechischen Sprache mächtig ist.

Das meine ich aber nicht.

Ich meine, was er gesagt hat. Ich habe in deinem Brief noch einmal nachgelesen. Er hat gesagt, Kinder seien das Wertvollste, was Eltern hätten, und die Magd solle einmal darüber nachdenken, ob derjenige, der durch Nachlässigkeit den Tod eines Kindes verursache, besser behandelt werden dürfe als einer, der den Tod bewußt verursache."

Er hielt ein wenig inne.

„Und jetzt erinnere dich an die Geschichten, die der Kellermeister dir erzählt hat, die Geschichten, die von den groben Scherzen am Hofe zu Würzburg handelten. Die meisten betrafen den Peter Prosch, den Handschuhverkäufer und Hofnarren, eine aber betraf einige junge Leute, die in den Tod geführt wurden durch Nachlässigkeit oder im Übermut."

„Die Edelknaben, die so viel Wein trinken mußten, daß einige von ihnen an einem hitzigen Fieber erkrankten und gestorben sind?

Meint ihr die?

Aber was sollen sie mit den Morden zu tun haben?"

„Wer hat denn die Knaben dazu gezwungen, soviel zu trinken, mehr zu trinken, als sie vertragen konnten?

Der Hofmarschall!

Und wer werden wohl seine Freunde gewesen sein, die da eifrig mitgemacht haben? Der Kellermeister hat dir doch gesagt, wer seine Freunde waren!

Der Baron Wetterstetten und der jüngere Graf Balderung, der im Park ermordet wurde.

Es ist doch nicht verwunderlich, daß die Freundschaft dieser drei nach dem unglückseligen Ausgang der Sauferei der Edelknaben nicht mehr so eng war wie vorher.

Ich glaube schon, daß die drei alle ein robustes Gewissen hatten. Aber bei einer solchen Katastrophe, ich nenne es eine Katastrophe, bei einer solchen Katastrophe also bleiben Vorwürfe nicht aus. Ich denke, daß sich die drei auch gegenseitig Vorwürfe gemacht haben. Die waren zwar nicht geeignet, ihre Freundschaft ganz zu ruinieren, aber ein wenig wurde sie beschädigt.

So schreibt es auch der Kellermeister. So erklärt er sich, warum die Freundschaft der drei nicht mehr so eng war wie in früheren Zeiten. Wenn er auch gegenseitige Vorwürfe nicht gehört hat, so hat er doch bemerken können, daß die Freundschaft der drei Herren nach dem Tod der Edelknaben in eine Krise geraten ist. Dann schreibt er noch, wie sich der Hofmarschall besonders unbeliebt gemacht habe, habe er von einem der überlebenden Edelknaben gehört, der dabei gewesen sei, wie der Hofmarschall mit den Eltern der toten Pagen gesprochen habe. Dabei habe der Hofmarschall gesagt, sie sollten sich nicht so aufregen, die seligen Pagen seien den so hochgerühmten Tod für's Vaterland gestorben; denn in einem despotischen Staate heiße 'für seinen Fürsten sterben' soviel wie 'für das Vaterland sterben'. Als Hofmarschall aber stehe er selbst an der Stelle des Fürsten. Dann habe er einen Vers des berühmten Hanns Sachs zitiert. Der lautet:

„Der Schenke füllt das Glas, bis daß es überlauft.
Der Fürst gebeut; der Page sauft,
Und stirbt, den Becher in der Hand,
Den süßen Tod für's Vaterland.
...und gelacht habe er."

„Ein schrecklicher Vers!", rief Maria.
„Aber wer war der Mörder? Wenn ich das alles richtig verstanden habe, könnte der Tod der Pagen ein Beweggrund für einen Mord an denen sein, die für diesen Tod verantwortlich waren. Der Hofmarschall und seine Freunde hätten auf den Kellermeister hören sollen. Der hat doch vor den Folgen gewarnt, die es haben könne, wenn man zuviel trinke.
Wahrscheinlich wollten die Eltern der Pagen den Tod ihrer Kinder an denen rächen, die sie zum übermäßigen Trinken verleitet haben."
Zum übermäßigen 'Trinken', dachte ich, sie will das Wort saufen nicht in den Mund nehmen.
„Wer sind die Eltern der Pagen?"
„Die Väter!" sagte Pater Anselm. „Die Väter haben die Rache ins Werk gesetzt. Wie weit die Mütter beteiligt waren, weiß ich nicht.
Ihr erinnert euch, daß der Kellermeister gar nicht verstehen konnte, daß der Freiherr mit dem Hofmarschall um die Wette saufen wollte. Jetzt wissen wir, warum er das nicht verstehen konnte.
Der Freiherr ist der Vater eines dieser Pagen. Zu Karl hat er gesagt, sein Sohn habe den Tod für das Vaterland erlitten. Ein bitteres Wort war das, von einem tief verletzten Vater gesagt.
Karl konnte das nicht wissen, als er es hörte.
Warum er das so gesagt hat?
Vielleicht dachte er, wenn Karl später einmal erführe, warum der Hofmarschall ermordet worden sei, und wer ihn ermordet habe, dann sollte er die ganze Wahrheit kennen."

Maria überlegte: „Wenn ich nicht wüßte, daß der Hofmarschall durch das Trinken umgebracht werden sollte, könnte ich auch nicht verstehen, warum der Freiherr mit ihm um die Wette trinken wollte.
Ich könnte schon nicht verstehen, daß er überhaupt mit ihm getrunken hat. Für den Hofmarschall hatte es vielleicht einen besonderen, unheimlichen Reiz, den Freiherrn nach dem Tode seines Sohnes zum Trinken einzuladen. Er konnte sich ihm überlegen fühlen, wenn dieser darauf einginge. Der ist aber nur deshalb auf diese Einladung eingegangen, weil er den Hofmarschall umbringen wollte, und weil er dachte, es sei der passende Tod für ihn, wenn er durch Trinken umkomme.
So hat er den Hofmarschall immer wieder gereizt, um einen Vorwand für den Wettkampf zu finden.
Auch der Tod des Barons und der des Grafen waren passende Tode. Sie sind durch eine übermäßige Begierde umgekommen. Zu übermäßiger Begierde hatten sie die Pagen aufgehetzt."
„Aber kann man das überhaupt einen Mord nennen, wenn sich einer durch seine Gier selbst umbringt?", fragte ich da.
„Der Hofmarschall hätte doch aufhören können zu trinken, als er spürte, wie es ihm übel wurde. Vielleicht wäre er dann gar nicht gestorben.
Der Baron Wetterstetten hätte die Wurst doch nicht zu schlingen brauchen. Kein vernünftiger Mensch schlingt eine Wurst einfach so hinunter. Hätte er die Wurst anständig gegessen, dann wäre ihm die harte Stelle aufgefallen. Die hätte er doch einfach in Stücke schneiden können. Vielleicht hat er durch sein Schlingen ohnehin gegen die Regeln des Wettkampfes verstoßen. Es hieß schließlich nicht Wettschlingen sondern Wettessen.
Die haben sich doch beide selbst umgebracht. Von dem Mörder wurde ihnen nur eine günstige Gelegenheit dazu geboten."
„Aber der Bruder des Grafen Balderung hat sich nicht selbst umgebracht. Maria hat ganz deutlich gespürt, wie ihr Arm angestoßen wurde, wenn sie das auch nicht richtig erkannt hat, weil sie einen Menschen, der das hätte tun können, nicht entdecken konnte, und deshalb meinte, sie sei gegen etwas gestoßen.

Der Graf hat ihren Arm angestoßen.
Das war Mord!“
Pater Anselm zögerte: „Freilich, wenn ich jetzt darüber nachdenke, will mir scheinen, daß auch dieser Mord nicht als ein so plumper Mord geplant war.
Ich habe doch, als wir das letzte Mal darüber sprachen, gesagt, die Morde seien vielleicht von verschiedenen Leuten ausgeführt worden, geplant aber habe sie nur einer.
Wenn der Graf Maria nur leicht berührt hätte, wäre sie vielleicht so erschrocken, daß sie den Pfeil losgelassen hätte.
Da der Gegenzug Marias, die sich weigerte, die Brust des Grafen zu ritzen und den Pfeil von seiner Brust weggezogen hat, plötzlich weggefallen wäre, hätte sich der Graf, der den Pfeil zu seiner Brust zog, selbst eine Wund beigebracht, die vielleicht tödlich gewesen wäre. Dann hätte auch er sich durch seine seltsame Begierde selbst das Leben genommen. Dann hätten alle drei Morde diese Gemeinsamkeit gehabt, daß sie nämlich Handlungen gewesen wären, die nur dann zum Tode geführt hätten, wenn der Ermordete selbst entscheidend mitgewirkt hätte.“
„Also einer hat die Morde geplant, aber nicht einer allein hat sie alle ausgeführt!“, sagte ich nach einer Weile.
„Der Balderung hat seinen Bruder erstochen.
Der Balderung hat den Schenken mit der Zauberkanne beigeschafft und so den Mord beim Wettrinken ermöglicht.
Der Freiherr hat die Pilze gesucht und gekocht. Er hat den Hofmarschall vergiftet. Wahrscheinlich hat auch er die Idee gehabt, Eros in Eris zu verwandeln, vielleicht um den Hofmarschall zu erschrecken.
Aber keiner von beiden war in Randersacker.
Wenn das auch ein Mord gewesen sein soll, brauchen wir drei Mörder oder einen ganz anderen Mörder.
Wir wissen also immer noch nicht, wer die oder der Mörder sind!“
„Ach ja, natürlich“, Pater Anselm entfaltete den Brief, „die Pagen, die durch Saufen zu Tode kamen, waren der einzige Sohn der Ritters von Querfeld, der einzige Sohn des Grafen Balderung und der einzige Sohn des Freiherrn von Friedstein.“

„Die drei also!“, murmelte ich, „Und jeder hat einen umgebracht.
Und der junge Ammer?
Vielleicht hat der doch den Zauberer mit der Kanne aus Mainz mitgebracht.“
„Das mag wohl sein. Ich nehme an, daß er so manches wußte oder wenigstens geahnt hat. Aber daß er bewußt die Hand zur Ermordung des Vaters seiner Liebsten gereicht haben soll, das kann ich mir nicht denken. Der Hofmarschall war ihm im Wege, aber einen unwilligen Vater ermordet man doch nicht!“
Er sah uns an und lächelte.
„Den versucht man zu überzeugen. Und wenn das lange dauert, muß man sich eben in Geduld fassen. Es gibt doch viele Möglichkeiten, sich die Zeit dabei zu verkürzen.“

Maria ging auf seinen Ton nicht ein.
„Also, der Ritter Querfeld hat den Wetterstetten umgebracht oder veranlaßt, sich selbst das Leben zu nehmen. Der Freiherr hat diese Gelegenheit dem Hofmarschall geboten, und der Graf Balderung hat seinen unnützen Bruder erstochen.
Ich verzeihe ihm, daß er mir aus Angst vor der Entdeckung nachgestellt hat. Er wäre wohl gar nicht auf den Gedanken gekommen, mich ermorden zu wollen, wenn wir nicht versucht hätten, den Mord aufzuklären.
Er ist übrigens am meisten in Versuchung geführt worden. Die beiden anderen mußten abwarten, ob ihr Opfer sich selbst umbringen würde. Er hatte die Möglichkeit gehabt zuzustoßen. Dieser Versuchung konnte er nicht widerstehen.
Ich weiß nicht, ob ich das gekonnt hätte in seiner Lage.“

Als wir aus dem Kelterhaus hinaus auf den Hof traten, ging gerade die Sonne unter. Sie warf ihre letzten Strahlen auf eine friedvolle Welt.

Anmerkungen zum geschichtlichen Hintergrund

(Seite 9)
Horaz, 65–8 v. Chr., Quintus Horatius Flaccus, einer der bedeutendsten römischen Dichter.

(Seite 10)
Balthasar Neumann. 1687–1753, Artillerieoffizier und Baumeister, 1719 fürstbischöflicher Baudirektor in Würzburg, 1720 Beginn des Baus der Residenz, gilt als der bedeutendste Baukünstler des 18. Jahrhunderts.

(Seite 14)
Fürst von Nassau, genauer Fürst Carl Wilhelm von Nassau-Usingen, Regierungszeit 1775–1803

Giovanni Battista Tiepolo. 1696–1770, Maler, gilt als der letzte überragende Meister der venezianischen Kunst, schuf 1750 – 1753 die Fresken im Kaisersaal und im Treppenhaus der Residenz in Würzburg.

(Seite 18)
Plötzlicher Tod. Baron Wetterstetten starb sehr plötzlich. Der Tod trat ein durch schockartigen, reflektorischen Herzstillstand und Kreislaufversagen bei Kehlkopfverlegung durch einen kompakten Fremdkörper, das harte Wurststück. Man nennt diesen Tod Bolustod.

„Das Fuchs-Brellen". Nürnberg, um 1710/20.
Germanisches Nationalmuseum Nürnberg. Foto: Museum / HB 24518

(Seite 57)
Das „Fuchsprellen". Das Prellen von Füchsen diente im 17. und 18. Jahrhundert zur Belustigung von Jagdgesellschaften. Der Brauch des Prellens wurde von Hofnarren als Scherz benutzt; gleichzeitig wurde das Prellen aber auch als Strafe eingesetzt, teilweise mit Todesfolge.

(Seite 58)
Joseph Fröhlich. 1694 – 1757, Hofnarr, Taschenspieler und Spaßmacher am Hofe Augusts des Starken, geboren im steirischen Alt-Aussee, berühmt durch seine originellen Kunststücke.

(Seite 80)
Tympanon. Bogenfeld über dem Türsturz eines Portals

(Seite 81)
Verkündigung. Die Darstellung der Verkündigung in Kiedrich hatte Rohr, Jesusknaben und Taube eingebüßt. Sie wurde erst in letzter Zeit nach einer Beschreibung aus dem Jahre 1763 rekonstruiert.

(Seite 82)
Peter Prosch. 1744 – 1802, Sohn armer Bauersleute aus Ried im Zillertal, reisender Handschuhverkäufer, zeitweilig als Hofnarr zu Würzburg und an anderen Höfen, veröffentlichte 1789 seine Erinnerungen.

(Seite 90)
Illuminatenorden. Spätaufklärerischer Geheimbund, gegründet von Prof. Adam Weißhaupt (1748–1830), Ziel: Menschen zu bilden durch Begünstigung der Tugend, 1785 verboten. Dr. Robert Haas schreibt in seiner Rheingauer Chronik zum Jahr 1787: Seit mehreren Jahren bilden sich in fast allen Ländern von Europa geheime Gesellschaften nach dem Beispiel der Freimaurer. Die Mitglieder dieser geheimen Gesellschaften legten sich den Namen Illuminat, zu deutsch Aufgeklärter bei. Der Zweck dieser Menschen war, alle geoffenbarte Religion als ein erdichtetes Wesen von dem Erdboden zu vertilgen, die Monarchien umzustürzen, die monarchische Regierungsform in der ganzen Welt abzuschaffen, und dagegen lauter Republiken zu errichten und die Volksregierung einzuführen.

(Seite 90)
Lesegesellschaften. Aufklärungsgesellschaft, weit verbreitet, Ziel: Bildung durch Lesen und Diskussion der Literatur.

(Seite 94)
Das große Faß. Es faßte mit 660 Eymern und 24 Maß etwa 50000 l. Nach Bassermann-Jordan, Geschichte des Weinbaus Bd II, S.805, gab der Fürstbischof von Würzburg an 'Bestallungswein' allein in der Stadt Würzburg jährlich 270 Fuder, ferner für die Landdienerschaft 184 Fuder, außerdem in der Hofhaltung an Gesindewein 25 Fuder, Ämterwein 21 Fuder, Kavalierswein 40 Fuder, Ehrenwein 22 Fuder und 6 Fuder 'Hochfürstlicher Tafelwein' (ein Fuder hatte etwa 1000 l).

In unmittelbarer Nähe zur Marienkapelle liegt das Haus „Zum Falken". Es war im 18. Jahrhundert ein prunkvoller Gasthof in Würzburg. Hier stieg Karl bei seinem Aufenthalt in der Residenzstadt ab. Stich „Frauenkapelle zu Würzburg" von J. Poppel, 1844

(Seite 108)
Plinius der Jüngere. 61 – 113, Gaius Plinius Caecilius Secundus, römischer Schriftsteller, bekannt durch seine Briefe zu vielen Themen des täglichen Lebens.

(Seite 114)
Nicklas Vogt. 1756 – 1836, Professor an der Mainzer Universität, Historiker, bekannter Freund des Rheingaus, dessen Herz im Mühlenfelsen im Rhein zwischen Rüdesheim und Aßmannshausen beigesetzt wurde.

(Seite 133)
Johann Peter Wagner. 1730 – 1809, Hofbildhauer in Würzburg, arbeitete zunächst im Stile des Rokoko, später in der antikisierenden Art des Frühklassizismus

(Seite 140)
Edulien. Eßbare Dinge. Goethe benutzt dieses Wort in seiner Italienischen Reise im Zusammenhang mit Pilzen.

(Seite 142)
Atramentarius. Die Bezeichnung des grauen Faltentintlings wurde eingeführt von dem französischen Gelehrten Pierre Bulliard, Paris 1783. Dictionaire élémentaire de botanique ou exposition alphabétic de précepts de la botanique.

(Seite 154)
Mönch von Heisterbach. Nach der Sage glaubte der Mönch von Heisterbach nicht daran, daß vor Gott tausend Jahre wie ein Tag seien. Eines Tages ging er in den Wald und wurde durch den Gesang eines Vogels verlockt, den ganzen Tag über im Wald zu bleiben. Als er zurückkam zum Kloster, fand er alles verändert vor. Keiner kannte ihn. Tausend Jahre waren vergangen. Er war uralt geworden.

Der Stich „Fürstbischöfliche Residenz in Würzburg" von C. Rauch nach einer Vorzeichnung von L. Lange (1833) zeigt die Stadtfront der Residenz, gesehen von der Südwestecke des großen Residenzplatzes.
Stiche S. 182/183 aus Muth, H. (Bearb.): Ansichten aus dem alten Würzburg 1545 – 1945, Teil II. Würzburg 1998

Literatur

Ansichten aus dem alten Würzburg, 1545 – 1801, Teil I
Mainfränkisches Museum Würzburg 1997

Ansichten aus dem alten Würzburg, 1545 - 1945, Teil II
Mainfränkisches Museum Würzburg 1998

Briefe. Plinius der Jüngere, Reclam, 1953

Der Hofnarr. Joseph Fröhlich, 1694 - 1757
Rainer Rückert, Edition Volker, Huber 1998

Die Gesellschaft der Aufklärer. Richard van Dülmen, Fischer 1996

Geschichte des Weinbaus II
Friedrich von Bassermann-Jordan, Pfälzische Verlagsanstalt 1975

Italienische Reise
Johann Wolfgang von Goethe, dtv, Hamburger Ausgabe 1998

Leben und Ereignisse des Peter Prosch, eines Tyrolers von Ried im Zillertal. Peter Prosch, Kösel, München 1964

Metamorphosen. Publius Ovidius Naso, dtv/Artemis 1990 II, 815 – 875

Quellen zur Geschichte des Rheinlandes im Zeitalter der Französischen Revolution 1780 – 1801, Bd I. Hrsgb.: J. Hansen, Bonn 1931

Rheingauer Geschichts- und Weinchronik
Robert Haas, Wiesbaden, Verlag des publicistischen Bureaus 1854

Schreiben des Amtskellers Bender in Eltville an die Mainzer Hofkammer vom 30. Mai 1789, Staatsarchiv in Wiesbaden

„Wer an seinem Schöpfer sündiget…“
Ludwig Friedrich Christoph Schmid über seinen Kuraufenthalt in Wiesbaden, Jochen Dollwet (Bearb.), Stadtarchiv Wiesbaden 1994

Würzburger Affäre
(Eberhard Kunkel)

Inhalt

Zur Person:

KARL

Karl ist ein Comic-Held!
Als „Spätlesereiter“ wurde er bekannt.
Die Geschichte von der Entdeckung der Spätlese im Jahre 1775 ist sein erstes Comic-Abenteuer gewesen.
Mittlerweile hat er bereits acht Abenteuer erfolgreich bestanden und seinen Ruf als Comic-Held gefestigt.

Die Karl-Autoren, Apitz und Kunkel, erzählen Bildergeschichten, die entlang des Rheins vor dem historischen Hintergrund des ausgehenden 18. Jahrhunderts spielen.
Sie arbeiten dabei auf humorvolle Art und Weise geschichtliche Ereignisse auf und vermitteln in der den KARL-Comics als Literaturform eigenen Synthese aus Wort und Bild Wissenswertes über Wein und Geschichte.

Folgende KARL-Comics sind bisher erschienen:

KARL · Der Spätlesereiter
Band 1 · ISBN 3-925771-02-6

KARL · Das Faß der Zisterzienser
Band 2 · ISBN 3-925771-04-2

KARL · Die Revolution
Band 3 · ISBN 3-925771-05-0

KARL · Der Fall Loreley
Band 4 · ISBN 3-925771-10-7

KARL · Das Gold der Nibelungen
Band 5 · ISBN 3-925771-12-3

KARL · Ballon Bonaparte
Band 6 · ISBN 3-925771-14-X

KARL · Lord am Rhein
Band 7 · ISBN 3-925771-17-4

KARL · Die Krönung
Band 8 · ISBN 3-925771-22-0

(KARL-Comics, 48 Seiten farbig 14,80 DM)

Karl und Maria besuchen einen Klavierabend im Brentanohaus zu Winkel im Rheingau. Als das Konzert vorbei ist, bleibt einer der Zuhörer regungslos in seinem Sessel sitzen. Er ist tot. Keiner der Anwesenden scheint ihn jemals zuvor gesehen zu haben. Karl spürt, daß dieser Mann keines natürlichen Todes gestorben ist. Ehe er es sich versieht, ist er in seinen dritten Kriminalfall verwickelt...

Ein Seil reißt . . .
Ein Faß poltert die Kellertreppe im Kloster Johannisberg hinab. Ein französischer Offizier wird zerquetscht. War das ein Unglück, oder war es Mord?
Wer war schuld?
Wieder ein schwieriger Fall für Karl, der ratlos scheint, aber Tote kennen keine Zeit . . .

Die einzelnen Kapitel des Buches sind mit den „meistgestellten“ Fragen an KARL überschrieben und werden jeweils mit einem ganzseitigen Cartoon eingeleitet.
Die Kapiteltexte haben wir mit bisher unveröffentlichtem KARL-Material (Skizzen und Zeichnungen) und vielen Fotos sowie Abbildungen aus den KARL-Comics illustriert. Wir zeigen in diesen Kapiteln unter anderem, wie wir die historischen Hintergründe durchforschen und Bild und Sprache ins rechte Verhältnis zueinander bringen.

Durch die besondere Bedeutung, die Sprache und Historie dadurch erhalten, bekommen die KARL-Comics einen eigenen Charakter. Wahrscheinlich lesen deshalb auch viele Leute, die keine typischen Comic-Leser sind, unsere Comics. Das Buch enthält den von vielen Leserinnen und Lesern geforderten „KARL-Index“, ein Lexikon mit Bildern und erklärenden Texten zu allen mehr oder weniger bekannten Persönlichkeiten, die bisher bei KARL aufgetreten sind.

(96 Seiten farbig, fester Einband, gebunden, 25,80 DM)

Die KARL-Weinbücher

KARL-Weingeschichte

Die Geschichte des deutschen Weinbaus. Das Buch bietet eine geschichtliche Abhandlung der Entwicklung des deutschen Weinbaus von den Römern bis heute, die zum einen durch informative Bilder unterstützt und zum anderen von Karls treuem Hund Grandpatte humorvoll begleitet wird.

KARL-Weinkompendium

Gemeinsam mit Pater Anselm hat Karl einen Vortrag zum Weinbau gehalten, der als önologische Comicographie in Buchform erschienen ist: Im KARL-Weinkompendium erfährt der Leser alles Wissenswerte über die Kunst des Weinbaus.

KARL-Weingeschichte und KARL-Weinkompendium vermitteln so im Duett allen Lesern auf unterhaltsame Weise das Wichtigste vom deutschen Wein und seiner Geschichte.

(KARL-Weinbücher, 96 Seiten farbig, fester Einband, gebunden, 25,80 DM)